Pai, Pai

João Silvério Trevisan

Pai, Pai

1ª reimpressão

ALFAGUARA

Copyright © 2017 by João Silvério Trevisan

Grafia atualizada segundo o Acordo Ortográfico da Língua Portuguesa de 1990, que entrou em vigor no Brasil em 2009.

Capa
Claudia Espínola de Carvalho

Foto de capa
© Olga_i/ Shutterstock

Preparação
Fernanda Villa Nova de Mello

Revisão
Valquíria Della Pozza
Adriana Moreira Pedro

Dados Internacionais de Catalogação na Publicação (CIP)
(Câmara Brasileira do Livro, SP, Brasil)

Trevisan, João Silvério
　　Pai, Pai/ João Silvério Trevisan. – 1ª ed. – Rio de Janeiro: Alfaguara, 2017.

　　ISBN 978-85-5652-053-1

　　1. Homossexualidade – Aspectos psicológicos 2. Literatura brasileira 3. Pais e filhos 4. Romance autobiográfico brasileiro I. Título.

17-06888	CDD-869.3

Índice para catálogo sistemático:
1. Romances: Literatura brasileira 869.3

[2021]
Todos os direitos desta edição reservados à
EDITORA SCHWARCZ S.A.
Praça Floriano, 19, sala 3001 — Cinelândia
20031-050 — Rio de Janeiro — RJ
Telefone: (21) 3993-7510
www.companhiadasletras.com.br
www.blogdacompanhia.com.br
facebook.com/alfaguara.br
twitter.com/alfaguara_br

Pai, Pai

Abrindo o jogo

Tudo que meu pai me deu foi um espermatozoide.

O ser que sou resultou da defloração (consentida, via matrimônio) de uma mulher virgem, que recolheu dentro de si os espasmos de um homem para o qual forneceu o gozo. Não sei se aquela mocinha da roça sentiu prazer. Ou se fui gerado a partir do primeiro pânico sexual de uma donzela, tomada por medo e dor, ao receber a parte que me coube nessa conjunção carnal talvez assimétrica, tão comum entre machos dominadores e virgens católicas interioranas de antigamente. Não me compete especular sobre o entorno da minha concepção deflagrada num ritual canhestro de mistura entre prazer e pânico, ocorrido em meados de outubro de 1943. Se invado essa cena, que pertence à intimidade dos meus dois genitores, é na tentativa de rastrear o acaso que me gerou. Busco descobrir o obscuro começo da minha trajetória: como, por que e de onde surgiu esse espermatozoide tão estranho, tão improvável. Única certeza: eu sou o que sobrou de um gozo tão espasmódico quanto um esgar agônico.

Quando bebê, não tenho condições de supor os eventuais carinhos que o homem tornado meu pai possa ter me oferecido. Mas, a partir da eclosão da consciência, minha memória não registra um único gesto de afeto que meu corpo tenha recebido da mão paterna, nem alguma graça da sua palavra. Não lembro de meu pai jamais ter me dirigido a palavra, exceto para me dar ordens, me censurar ou me xingar. De criança, eu examinava aquele homem à distância e tentava encontrar algum elo para além do acaso de ter me proporcionado o início da vida, e pouco mais. Não sem perplexidade, eu me sentia gerado por um estranho.

Sim, há um grande risco de que eu esteja sendo injusto. Meu pai me abriu caminho para ser quem sou, e aqui estou escrevendo por sua causa. Sei da temeridade de conspurcar a imagem de um morto, e com isso me petrificar numa estátua de mágoa, como tantas vezes fui tentado, ao olhar o passado em busca de conforto. Mas me redimo pensando nas tantas vezes em que, menino, eu sofria por me sentir injustiçado, sem compreender o motivo de receber tapaços, chutes, xingos e um sistemático desprezo daquele a quem eu gostaria de ter amado — como se ama um pai, ainda que se tratasse de um alcoólatra contumaz. Tal amor não me foi permitido.

Na bíblia, Jacó passa a perna em Esaú para se tornar o primogênito e receber a bênção do pai Isaac. Sou o filho mais velho, e isso não me trouxe vantagens. Historicamente, a primogenitura perdeu importância. Sua força se transferiu simplesmente para uma escolha aleatória do afeto do pai. Nenhum pai é igual para seus vários rebentos. Há um filho (às vezes podem ser mais) que tem um pai especial, porque ele é especial para o pai, e a ele cabe a bênção paterna. A outros não — por razões igualmente subjetivas do pai. Os filhos abençoados entram na vida com uma vantagem inicial. A bênção embasa a segurança e o sucesso, como um certificado de garantia para o futuro. Em contraposição, os não abençoados podem ser psicologicamente mais vulneráveis, ou se fragilizar na vida social, como organismos que não desenvolveram imunidade suficiente.

Eu sou um desses a quem foi negada a bênção do pai.

* * *

Já perto dos setenta anos, enquanto me tratava de uma depressão reincidente, comecei inopinadamente a escrever sobre esse homem chamado José, que me marcou com o ferro em brasa do seu sobrenome. Não me perguntei por que escrevia. Apenas decidi ir adiante. O que se lerá a seguir resultou dessa necessidade não prevista: um acerto de contas com a figura do meu pai e, por extensão, com meus demônios interiores ligados à sua imagem.

Tantas vezes a dor encontra saídas inesperadas para curar a ferida. Aqui estou eu, lambendo a minha. Talvez não haja acaso em que, nestes meus dias de confusão e uma nova depressão, tenha me ocorrido escrever sobre meu pai. Por uma necessidade mal-explicitada, passei quase compulsivamente a tomar notas, recolher atos, fatos e escritos meus em relação a esse José. Acrescentando, obviamente, elementos característicos desse mesmo José — na tentativa de desvendar sua figura. Há um motivo simples: é com o peso incalculável da sua ausência que a figura paterna tem marcado minha vida e minha literatura.

Então, peço licença aos mortos para adentrar seu território. Sim, porque esta será uma conversa de homem pra homem, entre mim e meu pai. Ele terá que ouvir. Tudo. Em todos os lugares onde estiver.

Ou talvez seja apenas o José Trevisan presente dentro de mim que fala para seu filho mal-amado.

Aqui inicio o que pretende ser um ritual de cura. Quem sabe me traga paz.

Buscando os primórdios

Nos meus dez anos de seminário, li muitas vezes o trecho do evangelho de Mateus em que, pouco antes de dar o último suspiro na cruz, Jesus reclama:

"*Pai, Pai, por que me abandonaste?*" (Mateus 27,46)

A pergunta é tão direta que Jesus parece protestar contra uma afronta. Com certeza esse texto me marcou, pois guardei na memória a citação original em hebraico, que ainda hoje me soa quase como um mantra de acusação: "*Eli, Eli, lama sabactani?*". Trata-se de um dos (tantos) episódios evangélicos em que a herança cristã deveria espantar-se ante seu próprio paradoxo. Eu nunca dei importância a esses exegetas bíblicos que primam pela capacidade de adular uma doutrina cujos objetivos estão predeterminados e cuja precisão dogmática é proibido confrontar, mesmo que ela seja claramente discutível. A mim me importam as contradições implicadas no próprio cerne do Evangelho, como livro fundacional da cristandade. Nesse episódio, trata-se do atrevimento do filho de Deus ao reclamar sem meias palavras daquele ente superior que deveria ser sinônimo de retidão e justiça — mas não foi. Antes de tudo, esse Pai Supremo não estava dando um exemplo muito dignificante à reles humanidade, necessitada de tamanha salvação a ponto de exigir um sacrifício tão brutal quanto o de entregar à morte, por ela, seu filho único. Que tipo de salvação era essa, afinal, em cuja raiz estava o sacrifício cruento do filho unigênito de Deus? Quem precisaria de uma salvação, por mais legítima que fosse, baseada numa injustiça e, sobretudo, numa dor tão desmedida como a de se ver traído pelo Pai dos Pais? De que amor se trata, afinal: aquele capaz de colocar em risco o próprio amor paterno? Ora, se Deus no seu papel de pai cometeu essa, digamos, incorreção, como ela não haveria de ser magnificada entre os humanos que habitam a Terra e, há séculos, passam de pai para filho o estigma do abandono paterno? Estariam repetindo o gesto divino do evangelho? Para chegar aonde? A uma salvação às avessas? Ou a um arremedo de amor que aponta para a crueldade, como tantas vezes o amor cristão parece implicar?

Marcas do abandono

Logo que comecei a coleta de material, fui me dando conta de que se acumulavam muito mais sintomas do que pareceria de início.

Além dos textos esparsos, comecei a lembrar de muitas situações a serem registradas para tentar decifrar quem foi esse pai e entender o papel crucial que ele ocupou, até mesmo a contragosto, em minha vida. O que vai surgir aqui não deve ser o retrato de um crápula, mas de um infeliz. O alcoólatra José Trevisan, tantas vezes violento e irracional, não suportava passarinhos presos em gaiola. Às vezes chorava, escondido ou abertamente, na hora da Ave-Maria. E, em momentos menos dramáticos, gostava de contar como encantara mamãe com uma valsinha que cantava para ela, e que percorreu minha infância, até se aninhar na lembrança. Eu a usei num dos meus romances, quando roubei um pouco do meu pai para compor o pai do meu personagem. Relembro aqui:

> *Canta, Maria, a melodia singela, canta que a vida é um dia, que a vida é bela, ó minha Maria. Maria é meu amor, amor que me faz chorar. Plantei um pé de alecrim para perfumar a nossa linda casinha tão simplesinha que dá gosto olhar.*

Sua letra romântica não esconde certa melancolia, mas há, sobretudo, afeto — por minha mãe, também Maria. Toda vez que a cantarolava baixinho, do jeito que mais gostava, eu me deixava embalar por sua singeleza idealizada, forma com que almejava o amor entre meus pais e a tão longínqua paz na minha infância.

Mesmo que eu já a tenha tentado entender, recorrentemente e sem sucesso, a personalidade do meu pai era bem mais complexa, com fatos de sua infância e juventude que eu desconheço. Estou seguro de que a vida o foi tornando um homem infeliz. Sei bem que respingava essa infelicidade ao seu redor, nos mais próximos e mais frágeis. Se sinto certo pudor em escrever sobre ele é porque temo incorrer em autopiedade e, pior ainda, falar de coisas banais. Afinal, histórias tristes com pais ausentes ou violentos pululam na vida de um sem-número de crianças mundo afora. Mas sou levado a tal objetivo justamente porque espelho a dor de tanta gente que guarda essa sombra pesada no fundo da alma.

Meu caso é emblemático: mesmo tendo trabalhado a figura paterna em boa parte dos duzentos e oitenta (ou mais) anos de análise/terapia que fiz, a partir da minha adolescência, chego à velhice ainda preso a essa força que pode ser paralisante, mas também mobilizadora, até o ponto de me conduzir como uma marionete da dor, talvez até mesmo da desesperança. Imagino quem não tem a seu alcance a possibilidade de elaboração mínima, ou mesmo aquelas pessoas que, ao assumir a paternidade e ter filhos, presumem ter superado a figura paterna que assombrou o seu passado. Apesar de não estarmos mais na antiguidade, ainda somos "crianças expostas", que os pais abandonavam na floresta ou à beira do deserto — por terem alguma deformidade ou doença — para serem devoradas por animais selvagens.

É à infância abandonada e à sua ferida incurável que eu dedico este inventário de fantasmagorias.

Resgatando sinais

Sempre que procuro o jovem José, aparece o jovem João, numa trama enredada por falhas, nós e emendas. Pedi ajuda à minha irmã, com quem coletei as vagas lembranças, às vezes complementadas por aproximações viáveis.

Dizia-se que Zé Trevisan era um rapaz muito bonito. Pessoas que conviveram com ele comentavam seu charme. Conta-se que tentou dirigir carro, mas não aprendeu. Não teve muitos amigos, exceto um certo Argeu, parceiro da juventude que nunca mais viu, após sua mudança para longe com a família. José guardava dele uma carta e o mencionava como alguém inesquecível, com tal carinho e saudade que às vezes tinha os olhos marejados. Às seis da tarde, quando os alto-falantes da matriz do Bom Jesus da Cana Verde marcavam a hora da Ave-Maria, nosso pai chorava ao som da música de Bach e Schubert. Numa cidade do interior como Ribeirão Bonito, tratava-se de um momento de introspecção e melancolia geral, quando as luzes se acendiam amareladas nas ruas e casas. Com o passar do tempo, papai preferiu sintonizar a *Hora do Angelus* na rádio Aparecida, em nosso velho aparelho ligado no bar, que ocupava a frente da casa. Ouvir o rádio tornou-se um dos seus passatempos prediletos, inclusive para acompanhar novelas como *O direito de nascer* e *Jerônimo, o herói do sertão*.

Não sei como nem quando José e Maria se conheceram. Enquanto nosso pai descendia de imigrantes pouco instruídos do Vêneto, que em Ribeirão Bonito se tornaram comerciantes prósperos no ramo de panificação, mamãe vinha de uma família de calabreses pobres, que tirava o sustento do plantio de café na roça alheia. Como filha primogênita, viu-se obrigada a cuidar dos irmãos mais novos enquanto a mãe, Afonsina, trabalhava na roça, após o falecimento prematuro do chefe de família, Silvério. Por isso abandonou o grupo escolar sem terminar sua alfabetização. Vovó Afonsina chegou a ser empregada numa fazenda de imigrantes libaneses, os Zeraik — seu nome pode ser encontrado ainda hoje no livro de registros da velha casa senhorial. Por sua influência, nossa mãe sabia preparar certos pratos árabes, como tabule e quibe.

José e Maria casaram-se em 1943. Fixaram o lar na casa dos pais dele, compartilhada pela família do irmão mais velho, aí constituindo uma sociedade em torno da padaria e bar. Filho primogênito, nasci em 1944. Logo vieram uma menina e mais dois meninos. Muito próximo da mãe, a malaguenha Maria Martin, José teria sido seu filho predileto, talvez até mimado. A ciumeira criou uma inveja tóxica e um clima de desconfiança dos irmãos em relação a ele. Após a morte da mãe, nosso pai ficou fragilizado. Seu rosto sorridente não escondia os olhos tristonhos, muitas vezes vermelhos. Parece que várias vezes foi pego chorando escondido. Incentivado pelo pai, o irmão mais velho exercia autoridade pesada sobre José, que sucedia a ele. Há um fato, contado à boca pequena quando éramos crianças, que meu pai teria sido espancado pelos irmãos. Todos ainda eram sócios na padaria, talvez logo após o falecimento de meus avós. Acusado de roubar dinheiro da gaveta da padaria, meu pai foi agarrado pelos irmãos com violência, a ponto de ter sua roupa rasgada para reaver o dinheiro, que não sei se foi encontrado. Essa história talvez tenha sido contada por minha mãe, que assistiu a tudo e se assustou com a violência. Em famílias de estrutura patriarcal, era sempre o primogênito que assumia a liderança, de modo a criar rivalidade entre os dois filhos mais velhos dos Trevisan. Entre ambos, a diferença de temperamento parecia significativa. O primogênito era durão e seco. Papai, sensível ao extremo, gostava de cantarolar suas músicas prediletas, que incluíam as de Vicente Celestino e Gilda de Abreu. Apesar do distanciamento, esse tio tornou-se meu padrinho de batismo — talvez como imposição, já que o irmão primogênito costumava ter a primazia de batizar o filho primogênito do seu irmão seguinte, na escala familiar.

Na ruidosa divisão da herança entre irmãos, a competição eclodiu com pitadas de violência machista. Sumariamente esquecidas, as três irmãs foram deserdadas. A mais nova bateu o pé até ser ressarcida.

Anos depois foi internada num manicômio, em circunstâncias obscuras. Com a distribuição dos bens, papai acabou ficando com aquilo que se considerava o filé da herança: o bar e padaria. Desconheço os meandros que levaram a esse desenlace imprevisto. Não sei se teria havido interferência da mãe malaguenha, antes de morrer, para que a divisão ocorresse de maneira favorável a José, considerando que ele estava em óbvia desvantagem perante seu irmão mais velho, daí por diante tornado rival feroz, por se julgar preterido e injustiçado. É bem provável que nosso pai não fosse o melhor padeiro da família. Assumir sozinho a responsabilidade da padaria pode ser considerado um gesto ambicioso, para não dizer temerário. A casa foi dividida por uma parede central, com os dois irmãos convivendo sob o mesmo teto. Como revanche, meu padrinho abriu um bar muito mais próspero, ao lado do negócio do meu pai, que parecia um mero botequim. O contraste aumentou graças a uma grande reforma em sua casa, o que incluía a fachada refeita e pintada. Demarcou-se com clareza a linha divisória entre o irmão rico e o pobre.

José não suportou as novas responsabilidades nem a competição, iniciando uma lenta decadência financeira. Ao mesmo tempo, a diferença social entre a nossa família e a do irmão mais velho só fez se acentuar. Nosso tio conseguiu licença para gerir o bar do clube da cidade, um negócio que se revelou próspero e influente. Enquanto isso, nós não podíamos entrar no clube, porque nosso pai não tinha dinheiro para ser sócio. Com a autoridade adquirida, o tio admitia a entrada gratuita de mamãe e seus filhos, especialmente nos bailes de Carnaval, que ela adorava. Dessa época, há uma foto emblemática do meu irmão caçula olhando, de dentro do bar do clube, de modo furtivo e ao mesmo tempo deslumbrado para aquele mundo pouco acessível a nós. Não me lembro da presença do meu pai por ali, jamais.

Na verdade, mamãe abria um parêntese na competição entre os irmãos rivais. Por vir da roça, inicialmente era vista com certo desprezo pelos Trevisan, atitude comum entre a pequena classe média urbana. Dentro do clã, no entanto, minha mãe passou da condição de desdenhada ao posto de cunhada e tia querida, sem distinção. Conquistou tal consideração por estar sempre disponível nas horas difíceis — não sem certo tom de servilismo — e manifestar legítimo carinho pelos filhos do meu tio padrinho, especialmente nossa prima mais velha, também minha melhor amiga de infância, com quem eu brincava de casinha. Além de sua personalidade cordata e generosa, devo lembrar que minha mãe era benzedeira, ofício herdado de nossa avó Afonsina, e assim levava socorro para os necessitados. Não sei como ela equacionava essa função com sua estrita fé católica, mesmo porque não se tratava de uma prática em tempo integral. Parecia, acima de tudo, fazer parte de sua generosidade o acolhimento às pessoas para curar seu quebranto ou mau-olhado com simpatias, que envolviam água benta e raminhos de arruda.

Histórias da intimidade paterna

Memento, homo: por volta dos quatro ou cinco anos, dormindo na cama com meus pais, escorrego por baixo dos lençóis e examino o pinto do meu pai (não tenho certeza se ereto ou não, mas lembro que não me impressionou). Ao que ele me puxa violentamente para cima. Da minha parte, não passava da mais absoluta curiosidade infantil. Mas não para meu pai. Talvez tivesse começado aí sua suspeita, que gerou o medo de ter um filho "fresco". Pouco antes de José Trevisan morrer, enquanto eu cuidava dele no antigo Hospital Matarazzo, vi de novo seu pinto, de relance. Talvez o pijama tivesse escorregado, pois José se debatia quase incessantemente, tanto que ficava amarrado no leito boa parte do tempo. Ele me chamava pelo nome do seu irmão mais velho — seu inimigo explícito, mas também uma espécie de referência a alguém que ele temia, no contexto patriarcal da família. Havia ainda outro sintoma regressivo. No hospital, José repetia indefinidamente que queria voltar a Ribeirão Bonito. Coloquei essa cena na boca de um personagem de uma novela inédita, *Os sete estágios da agonia*, a primeira obra de ficção que escrevi, ainda nos anos 1970, e que nunca publiquei.

Até hoje me pergunto: por que seria tão marcante a presença do seu irmão mais velho, a ponto de meu pai o chamar quando sentiu a proximidade da morte? José manifestaria uma secreta necessidade da proteção paterna, projetada nesse irmão cuja inimizade o desestabilizara por toda a vida? Mais ainda: qual fator psicológico teria levado meu pai a confundir seu poderoso irmão mais velho com seu filho primogênito a quem nunca tivera receio de desprezar? A figura do irmão primogênito implicaria alguma ligação com minha fracassada primogenitura? E por que projetaria em mim a imagem desse seu irmão tornado pai, eu que sequer mereci o papel de filho imprestável?

Para José Trevisan, estar vivo talvez assustasse muito. Como diria o poema de Carlos Drummond de Andrade, foi educado para o medo. Passou a vida em meio aos tijolos de medo, levantando casas de medo dentro de si. Seu medo produziu tanta coisa medrosa. Inclusive filhos como eu. Sua existência foi um longo aprendizado no medo. Dançou o medo em cada um dos seus anos. E me passou esse legado macabro de dançar o baile do medo enquanto se vive. Não sei se existe esperança possível numa tal dança.

Alegria à beira da estrada

Das mais antigas lembranças com meu pai, há um raro evento agradável, que se passa na estrada. Eu não devia ter mais de seis anos quando meu pai me levou consigo num caminhão até São Paulo, a caminho de Santos, onde iria comprar farinha. Talvez como efeito tardio do final da Segunda Guerra Mundial, havia racionamento de produtos importados. Lembro vagamente que se reclamava da farinha de trigo não ser boa, misturada com farinha de soja ou de mandioca. Para garantir a compra de farinha de trigo pura, meu pai fora buscá-la diretamente no porto de Santos — o que comprova a confiança depositada nele antes das desavenças provocadas pela divisão da herança. O negócio da família Trevisan em Ribeirão Bonito exibia orgulhosamente na fachada o nome: Padaria e Bar Brasil. Dentre os sete irmãos — quatro homens e três mulheres —, meu pai era o segundo varão. Na casa moravam os solteiros, quatro homens e uma mulher. Aparentemente, duas filhas já estavam casadas e criaram seus próprios lares, em outras partes.

A lembrança mais vívida que ficou da viagem com meu pai remete a uma pousada onde passamos a noite, num posto de gasolina à beira da estrada. Não guardei nada de espetacular além da imagem da minha felicidade, brandindo o travesseiro no ar e tentando matar pernilongos antes de dormir. Eu, risonho, observado por meu pai. Não sei por que ele me levara consigo. Seria uma tentativa de comprometer o primogênito em sua profissão, desde cedo? Ou, já desconfiado, buscava me afastar da influência da minha mãe, para que eu fosse "mais homem"? Antes de descer até Santos, ele me deixou em São Paulo, com dois parentes dos meus avós paternos. Aí a viagem mudou de clima. O casal não tinha filhos. Talvez fosse inexperiente com crianças, ou desleixado. Guardei fiapos de lembranças de ter ido no carro deles até o Museu do Ipiranga. Estacionaram o veículo diante do Parque da Independência e, por algum motivo, me deixaram trancado dentro. Não sei por quanto tempo. Lembro apenas do meu choro de pânico, enquanto as pessoas paravam para espiar o que acontecia. Talvez tenha sido a minha primeira visita a São Paulo. Talvez o desenlace adequado àquela efêmera felicidade na estrada.

Rolando mais fundo

Tudo indica que, a partir da ruptura com o irmão mais velho, José passou a se alcoolizar numa espiral de dependência crescente. Lá pelas tantas, apareceram dívidas desconhecidas, ainda dos tempos do seu pai, herdadas junto com a padaria. José precisou emprestar dinheiro de agiotas — na verdade, gente próxima da família, que tirou bom proveito da situação e, no final, acabou ficando com nossa casa, para saldar a dívida. Seu crescente alcoolismo tornou-se um fator de sofrimento para nossa mãe — e para os filhos. Não adiantou sua insistência para que papai deixasse de beber, até mesmo através de remédios e simpatias. Acima de tudo, a bebida o tornava violento, com episódios de ataque físico contra ela e contra mim, o filho mais velho. À medida que as dívidas cresciam e o dinheiro entrava pouco, criou-se um círculo vicioso que resultou no fiasco profissional de José e afetou todos os âmbitos da nossa família, a começar pela vida sexual do casal. Depois do nascimento do caçula, minha mãe passou a recusar as investidas do marido, brandindo o argumento de que não queria engravidar de um bêbado para não prejudicar a formação do possível bebê. Repetiam-se brigas assustadoras entre ambos, presenciadas pelos filhos e ouvidas pelos vizinhos, inclusive de madrugada. Em meio aos palavrões explícitos contra mamãe, lembro que nosso pai gritava sarcasticamente: "Santa, vai na igreja rezar, vai, santinha", em alusão às suas devoções religiosas e sua provável obediência aos preceitos do vigário. Do outro lado da casa de parede e meia, nosso tio paterno reagia às brigas gritando coisas como: "Mata logo esse cachaceiro filho da puta". O vício alcoólico do Zé Trevisan tornou-se um fato de conhecimento geral, e o estigma de bêbado espalhara-se pela cidade, o que respingava sobre a família. Sofríamos de extrema vergonha, inclusive na escola, como filhos de cachaceiro. Mamãe persistia em promessas aos seus santos prediletos, na tentativa de curar nosso pai. Junto com uma amiga, ia toda segunda-feira ao cemitério acender velas às almas, pedindo sua intervenção milagrosa. Mas o alcoolismo do marido só aumentava. Quanto mais problemas, maior seu consumo da pinga — e maior violência.

Na pequena Ribeirão Bonito, atribuía-se a baixa qualidade do pão ao desleixo do padeiro pinguço, motivo moral que incrementava a desistência dos nossos fregueses. A verdade é que ele produzia o pão com qualidade cada vez menor. Apesar de profissional trabalhador, seu pão murcho e sem crocância não agradava à já minguada freguesia. O golpe final ocorreu quando um concorrente instalou uma nova padaria e papai deixou de ter exclusividade como padeiro da cidade. A partir desse ponto, o negócio entrou em queda livre, e as hipotecas dos empréstimos venciam sem serem honradas. Não sobrava nem mesmo para pagar os representantes de empresas credoras, que tinham vendido produtos à padaria e vinham fazer a cobrança em casa — quando então papai se escondia, mandando avisar que tinha saído. Vivíamos em tal penúria que várias vezes minha irmã precisou pedir aos vizinhos uma caneca de arroz emprestada, para a família comer. Mamãe — a quem nas brigas José acusava de "macho e fêmea" — recorreu às suas amigas e conseguiu a empreitada de fornecer alimentação aos operários que trabalhavam na construção de rodovias próximas. No almoço, aprontavam-se marmitas para levar. À noite, os operários jantavam em nossa casa, tornada pensão.

Ainda que não muito comentado, sussurrava-se que mamãe chegara a pensar em se separar do meu pai, à medida que se agravava a relação conjugal, com os maus-tratos recebidos. Para cogitar essa decisão extremada, pode-se imaginar o sofrimento dela. Mais de uma vez, eu próprio vi meu pai atacá-la com uma pá de tirar pão do forno. Tudo indica que mamãe foi severamente demovida pelo vigário. E assim se resignou até a morte. Nosso pai, de sua parte, foi se descuidando de si cada vez mais. Minha irmã lembra como, dentro de casa, ele arrastava nos pés umas alpargatas de lona furadas, sujas e fedidas, endurecidas de farinha velha, nojentas mesmo. Isso, de certo modo, alimentava nosso medo e repulsa. Sem conseguir enfrentar a vida com mais vigor, José foi mergulhando nas sombras de um pesadelo.

"Aventureira" e outras canções

Se dependesse do meu gosto, não haveria elogios ao pão do meu pai. Aquilo não me atraía em nada. Confesso, no entanto, que a rotina da fabricação do pão me trazia certo encanto. Lembro vivamente do ambiente de trabalho em casa, pelas madrugadas adentro. Na parede pegada ao quarto dos meus pais, ficava um tabuleiro de madeira, comprido e fundo como um gavetão, onde primeiro se misturava a farinha para produzir a massa do pão. Num canto da sala, junto às janelas e ao nosso quarto de crianças, preparava-se a primeira fase do pão num cilindro elétrico. Às vezes eu levantava a tempo de ver meu pai e o auxiliar recolhendo a massa comprida e jogando-a nas costas, antes de inserir outra vez entre os cilindros ruidosos. Em seguida, a massa voltava ao tabuleiro, para ser sovada e descansar. Aí permanecia, coberta com tampa de madeira, até crescer. Nesse meio-tempo, acendia-se o forno com lenha previamente trazida do porão. Só depois a massa era cortada e preparada em peças. Finalmente, os pães iam para o forno, que se situava junto à cozinha, na parte mais ao fundo da casa. Uma vez assados, eram tirados com longas pás de madeira. De manhã bem cedo, eu ajudava meu pai a arrear o cavalo e preparar o carrinho provido com os pães, para a entrega aos fregueses.

Também cabiam a mim, o filho mais velho, o atendimento no botequim e a limpeza do local, após voltar da escola. Tratava-se de tarefas sagradas e rigorosamente cobradas, sem discussão. Se às vezes eu me distraía na calçada, voltava correndo com os gritos do meu pai alertando para a presença de fregueses — artigo raro, que ele adorava enfatizar através dos seus berros, talvez para impressionar o irmão vizinho. Só mais tarde, quando fui para o seminário, a obrigação passou para meus irmãos. No fim do dia, entrava o turno predileto do meu pai, quando o boteco se enchia de fregueses que vinham prosear e beber, o que facilitava a camaradagem etílica. Servia-se muito um certo rabo de galo, mistura de cachaça e Fernet barato. Também era apreciada uma linguiça que José fritava com pinga.

Dois passatempos disseminados dentro de casa eram as músicas e novelas na rádio. A solidão da minha infância foi povoada por canções ouvidas aí, e mais raramente na vitrola do meu tio, mas também nas chanchadas vistas no cinema local. Tanto quanto nos filmes, eu me refugiava emocionalmente nessas músicas. Algumas me marcavam em função do momento. Outras criavam empatia não apenas na melodia mas também na letra. Em geral, as músicas me fisgavam pela melancolia de seus tons menores. Lembro como me deslumbrava a sonoridade tristonha da valsa "Abismo de rosas", de Canhoto, ao violão. Submergido em seus acordes plangentes, eu a ouvia como uma trilha sonora perfeita para minha desesperança. Assim, extravasava a dor que me consumia. Chorava escondido, mesmo porque não se via ao meu redor alguém para compartilhar — sem me acusar de mariquinhas só por estar sofrendo. Outras vezes, as músicas simplesmente me encantavam, talvez por me transportar a um mundo distante, exótico, desmedido. Assim ocorria com as canções mexicanas de Miguel Acevez Mejía, cujo LP meu tio padrinho tocava tantas vezes na vitrola de sua casa e se podia ouvir através da parede com minha casa. Também me impressionavam os temas musicais das novelas de rádio, que só anos depois descobri se tratar de trechos fortuitos de música clássica — a *6ª Sinfonia* de Tchaikóvski, por exemplo, ou a *Barcarolle*, de Offenbach.

Apesar de restrita a um momento preciso, guardo certa lembrança musical cuja cena ficou marcada em minha infância. Volto para casa carregando a cesta de bambu, grande para o meu tamanho, com pães que sobraram da entrega pelas redondezas da cidade. Enquanto caminho, ouço o ruído do areião pisado, na estrada do cemitério da cidade (que tantas vezes povoou meus sonhos vida afora). À frente, avista-se Ribeirão Bonito, com o sobe-desce das ruas e as cores desbotadas do casario, do qual se destaca a torre da igreja matriz, em meio aos diferentes tons de verde dos seus morros. Trazido pelo vento, ouve-se ao longe um tango argentino famoso na época — "El Choclo", conhecido no Brasil como "Aventureira". Retalhos de sons chegam dos alto-falantes da igreja. Talvez seja o período da Festa de Agosto, celebração anual do Senhor Bom Jesus da Cana Verde, padroeiro da cidade. Não entendo exatamente por quê, mas a música me dói quase fisicamente, com seus sons penetrando como agulhas, a ponto de não conseguir conter as lágrimas. Talvez por sua linda melodia, que revela acordes melancólicos do *bandoneón*. Sofro uma sem-razão, uma ausência de chão, um tempo parado que não aponta saída nem solução. Como se me sentisse um tanto zonzo, um pouco louco. O exílio, já cedo. Devo ter entre oito e nove anos. A canção traz à tona o ímpeto da minha infelicidade. Penso em me matar cortando os pulsos, tal como meu primo predileto tentou certa vez — episódio que se contava à boca pequena.

Rastros no areião

Meu único quadro a óleo, que pintei aos dezenove anos, mostra um menino loiro agarrado ao pescoço de um cavalo. Quase uma estátua, o cavalo tem um ar de soberba, enquanto o menino mira o nada, exalando desamparo no olhar. O quadro foi feito num momento de grande crise na minha adolescência, quando explodiram perguntas cruciais, impulsionadas pela ativação dos hormônios e da consciência adulta sobre o sentido de ter aquele pai. Trata-se de uma imagem óbvia da sua ausência, ele metaforizado no cavalo Parabelo, que usávamos para entregar pão na carroça coberta, por nós chamada familiarmente de carrinho. Com o sumiço da freguesia, o carrinho foi aposentado e eu passei a entregar os pães num cesto. Sempre que fazia as poucas entregas mais distantes, eu montava o cavalo — em pelo, pois não havia dinheiro para comprar algo de pouco uso como um arreio. O problema não era apenas o suor forte do animal, que me provocava feridas nas nádegas, mas o fato de o Parabelo mal me aturar no lombo, a ponto de não me obedecer. Eu sentia um parco equilíbrio quando a impaciência o impelia e ele teimava em desembestar. Chegou a me derrubar, certa vez, ao entregar pão na chácara de uma tia. Por sorte, o areião da estrada aparou a queda. Depois disso, eu ficava aterrorizado sempre que meu pai me mandava fazer entregas a cavalo.

A partir dessa pintura despretensiosa, fui deixando rastros da figura paterna ao longo da minha produção literária ou cinematográfica. Nunca tinha me dado conta de que eram tantos.

Jornada com John Ford

A vida de moleque carecia de luminosidade. Certa sensação de estranhamento, que perpassou minha infância, vertia-se na vaga intuição de que meu pequeno mundo não cabia nos limites de uma cidadezinha do interior de São Paulo. Ribeirão Bonito, minha terra natal, determinava o espaço do meu exílio. Não que eu fosse um cosmopolita precoce. Apenas pressentia que aquela terra não comportava meus sonhos. A inadequação talvez resultasse das surras que meu pai me dava, sem que eu conseguisse saber por quê. Daí se desdobravam ondas de percepção que extravasavam o epicentro. Havia em mim um misto de vergonha e secreta culpa, na suposição de merecer o castigo por fazer algo errado, talvez algum pecado desconhecido. A culpa sem causa determinava o estado do meu exílio sem cura. As tentativas de superação criavam escapes através da minha imaginação. Eu sonhava acordado, em fantasias que eclodiam como rastilho de pólvora, e tinham fôlego curto. Por exemplo, eu alimentava a crença de que Tarzan habitava o mato ao redor da cidade. Mas ficava frustrado porque meus cipós sempre se quebravam, ao contrário dos cipós dos filmes nos quais o Tarzan voava em estilo glorioso. Aquele mataréu se revelava tão falso quanto a realidade que me cercava.

Imaginar a própria morte era uma constante que ia e voltava no meu horizonte. Os grandes momentos para superar a chatice geral ocorriam aos domingos, através dos filmes das matinês. No cine Piratininga, revestido de uma sacralidade peculiar, eu podia reencontrar Tarzan, pois era ali onde ele morava de mentirinha e de fato. Se não podia ter asas para voar como os homens-morcego, eu me encontrava com eles no último episódio do seriado *Deusa de Joba*. Quando os alto-falantes tocavam as marchas americanas para anunciar o imediato início dos filmes, eu me arrepiava de felicidade.

Era inevitável que experiências radicais pudessem acontecer no cine Piratininga. Certa vez, vivi um episódio que me aproximou de maneira peculiar de mim mesmo e, por extensão, do mundo do cinema. Assisti a um filme que marcou seu nome para sempre na memória: *Como era verde o meu vale*. Só muito mais tarde fui descobrir que seu diretor se chamava John Ford, tornado ali meu guia, mais do que improvável, na jornada em busca de alguma luz. Mesmo sem conseguir entender bem os subtítulos, fiquei estatelado ao ver no filme um menino que apanhava de vara até desmaiar. Ah, então outros moleques também apanham — percebi no ato. Tanta violência me trouxe imediata identificação com aquele garoto desconhecido. Mais importante ainda: ser surrado, coisa de que tanto me envergonhava, ostentava-se ali para todo mundo ver.

Pode parecer uma evidência esdrúxula, mas naquele momento tomei consciência de que surras paternas existiam também no mundo distante, onde se falam línguas estranhas. Ou seja, havia mais meninos, além de mim, que apanhavam sem entender. E apareciam nos filmes. A revelação me trouxe um momentâneo alívio. Tornou-se mais suportável a vergonha de receber tapaços na cabeça e chutes na bunda. Mesmo a aflição da minha mãe, quando gritava para que meu pai não me machucasse ali entre as pernas, podia soar como sintoma de que eu estava sendo perdoado. Não era muito. Mas saber que meninos de cinema também apanhavam me elevava até seu patamar. Nesse universo de bandido e mocinho, eu de certo modo podia me sentir mais próximo do mocinho.

Diálogos de uma arqueologia familiar

4 de dezembro, 2013

João, estou enviando algumas passagens que eu lembrei do papai, como você me pediu. Ele gostava de ouvir notícias, principalmente na Hora do Brasil. *Tinha raiva de políticos e dizia que eles prometiam e não cumpriam (já na época havia a corrupção). Então criticava muito e dizia que não ia votar em ninguém. Por enquanto lhe digo que ele não conseguiu se conhecer e eu também não o conheci a fundo. O medo da menina ficou dentro de mim. Papai gostava da mamãe e queria abraçá-la o tempo todinho. Eu presenciei atrações sexuais fortes dele com a mamãe. Quantas vezes ela reclamava que ele a incomodava nisso de querer agarrá-la. Ele só queria beijá-la o tempo todo e ela não o deixava se aproximar para não sentir o bafo de pinga. Bjs, Lurdinha*

4 de dezembro, 2013

Oi, Lurdinha: agradeço suas lembranças sobre o papai. Estou arquivando essas informações q vc me passa, para incluir no texto, q ainda não sei se será apenas um conto longo ou algo maior. A parte do amor pela mamãe eu nunca captei, talvez nunca tivesse visto, ou mto raramente. Não escrevi praticamente mais nada, por excesso de trabalho. Vou ver se retomo agora nas "férias". Beijo, João

5 de dezembro, 2013

Querido irmão, quando escrevi sobre o papai eu não havia observado o seu sofrimento. Estava mais centrada na história dele. E para minha surpresa eis que veio a história do menino que se considerava órfão (de pai). Através do resgate da história dele compreendo mais do que nunca a sua postura e sua depressão. Estou revendo o quanto foi difícil pra você o pai que você diz que nem te olhava. Eu sei que falar é fácil. Agora imagino o quanto você sofreu! Abração forte da Lurdinha

Bordões, palavrões, ditados e costumes

Meu pai gostava de formalidades para sinalizar boa educação. Assim era seu cumprimento ao se apresentar a alguém: "José Trevisan, seu criado!". A mesma tendência à pompa aparecia no uso de bordões para diferentes tipos de situação, ditos de maneira enfática e muitas vezes com um sentido enigmático inventado por ele ou por seu alcoolismo. Na época, existia a pilha AEG, anunciada em rádios numa propaganda de cujo sentido ele se apropriara, quando a citava numa frase vociferada para enfatizar sua ira ou irritação: "Eu sou da hora, do minuto e do segundo! AEG! AEG!". Já desde criança eu considerava algumas dessas expressões ridículas, uma espécie de mania alcoólica. Hoje, fica muito engraçado, quase surreal, lembrar do meu pai lançando um bordão então incompreensível, que só há pouco descobri tratar-se de "Tacere, tacere!", expressão com que meu avô italiano talvez mandasse os filhos calarem a boca. Quando era chamado para almoçar, meu pai repetia, cheio de grandeza: "Agora não, estou ocupado. Primeiro a obrigação, depois a diversão". Mesmo que o botequim estivesse vazio, aí ribombava o bordão. Às vezes usava esse dito também para me repreender, quando eu tinha que ficar tomando conta do balcão em vez de brincar na rua ou no quintal, como era minha vontade.

Mas o ápice ocorria com a inigualável coleção de palavrões que chispavam de sua boca. Um deles, que sempre achei particularmente grosseiro, indicava provável influência de sua mãe espanhola de Málaga: "Me cago en la leche!". Ou então outro, bastante blasfemo, em corruptela do italiano: "Puta madona!", com a variante "Porca madona!". Esse sempre me pareceu perfeito ao vocabulário dos Trevisan mais velhos. Mas o palavrão que tinha a cara do meu pai era: "Vai à puta que te cagou". Se eu fosse escolher uma expressão para lembrar dele, basta repetir esse xingo, emblemático porque me assustava com seu significado fisiologicamente ambíguo. Meu pai o usava de preferência em modo abreviado: "Puta que te cagou" — uma variante mais virulenta de "Puta que te pariu". Nunca consegui entender a gênese do xingamento. Talvez implicasse uma ofensa inominável, mais do que uma referência fisiológica real. Quando meu pai o vociferava, sua fúria soava tão grande que o mundo parecia prestes a desabar. Para nós, crianças, suas imprecações por vezes tinham sentido ainda mais desconhecido com as misturas da língua italiana. Guardo na memória algo como "Fate che t'a fate, la puta che t'a fate". Talvez se tratasse de uma corruptela que misturava italiano, vêneto e português, no mesmo sentido de xingar a mãe de puta. Um amigo veneziano me citou um insulto vêneto algo semelhante: "La putana che t'a fato". Curiosamente, meu pai e seus familiares acrescentaram a reiteração aliterativa, que fazia o xingamento soar quase poético.

Meu pai gostava também dos ditados, alguns dos quais nunca esqueci. Por exemplo: "Isso é para olhar com os olhos e lamber com a testa", que significava a inacessibilidade a alguma coisa cara. Ou: "Por fora bela viola, por dentro pão bolorento", para qualificar alguém hipócrita e cheio de pose. Ou: "Tem cada uma que parece duas", em relação a algo inacreditável, surpreendente. Ou, quando devíamos comer sem discutir: "*Mangia, mangia*, o que não mata engorda". Ou: "Aqui só querem o *venha a nós*, mas ao *vosso reino* nada", referindo-se aos nossos desejos infantis que ele considerava descabidos ou até mimados. Também usava alguns ditados recorrentes e críticos: "Fulano come chuchu e arrota peru". Ou este, complementar ao modo de advertência: "Pra quem é, bacalhau basta", talvez num tempo antigo em que bacalhau era barato. Há outro, de tom consolador, dito de modo informal: "Tem males que vêm pra bem". Também saíam da sua boca expressões usadas popularmente como: "Viver a pão e banana", para se referir a uma vida miserável. Ou: "Tal coisa está a preço de banana", no sentido de custar barato. Mas usava-se também uma variação: "De marca barbante", para classificar algo de qualidade inferior ou até mesmo uma pessoa ordinária. Uma expressão dita por ele me impressionava por sua radicalidade: "Ninguém vai ficar pra semente", reconhecimento da inevitabilidade da morte.

Dentro da família, lembro vocábulos corriqueiros como "vasca", para se referir ao tanque de lavar roupa — que mais tarde descobri ser a mesma palavra em italiano. Ou a onipresente expressão "ma varda", do vêneto, com diferentes nuances de "veja só", "olha só" ou "que coisa!", implicando alguma surpresa ou mesmo lamentação. Do português caipira, havia diluições e distorções fonéticas. A cidade de Ribeirão tornava-se Reberão, no dia a dia. *Fósforo* virava "forfe" e *como* pronunciava-se "cumo". O L era quebrado em R, como um estorvo. Minha tia Zilda tornou-se Zirda, *almoço* passou a "armoço", *alface* era "arface" e *voltar* era "vortá". O R entre sílabas ficava sempre dobrado e pesado: "forrrça", "carrrta", "lerrrdo". Mas há também uma imensidão de termos peculiares. Dizia-se "estabanado" para alguém desastrado ou agitado demais — daí acusação corriqueira feita a nós crianças. Uma variante era: "espeloteado", que implicava alguém estabanado e um pouco deslumbrado, desequilibrado. Uma mocinha feia era uma "bruaca", algo como a "baranga" de hoje, mas também podia significar mulher fácil e de mau caráter. Lembro de uma palavra um pouco enigmática, na boca do meu pai, usada para vários sentidos: "breguéço", que remetia a "troço", como "esse breguéço aí", mas tinha algum sentido pejorativo e, na minha lembrança, sutilmente libidinoso, semelhante a "bagulho" hoje em dia. Num outro sentido, o da melancolia, me ocorre um termo emblemático: "desacorçoado". Quantas vezes o ouvi, dito tanto por meu pai quanto por minha mãe. "Ficar desacorçoado" remetia a uma tristeza dessas que desnorteiam. Significava um estar tão triste que gerava desânimo e paralisia. Hoje penso que podia remeter a algum sintoma de depressão, conceito desconhecido na época. Em compensação, considero delicioso um bordão com que minha mãe replicava ao meu pai, depois que ambos brigavam e ela ia almoçar: "de mal do patrão, de bem do caldeirão".

Meu pai também adorava o caldeirão. Tinha especial predileção por rabada e cabeça de porco, que saboreava com requintes de glutão, chupando os ossos. No quesito comida, podia ser até criativo, para complementar sua dependência alcoólica com soluções inusitadas. Adorava, por exemplo, fritar linguiça na pinga, preferindo para tanto o bar e não a cozinha. Sobre um pequeno fogareiro a álcool, colocava a linguiça numa frigideira, derramava pinga e ateava fogo. A linguiça flambava na própria cachaça, exalando um cheiro defumado. Inadvertidamente, José Trevisan talvez tivesse adicionado uma nova receita à culinária nacional.

Havia ainda os gestos, num mundo de italianos tardios. Às vezes meu pai usava um cacoete gestual meio gratuito, meio libidinoso. Inflava um lado interno da boca com a língua, depois colocava parte dela para fora e a mastigava ou chupava. Nunca entendi por que me parecia obsceno, mas eu intuía alguma insinuação ao pênis ereto. Talvez se tratasse de um costume dos machos locais para metaforizar uma trepada ou apenas manifestar tesão. Talvez não passasse de mera fantasia obscena de garoto.

Coisas que me desgostavam, de criança

— Sentir o cheiro de acidez bruta do urinol cheio de mijo, sob a cama dos meus pais, de manhã, já que à noite a privada no quintal ficava pouco acessível.

— A brutalidade dos jogos dos meninos, que não sabiam brincar de faz de conta.

— Caçar aranha com bolinha de cera presa num barbante, que era enfiada em buracos no chão, de onde a aranha saía grudada, temível e nojenta.

— Os fregueses xingando meu pai de bêbado, pinguço, cachaceiro ou pau-d'água, quando eu lhes entregava o pão mirrado, de manhã.

— Montar o cavalo Parabelo, para entregar pão depois que o carrinho foi vendido, e viver aterrorizado com a possibilidade de queda.

— Entregar pão a pé, com a cesta pesada, depois que o Parabelo morreu.

— Limpar a velha geladeira do bar, para enxugar a água podre que empoçava no interior, escorrida não sei de onde.

— Testemunhar, em meio a choros e gritos, as brigas de meus pais na madrugada, tolhido de horror ante as surras que minha mãe levava, por entre humilhações e xingos grosseiros do marido.

— Receber chutes e tapaços do meu pai, em momentos imprevistos, sentindo a brutalidade do seu ódio, mas sem conseguir compreender por que me espancava.

— A promessa, jamais cumprida, de ganhar uma bicicleta no Natal, adiada ano após ano.

— Comer o pão mirrado e borrachento do meu pai.

— Ouvir os arrotos e peidos do meu pai, a qualquer hora do dia.

— Participar da bênção do Santíssimo, na igreja matriz, em certas noites da semana.

A bênção da mãe

Se a bênção paterna me foi recusada, a bênção da mãe talvez tenha ajudado a me salvar. Não sei que espécie de intuição levou aquela mulher chamada Maria, que nunca terminou o grupo escolar e era desdenhada por vir da roça, a comprar romances à prestação na papelaria da cidade para que eu os lesse durante as férias do seminário. Será que minha mãe quis reforçar as defesas do seu primogênito porque, sendo ela também filha mais velha, conhecia o peso desse posto familiar? Com certeza, intuía a meu respeito características pessoais que fugiam ao interesse e percepção do meu pai. Esses romances — quase toda a coleção de José de Alencar, assim como obras de Júlio Verne e Conan Doyle — abriram caminho para minha imaginação errática. Por força da sua bênção, foi assim que Maria, a semianalfabeta filha dos Aiello, me deu a literatura de presente. E me permitiu vislumbrar o universo da arte. Não receio dizer que aí encontrei a tábua transformada em barco da salvação, que tantas vezes tornou minha trajetória menos tormentosa.

Mesmo durante o período da sua longa agonia, essa mulher me abriu espaço para a arte. Ao lado de sua cama no hospital, enquanto aguardava a evolução de um aneurisma cerebral que a deixou em estado semicomatoso durante um mês, terminei meu primeiro roteiro profissional — com o qual ganhei meu primeiro prêmio em cinema. Antes de morrer, aos cinquenta anos, Maria me presenteou com as chaves que abriam as portas a uma imensa legião de companheiros de destino: poetas de todos os quadrantes e matizes — de Freud a Mozart, de Thomas Mann a Bach. Personagens que me adestraram na Poesia, essa grande barreira contra o Nada. E têm sido meus respiros diante da dor. Por isso, julguei não apenas justo, mas esclarecedor, dedicar a essa mulher o meu romance *Ana em Veneza*, como segue: "À memória de dona Maria Carmelina Aiello, brasileira de poucas letras e muita sensibilidade, que me deu a vida e a literatura".

Foi também sob a égide da minha mãe que pude escapar para o seminário, longe do meu pai. Mas nem assim se pode dizer que ela me prendeu. Quando, anos mais tarde, deixei o seminário e a família, lembro claramente da cena. Eu subindo as escadas da nossa casa ainda sem reboque, construída num baixio de barranco, no bairro de Itaberaba, em São Paulo, e minha mãe me questiona duramente por que decidi morar sozinho. Eu lhe respondi com uma pergunta: "A senhora quer que eu seja feliz?". Ela assentiu com a cabeça. E eu: "Então me deixa ir embora". Bastou esse argumento para que mamãe nunca mais se opusesse. Em torno dos vinte e cinco anos, fui morar longe da família, queria viver minha vida. Essa mulher, que me respeitava e admirava, de vez em quando ia me visitar no apartamento que aluguei — e me avisava antes, para não me invadir. Eu sabia precisamente do que precisava: espaço para desdobrar os meandros da minha homossexualidade ainda em conflito. Era minha maneira de buscar a felicidade sendo eu mesmo. De quebra, instituía-se mais um jeito de encenar a morte do pai: ser o desviado que ele odiava em mim.

Coisas que eu amava, de criança

— Brincar de casinha com as primas, porque era delicioso fazer de conta.

— Brincar de cirquinho no quintal, quando a gente podia ser muitos personagens.

— Sonhar que voava com meu tio predileto, irmão caçula de minha mãe e belo como os mocinhos de cinema — algo próximo ao paradisíaco.

— Copiar desenhos de santinhos, ampliados como quadros, com muita purpurina na auréola, para intensificar o brilho da santidade.

— Fazer bonequinhos de cera que representavam malabaristas de circo de coxas e peitos grandes — coisa bem mais emocionante do que caçar aranha.

— Durante a semana, pensar com saudade nos mocinhos do cinema, torcendo para que voltassem logo, no próximo capítulo do seriado do Zorro, Tarzan ou Clyde Beatty, em *A deusa de Joba*.

— Nas chuvas noturnas, sentir mamãe chegar de mansinho para estender plástico sobre a cama, e ficar ouvindo os pingos de goteira no plástico, até dormir embalado pela proteção do amor materno.

— Aos domingos, ver filme no cinema da cidade, em matinês (que, ao contrário do nome, aconteciam à tarde), para rever os habitantes do meu mundo ideal, em que os mocinhos eram lindos e no final sempre saíam vitoriosos.

— Aspirar fantasias eróticas na urina ácida que exalava do buraco à guisa de latrina, no banheiro do quintal, onde os fregueses mijavam olhando para fora enquanto balançavam o pau.

— Ouvir músicas no rádio, especialmente aquelas bem dramáticas que ilustravam as novelas radiofônicas e me transportavam para um mundo de dores e amores dourados.

— Sentir o cheiro do bife frito ao molho inglês, preparado por meu tio no bar do clube da cidade — onde eu só entrava em situações especiais, como nos concursos de cantor, quando desafinei e fui desclassificado interpretando "Índia".

— No grupo escolar, cantar o Hino da Bandeira e o Hino da Independência, para me sentir um bravo brasileiro, sem desafinar.

— Nas procissões de maio, mês da Virgem Maria, cantar lindas músicas religiosas, que embalavam sonhos maternais, em meio à profusão de margaridas brancas e crisântemos coloridos nos andores, verdadeira delícia para os olhos e os ouvidos.

— Na chácara da tia Ana, tomar café e comer com prazer o pão ruim do meu pai, que perdia a textura borrachenta depois de guardado por dias numa lata tampada e me fazia experimentar uma transubstanciação amorosa.

Brigas de casal

Segundo minha irmã, mamãe era uma mulher resignada demais, por influência daninha da religião. Tentou se separar do nosso pai e foi impedida pelo vigário. Mas também é verdade que decidiu vir sozinha com os filhos para São Paulo, pois meu pai absolutamente não queria e só de última hora concordou em nos acompanhar. Ainda segundo minha irmã, mesmo resignada nossa mãe reagia aos ataques do meu pai, durante as brigas. Investia contra ele, com vassouradas e atirando latas, para se defender. Testemunhamos brigas ferozes, como nosso pai atacando-a com uma pá de madeira de tirar pão do forno — cena assustadora, inesquecível. Nós, os filhos pequenos, ficávamos aterrorizados e chorávamos aos berros, suplicando que parassem de brigar. Numa casa sem forro, a gritaria podia ser ouvida por toda a vizinhança. Não sei se as brigas começavam porque meu pai se via rechaçado sexualmente por minha mãe. Mas a verdade é que não aconteciam exclusivamente à noite. Sempre que estava alcoolizado, José Trevisan podia ter reações violentas em momentos imprevisíveis. Raramente não parecia irritado por algum motivo, ainda que mínimo e fortuito.

Olhando de longe, seria fácil imaginar uma cena folclórica de família italiana, com algo de operístico: gritaria e choradeira para todo lado, num clima que poderia soar melodramático. Mas, pelo terror que nos despertava, não havia trilha sonora mais legítima do que nosso choro. Chorar era o único escape possível ao medo e pânico infantis. Para ir à escola, minha irmã conta que saía pelo portão dos fundos da casa, com vergonha de aparecer chorando na frente dos vizinhos — e exibir sinais da desgraça familiar em que estávamos metidos.

Choro infantil e outras perdas

Durante muito tempo, eu me afligia ao ouvir crianças chorando, ainda que anônimas ou distantes. Aos poucos, a sensação foi amainando, como quando a gente se acostuma a uma dor. Mas ainda hoje resta a sensação incômoda do desamparo infantil, que me afeta de repente, sempre que ouço o choro de uma criança, mesmo nos braços da mãe. É uma espécie de cacoete psicológico que, nesses momentos, expõe certa ferida mal cicatrizada. Outro dia, perto da minha casa, no centro de São Paulo, eu me deparo com um garotinho de uns cinco anos, de mãos dadas com o pai, quase arrastado. Ao lado seguem a mãe e um possível irmão mais velho. Estão todos apressados. O menor tem dificuldade em acompanhar. Chora. Ninguém lhe dá atenção. Ele tenta seguir os passos do pai, mas suas sandalinhas de tipo *croc* o atrapalham. Tropeça ao atravessar a rua. Chora mais alto. Está só e nada pode fazer, pois a mão que o ampara é também a que o arrasta. Não consigo deixar de acompanhar cada gesto, cada sinal da sua saga precoce. Na esquina da avenida Ipiranga com a São Luís, meus olhos se enchem de lágrimas. Aquela pequena dor eu conheço.

A solidão das crianças me soa imensurável, à altura mesma da sua fragilidade — que seu choro aberto denuncia. O fato de existirem órfãos no mundo sempre me encheu de questionamentos. Qual sua história até irem parar ali? Como elaboram seus sentimentos? De que modo enfrentam a solidão? Onde esses pequenos exilados depositam suas dores? Qual seu futuro?

Certa ocasião, tempos depois de deixar o seminário, acabei indo com minha mãe visitar um orfanato no bairro do Ipiranga, em São Paulo. Não sei especificar as circunstâncias que nos levaram até lá. Eu e minha mãe soubemos que visitas de adultos eram bem-vindas para os órfãos. Mas havia razões menos explícitas. Talvez eu buscasse algum reflexo da minha própria orfandade. Acabamos encontrando as crianças no recreio. Não sabíamos bem o que fazer. Elas nos instaram a pegá-las no colo. Certamente não queriam outra coisa. De repente, ao nosso redor víamos um enxame de crianças se estapeando para disputar seu turno. Quando eu as levantava, via o rosto delas perder o fôlego de tanta delícia. Mal púnhamos uma no chão, éramos agarrados por várias outras, e repetíamos a dose. Aquele nosso gesto quase mecânico lhes significava um tesouro. Jamais vou esquecer a cena de puro afeto que trocávamos com elas. Eu e minha mãe saímos de lá exauridos, em silêncio, mal contendo as lágrimas.

Não era a primeira vez que fazíamos visitas, digamos, solidárias. Mamãe já me tornara sua companhia habitual quando, nas férias do seminário, tomávamos o trem de subúrbio até Franco da Rocha para visitar tia Lena, a irmã mais nova do meu pai, que vivia internada no manicômio do Juqueri. Para mim, tratava-se de visitas bastante assustadoras, pelo impacto do local, tanto a presença dos internos quanto a sujeira. Apesar de se tratar apenas de sua cunhada, mamãe era das pouquíssimas pessoas da família que a visitavam. Levávamos comida do seu gosto e roupas. Minha tia ficava me chamando alto de Joãozinho Sirvério, forma de expressar sua alegria. Um dia, fugiu do Juqueri, mas acabou sendo transferida para outro manicômio, onde permaneceu trancafiada até a morte. Sua imagem ficou para sempre associada, de modo quase mítico, ao remédio Gardenal, que tomava permanentemente e com o qual chegou a tentar o suicídio quando jovem.

Ainda adolescente, às vezes eu convidava mamãe para compartilhar minhas descobertas. Sabia quanto devia à sua figura. Lembro de tê-la levado, certa vez, ao Theatro Municipal de São Paulo, que eu costumava frequentar nos concertos matinais gratuitos dos domingos. Fomos ver Cacilda Becker em *A Dama das Camélias*. Comprei ingressos para o lugar mais acessível ao meu bolso, o anfiteatro, também conhecido como poleiro. Claro que, pela distância, lá de cima, pouco se via da famosa atriz, mas mamãe ficou deslumbrada com o ambiente, que lhe pareceu não menos do que mágico. Foi bom que eu a tivesse levado, pois o tempo urgia.

Retroativamente, aquela visita ao orfanato não me pareceu mero acaso. Foi o último evento que eu e minha mãe compartilhamos.

Funcionou como rito de despedida. Poucos meses depois, ela sofreu um aneurisma cerebral, que a manteve em estado comatoso até um enfarto fulminante lhe tirar a vida. Curiosamente, a situação emulava a morte da própria Cacilda Becker. A atriz que vislumbráramos no teatro tivera um derrame durante uma peça e, após passar mais de um mês em coma, morreu aos quarenta e oito anos. Minha mãe tinha cinquenta quando saiu de cena.

O choro, o chorar

Durante a vida, sempre chorei muito, nas mais diversas ocasiões, idades e posições, com os mais diferentes sentidos. Não receio confessar essa insistência emotiva, que para muita gente parecerá fraqueza ou propensão ao sentimentalismo. Não é. O choro mais crucial que conheço é o de solidão. Chorei muito de solidão, escondido. Já atravessei noites e noites chorando por sentir na cama o espaço vazio ao meu lado. O choro de solidão é o mais parecido ao de uma criança, pois revela uma consciência brutal do desamparo ante o exílio do próprio viver — órfão, sem eira nem beira. Talvez fosse mais adequado dizer que é um chorar de exílio. Mas eu também choro por emoção poética ou felicidade. A cada vez que revejo *Au hazard, Balthazar*, filme de Robert Bresson, começo a chorar logo nos letreiros e não consigo parar, montado no lombo desse burrico cuja história penetra fundo na ferida da condição humana e mimetiza o martírio de um Cristo cândido, desde a manjedoura até a subida do Calvário, sem qualquer resquício de pieguice ou apelo religioso. O que se vê ali é apenas o sagrado em forma de imagem. Aliás, nunca supus que o mugido de um burrico pudesse conter tanta sacralidade. Quando levei minha irmã para uma rara sessão desse filme, ao final ela se confessou assustada com meu choro incessante e perguntou se eu estava deprimido. Não, eu estava apenas comovido ante a grandeza poética de Robert Bresson. Sou um chorão de carteirinha, minha irmã. Mesmo assim, nunca consegui decifrar o sentido e a natureza do choro. Por que a gente chora? Qual a alquimia interior que leva a emoção, a dor e a felicidade a se manifestarem em lágrimas? Como elas são acionadas?

Não creio que eu conseguisse chegar a qualquer conclusão. O que sei é que as lágrimas sobrepujam todas as explicações que lhes puderem dar — sejam científicas, psicológicas, poéticas, sentimentais. Melhor reconhecer, como Carlos Drummond de Andrade, que "se os olhos reaprendessem a chorar seria um segundo dilúvio".

O eu claudicante

Quando pequeno, eu me comovia até as lágrimas diante de uma pessoa com deficiência física. Demorei a entender que eu não chorava por ela, mas por mim. O fato é que eu me identificava com aquela falha, falta ou incompletude. Não por acaso certa vez me apaixonei por um franguinho com defeito na perna. Se crianças podem se identificar facilmente com os bichos, eu da minha parte sentia este frango como consolo para minha insuportável solidão no mundo. Meu franguinho não tinha ideia do que significava para mim, mas eu sabia pelos dois. Sua presença em minha infância foi tão marcante que escrevi um dos meus primeiros contos, ainda na adolescência, justamente sobre a pequena tragédia que nos acometeu. Conquistei o segundo lugar num concurso nacional da revista *O seminário* (órgão oficial dos seminaristas brasileiros), editada em Viamão, Rio Grande do Sul. Era 1961. Eu tinha dezessete anos.

Frangote manco

O garoto passava cantarolando, sob as janelas, todas as manhãs. Depois que o cavalo morrera e o carrinho imobilizara, o menino ia todas as manhãs, com a cesta pesada, entregando pão.

Após servir os fregueses de baixo, subia até a estação. Deixava aí o pão mirradinho, olhado com maus olhos pelo homem.

Junto à estação, havia árvores cascudas e grama feia. Entre elas barulhava sempre uma choca e a pintaiada. Era delicioso, para o menino, ouvir nas manhãs fresquinhas aquele ruído: a galinha abrindo caminho — pescoço erguido, "có-cós", ar de soldado vigilante. E os pintos irrequietos, chorões.

Um dia, apareceu atrás da choca um frangote manco, saltando lacrimoso. O coração do menino viu o bicho e apertou, como se estivesse num moinho de carne. Primeiro só olhava. Depois foi acariciá-lo. Acabou por recebê-lo de presente.

— Tem reumatismo. Veja se você cura ele.

O garoto correu felicíssimo. Apertou-o ao coração e o coração ficou sambando no peito. O menino gostava dos infelizes.

Em casa, atou-lhe a perna doente, juntou uma ripa. Fez-lhe a caminha dentro do seu chapéu.

— Há de ficar bão.

Com os dias rotineiros, esquecidos no passado, brotava uma afeição mútua: frango e menino. Um vinha do Grupo Escolar correndo, ia ver o outro, que piava em rasgada satisfação. Os pensamentos do moleque eram apenas o amigo doente.

— Onde se viu isso! Frango na cama também.

O garoto não quis saber. Gozou ardentemente o amor do franguinho. Sem perceber jogou o coração nas espirais loucas da Vida.

Moleque sem experiência, a vida engana com uma pseudofelicidade! Você descobriu isso muito tarde. Nem sabia o que era pseudo...

Se soubesse adivinhar, não teria posto o frango junto a si, naquela noite pérfida. E sonhou com doces, festas, brinquedos... Mas veio acordar incomodado. Enfiou a mão pelas costas, puxou uma coisa dura que o machucava. A coisa tinha penas e uma tira no reumatismo. O menino apalpou-a no escuro; os olhos arregalaram-se de pavor. Procurou o chapéu, mexeu dentro — vazio!

— O meu franguinho. — Estava morto.

Enfiou-o na sua caminha, cobriu-o, não queria ser tido como assassino, desceu da cama, deixou-o no chão perto da cômoda, refugiou-se nos lençóis gelados. Nem pôde chorar. Matara o seu frango. Sentia-se um criminoso.

Quando acordou para entregar o pão, ainda julgava que fora um sonho. Não, não era sonho!

— Manhê. O pintinho morreu. Tava doente mesmo, viu!

A mamãe não fez caso. Depois que o garoto saiu carregado, ela recordou-se e foi colocar o pinto doente no devido lugar:

— Chapéu não é pra isso; que menino!

* * *

Seu Testa surgiu como sempre. Pegou a lata de lixo, virou-a na carroça. E nem soube que fazia o enterro do frangote manco.

Ecos paternos

Não era só na infância que as surras paternas me assombravam. A cicatriz parece reabrir-se sem prévio aviso em momentos mais fragilizados da vida. Nestes meus dias de velho, vi pela primeira vez (em DVD) um filme que havia muito perseguia: *A cruz da minha vida* (*Come Back, Little Sheba*, 1952), de Daniel Mann, a partir da peça de William Inge, também coautor do roteiro. Bastou para reviver meu trauma e me deixar vivamente assustado com a violência do alcoólatra, interpretado por Burt Lancaster, contra sua mulher. Trata-se de um filme pungente e triste demais, ao abordar situações de dor sem saída que os grandes dramaturgos americanos daquele período sabiam trabalhar como ninguém. Não há nenhuma instância piegas. Vai-se tecendo um clima opressivo e ambivalente, entre a doçura e a crueldade. Os sentimentos, parcamente expressos, giram em falso, até o final em que os personagens se revelam autênticos filhos do desamparo. A solidão de ambos é irremediável: sem filhos e sem a cachorrinha Sheba, que sumiu, eles só têm um ao outro — e isso pode ser tudo o que lhes resta, mas é pouco. O casal está condenado ao desequilíbrio, cada qual à sua maneira, sem salvação à vista. Mesmo com a ação transcorrendo na euforia do pós-guerra e no país mais rico do planeta, revela-se o desmantelamento do *American dream*, cujas contradições tornam aquelas dores anônimas ainda mais irrecuperáveis. Não consegui deixar de me perguntar: por que alguém escreveria uma peça que dói tanto? Por que um diretor decide adaptá-la ao cinema? E não vai aí nenhuma crítica. Perguntas assim eu tenho feito sobre várias das minhas obras — sem resposta clara. E refaço agora, insistentemente, ao escrever este livro.

O último balão

Podia não ser minha primeira ida a São Paulo, mas dessa vez eu acompanhei minha mãe e meus irmãos pequenos numa viagem raríssima e maravilhosa, cujos reais motivos desconheço. Dela, lembro uma única cena desagradável, que inadvertidamente provoquei. Eu brincava de cuspir para fora, durante a viagem de trem. Uma das cusparadas, que o vento levava, acabou na cara do meu tio, na janela de trás. Levei a maior bronca e passei a maior vergonha. Era provavelmente o final do ano de 1950, a considerar as anotações atrás de uma pequena foto onde se veem, além dos meus irmãos e tios, minha prima predileta, um pouco mais velha — aquela com quem eu brincava de casinha. Não é estranha sua presença ali. Minha mãe tinha muito afeto por ela, e vice-versa. Ficamos hospedados na casa de uma tia-avó materna, que morava numa vilinha de bangalôs no final da rua Tupi, bem junto à avenida Pacaembu — sincronicamente a umas três quadras da casa de Mário de Andrade, do outro lado da avenida. Lembro de ter visto a multidão de torcedores celebrando o time do Corinthians, que acabara de conquistar um campeonato, no estádio do Pacaembu, ali perto.

Meu tio predileto, irmão caçula de minha mãe, gostava de me levar a passeios maravilhosos. Acho que se orgulhava do sobrinho primogênito. Já tínhamos ido ao famoso parque Shangai, com seu trem fantasma que nos divertira muito. Mas era sobretudo um palhaço mecânico que me fazia perder o fôlego de tanto rir. Ele dublava uma cançãozinha em que inicialmente simulava uma risada, para ser aos poucos atropelado por uma verdadeira orgia de riso, que ia mudando as sílabas e sons: ô, irri, rá rá rô, rá rá rá, ô ô ô, rô rô rô — crescendo até desaguar numa gargalhada em cascata. Ao final da canção, era impossível não rir em igual desatino. Depois, visitamos a Feira da Água Branca, para conhecer uma exposição de bichos-da-seda, que me deixaram deslumbrado. Eu me perguntava, quase metafisicamente, como era possível fabricar seda, algo de delicadeza principesca, só comendo folhas de amora. Também fomos a um evento de Natal em que dona Leonor, a famosa esposa do governador Adhemar de Barros, doava presentes às crianças pobres.

Uma das experiências mais emblemáticas da minha timidez infantil aconteceu nesse período. Meu tio me levou ao circo Piolin, armado na avenida General Olímpio da Silveira, num terreno perto da atual estação de metrô Marechal Deodoro. Nos circos, eu amava tudo, dos trapezistas aos palhaços, aos bichos, à bandinha. No final do espetáculo, choveram balões do teto de lona sobre o picadeiro. A meninada se atropelou para disputar o seu. Meu tio insistiu que eu corresse para apanhar um, antes que acabasse. Empaquei, sem encontrar coragem para me expor diante do público presente — e era essa a imagem que eu temia: todo mundo iria me olhar. Ao ver que meu tio balançava a cabeça entre inconformado e aborrecido, decidi me levantar, num esforço imenso, como se carregasse o circo inteiro nas costas. Foi pior a emenda do que o soneto. Quando cheguei ao picadeiro, às pressas para não ser notado, me deparei com um último balão, abandonado por estar quase murcho. Sem escolha, eu o apanhei. Ao me virar, estava cara a cara com o público. Como acontecia frequentemente, fiquei enrubescido até a alma, enquanto voltava ao meu lugar com os restos daquele butim sem glória e olhando para o chão, receoso de tropeçar. Parecia que o circo inteiro zombava de mim. Retornando ao assento, eu não sabia se minha vergonha maior era por sofrer o vexame na própria pele ou por ter feito meu tio predileto passar pelo vexame do sobrinho caipira. Além de me considerar no geral um ser estranho, minha timidez tinha a ver com o rosto sardento, motivo de molestação na escola — tanto quanto meu segundo nome, que colegas gritavam para me referenciar ao grande traidor da pátria Joaquim Silvério dos Reis, um "palavrão" que me deixava arrasado. (De tão marcante, aproveitei essa cena num dos meus romances.)

Mais desafetos do que afetos

Desde a infância me defrontei com aquilo que ficou configurado como a "mentalidade Trevisan", massacrante em vários aspectos, a partir da minha própria pele. No final da adolescência, centrei fogo para preparar a minha separação dessa árvore que me parecia daninha. Comparava a família do meu pai com a da minha mãe e não tinha dúvidas: apesar de moralistas e religiosos em demasia, minha tia e tios maternos entendiam perfeitamente a linguagem do afeto. Fazer carinho era para eles algo natural. Não lembro de um único gesto afetuoso que meu pai me tenha feito, nem sequer de afeto difuso. Talvez por um moralismo de tom mais repressivo, isso não existia nos Trevisan, que no máximo conseguiam ser melosos, ah, isso sim. Presenciei meu tio mais velho chorando emocionado ao ouvir Miguel Aceves Mejía na vitrola. Se ele nos tratava com alguma deferência afetuosa, era antes de tudo piedade por sermos filhos do "irmão cachaceiro".

Graças à divisão da herança, meu pai e seus irmãos, sobretudo os homens, estapeavam-se, odiavam-se e traíam-se como inimigos mafiosos — antes de romperem a relação fraterna. Sua parca expressão afetiva se diluía nas histórias que pipocavam por todos os lados: tio E. batendo na mulher como prática cotidiana; tio B. traindo a mulher descaradamente, ao mesmo tempo que a humilhava na frente dos filhos; tio L. com o rei na barriga, querendo vencer a qualquer custo (e provavelmente cúmplice nas dívidas que apareceram depois que meu pai herdou a padaria, e sempre foram suspeitas de terem sido armadas). Enquanto isso, a irmã mais nova foi metida num hospício, onde viveu por mais de trinta anos, até sua morte. Nesse episódio suspeito e altamente emblemático dos mecanismos punitivos, os responsáveis ficaram ocultos por uma espécie de conluio familiar. Apesar de reiteradas tentativas, nunca consegui acesso ao prontuário ou mesmo diagnóstico do seu quadro clínico, para além de suas periódicas crises de epilepsia. Sempre desconfiei que ela enlouqueceu dentro do manicômio. Ao visitar Juqueri, eu e minha mãe a encontrávamos cada vez mais confusa, ainda que sempre resistente. Ela própria nos contava, marotamente, como escondia debaixo da língua os medicamentos obrigatórios e os descartava. Em protesto contra o tratamento, fez greves de fome e certa vez se recusou a descer do alto de uma árvore, causando rebuliço entre os funcionários. Fugiu do hospício mais de uma vez, sendo sempre recapturada ou devolvida à instituição. Pelo temperamento difícil, ganhou fama de mimada. (Utilizei parte desse drama no meu segundo romance, *Vagas notícias de Melinha Marchiotti*.) A irmã do meio, por sua vez, foi sumariamente deserdada: como morava longe, os irmãos Trevisan a "esqueceram" na partilha de bens — de resto, mesquinharias, pois suas posses eram tudo o que imigrantes de classe média baixa poderiam ter acumulado.

Obviamente, sua mentalidade mercantilista não dava a menor importância aos meus pendores artísticos, que criavam mais uma oportunidade de me estigmatizar como maricas na infância. Só depois dos meus cinquenta anos decidi exorcizar de vez esse estilo de vida que constituiu meu berço e me assombrou por décadas. Queria dar um "basta" definitivo a partir do que aprendi a fazer de melhor, a minha literatura, desenvolvida na contramão de tudo aquilo que a minha família paterna desdenhava. Elaborei uma dedicatória na abertura do romance *Ana em Veneza*: "Aos anônimos vênetos meus antepassados, esta homenagem, para fechar o ciclo". Dava assim por resolvido um longo conflito interior. De modo ostensivo, integrei à minha obra um tampão que barrava qualquer possibilidade de sangria emocional e, deliberadamente, impunha um fim ao ciclo das crueldades. Ao mesmo tempo, eu antecipava aí o fim do ciclo da mágoa. Tateava o grande perdão.

Meu rio Jordão

Na infância, sofri um incidente significativo do embate opressor ante a "mentalidade Trevisan", e que implicou um dos meus primeiros gestos de reação interior. Foi tão aterrorizante que ficou soterrado durante boa parte da minha vida, e só o resgatei num dos últimos períodos de análise por que passei. Deixei-o reportado num dos meus contos, talvez mais de um. Eu teria entre oito e nove anos quando fui convidado a pescar com meus tios e primos, no rio Jacaré-Guaçu, um afluente do Tietê, próximo a Ribeirão Bonito. Eram águas caudalosas e piscosas. Como eu sempre adorei pescar, não pestanejei: fui, refreando certo temor endêmico de pisar fora do meu ambiente usual. Não tenho certeza se viajamos para lá de caminhão, mas vejo claramente a cena que se armou logo que chegamos à beira do rio. Lembro, relembro. Eu vestia um calção feito por minha mãe de pano de saco de farinha. Pelo clima de risadinhas e olhares de esguelha, farejei algum perigo. Não que fosse novidade. Com minha insegurança, eu farejava sempre, como maneira de ficar alerta e me precaver. Mas desta vez parecia uma armadilha, e não deu tempo de pensar em fugir. Fui agarrado pelo grupo e, sem mais, jogado no meio do rio Jacaré. Eu, que não sabia nadar, me debatia aterrorizado, engolindo água e tentando voltar para a margem. Só descobri o motivo da brincadeira quando entrevi o grupo, na margem, rindo e gritando que era para eu "aprender a ser homem". Não sei quanto tempo durou aquilo que me pareceu uma agonia. Batendo os braços como podia, consegui alcançar a margem e me agarrei no mato ribeirinho para sair do rio, ao mesmo tempo que patinava com os pés na lama. Quando consegui me estabilizar para fora da correnteza, assustado e ofegante, o grupo ainda ria da brincadeira divertida com o menino maricas. Eu tossia, sem dizer nada, e nem poderia. Mesmo humilhado, dentro de mim cresceu um vagalhão de revolta incontida. Encarei aqueles homens que me escarneciam. Não senti medo, mas algo de repugnância. Na minha cabecinha transfigurada pelo desamparo e pela dor, emergiu uma iluminação desconhecida que extravasava a minha idade. Como uma chispa de consciência nova, intuí que eu perdera a batalha mas ia vencer a guerra. Uma sensação difusa subiu borbulhando e logo se configurou como precoce revelação para uma criança assombrada por fantasmas vivos. Então, pela primeira vez, percebi as diferenças e tive certeza: "Sou homem, sim, mas não quero ser igual a vocês". Apesar do céu não se abrir, nem o espírito de Deus surgir em forma de pomba para me chamar de "filho amado", ali se configurou o meu rio Jordão. Aquele foi meu batismo, doloroso sim, mas bênção. Inadvertidamente, eu iniciava meu processo de ser outro, um homem, sem deixar de ser o mesmo filho de José, o cachaceiro.

Inocência violada

Quase no mesmo período, vivi um episódio que me fez sentir o massacre em sua máxima contundência, pois envolvia meu pai. Eu o inseri no conto "Crianças", que inicialmente foi escolhido para participar da antologia *Os 100 melhores contos brasileiros do século XX*, organizada por Italo Moriconi, mas acabou substituído por outro também da minha autoria. Observo a razão alegada pelos editores: o primeiro conto não poderia ser lido nas escolas. Isso dá a medida de como a violência contra as crianças acaba minimizada, num pacto socialmente consagrado para defender sua "inocência". Posso dizer que tal incidente marcou uma ruptura no tecido da minha esperança e comprovou a impossibilidade de ser amado por meu pai.

No fim do dia, até o começo da noite, nosso bar se enchia de homens que chegavam do serviço na roça e vinham trocar conversa fiada, enquanto tomavam sua pinguinha. Claro que meu pai incentivava esse movimento benfazejo. Entre aquela homarada barulhenta, nem sempre o ambiente era propício a um menino tímido como eu. Pensando passar desapercebido, certa noite contornei por trás do balcão do botequim e fui direto até a geladeira velha e fedida, onde tinha deixado um resto de guaraná na garrafinha caçula. Não sei se houve ou não um silêncio, quando se percebeu que a caça se aproximava da armadilha. A verdade é que destampei a garrafa e, tão logo a virei na boca, senti o gosto do engodo que me tinha sido preparado. Quase engasgando, cuspi fora o líquido. Sim, era mijo, que alguém tinha substituído pelo resto do guaraná. Sim, a garrafa tinha sido preparada e deixada na geladeira, à minha espera. Enojado, sem saber o que fazer, ouvi os homens explodirem em gargalhada. Certamente o teor sexual da brincadeira tinha sido mais eficiente entre os adultos do que para mim. De quem teria sido a ideia? Eu nunca soube.

O que se seguiu determinava a força máxima do massacre. Fui invadido por uma sensação sinistra ao ver meu pai, meu próprio pai, rindo em meio aos fregueses e me escarnecendo por ser... o quê? Eu não entendia. Mas hoje imagino que eles riam do maricas punido. Não sei o que mais chocou: meu pai que ria de mim ou que não me defendeu. Por que, ao invés de cumprir seu papel protetor, ele achou graça no seu pequeno filho bebendo mijo e sendo escarnecido publicamente? Em situações assim eu não conseguia evitar a certeza de ter como pai alguém próximo de um carrasco.

Rastros por escrito (1)

No final de 1995, uma grande revista de São Paulo me convidou para escrever uma crônica de Natal. Provavelmente, a editoria se lembrou de mim graças à boa receptividade crítica ao meu romance *Ana em Veneza*. Não sou muito propenso a falar coisas adoráveis sobre Papai Noel, mas confesso que me esforcei sobremaneira — o artigo era pago, e minha grana andava curta, como sempre. Escrevi três textos, sucessivamente recusados, até ser aceito na quarta tentativa. Um das crônicas rejeitadas me importava em particular por resgatar um incidente real. As lembranças que tenho de todos os natais da minha infância são tristes. Não porque não houvesse presentes — fato que nós filhos acabamos por compreender e nos resignar. Meu pai escolhia as datas festivas para eclodir sua Grande Fúria, mas priorizava uma data: o Natal. Em meio à tensão antecipada, a cada Natal que se aproximava eu torcia para ser diferente. Mas as brigas se repetiam, ano após ano, a ponto de instaurarem um padrão. Não me lembro de um único Natal, na infância, que não tenha sido infernizado por meu pai. Eu me pergunto se essa festa não lhe parecia um tormento. Talvez acirrado pelas lembranças do passado, ele se confrontava com seus demônios e os soltava na arena da nossa casa. Começava por reclamar da comida, passava aos xingos, quebrava pratos e, conforme a quantidade de pinga consumida, batia. No limite, acabava sobrando para mim. Diante dos chutes que me dava, lembro de minha mãe gritando, temerosa de que atingissem meu escroto: "Para, pelo amor de Deus, você vai machucar o menino". Não sei se meu pai a ouvia, mas sua advertência soava como um raio de compreensão contra os chutes que eu sabia serem injustos.

Se em nossa família o Natal se tornou sinônimo de violência, o incidente aqui narrado foi um dos mais dolorosos da minha infância.

O texto ficou sem nome, por não ter sido publicado na época. Hoje, eu o chamaria:

A árvore da solidão

Durante muito tempo, odiei o Natal. Essa "noite de paz" por decreto traz à tona mágoas, dores e nostalgias incuráveis. É a festa da solidão em família. Acho que descobri isso aos oito ou nove anos de idade. Nunca me esqueço. Eu decidira montar uma árvore de Natal. Como minha família não tinha dinheiro para comprar bolas de enfeite, eu cheguei num acordo com a mamãe, que dava pensão para ajudar no sustento da casa. O acordo consistia em não quebrar as cascas dos ovos, fazendo o conteúdo sair espremido por um pequeno buraco na parte superior. Dava um trabalho danado, mas mamãe adorava minhas bolações. Assim, durante os últimos meses daquele ano, os pensionistas (operários de uma estrada em construção nos arredores da cidade) acharam minha mãe uma péssima cozinheira: não comiam mais ovos estrelados e sim esmagados. Enquanto eu juntava as cascas vazias, toda a família foi se empolgando. Meus irmãos menores dormiam e acordavam embalando a ideia. Sempre cercado por eles, colei papel sobre os buracos dos ovos, inserindo um laço de barbante para dependurar, e fui pintando de várias cores as cascas vazias. Para os enfeites, recortei cartões de Natal usados, que uma tia-avó de São Paulo recebia de parentes americanos. Além dos papais noéis de barba algodoada, havia muitos "Merry Christmas", que davam um toque particularmente exótico ao projeto. Foi uma epopeia encontrar um pinheirinho disponível, no interior de São Paulo. Mas conseguimos. A sala parecia agora imponente, com a árvore cheirosa. No alto dela, coloquei uma estrela guia de papelão pintado com purpurina. Para o toque final, mamãe comprou umas velinhas brancas (as coloridas eram caras). Amarrei-as nos galhos, onde espalhei um pouco de algodão (nossa neve tropical). Meus irmãos mal se continham de felicidade. Nossos olhos arregalaram-se deslumbrados, em volta da árvore mágica. E foi nesse clima de excitação que fomos à igreja para assistir à Missa do Galo. Menos o papai, que não era muito amigo de padres e preferiu ficar com uns poucos fregueses, em nosso bar decadente. Após a missa, voltei da igreja correndo, para ser o primeiro a acender as velinhas e contemplar minha árvore reluzente e sonhar com a bicicleta que talvez ganhasse no próximo ano, "quando a situação melhorar", conforme me prometiam desde sempre, e pedalar, pedalar. O bar estava vazio. Entrei esbaforido em casa e corri para a sala escura. Quando acendi a lâmpada, demorei para acreditar. Havia um toco chamuscado, no lugar onde antes imperava minha frondosa árvore. Num canto, como um Caim arrependido, papai resmungava contrariado. Resolvera acender as velas e fora conversar com os amigos no bar. A conversa, embalada pelas bebidas, estava tão boa que ele se esqueceu. Quando sentiu o cheiro, já era tarde. Minha árvore com seus ovos coloridos, cartões recortados e a gloriosa estrela de purpurina tinha torrado. Sem saber o que dizer, mamãe me abraçou forte. De tristeza, ninguém se encarava. Houve acusações mútuas entre meus pais, que terminaram numa monumental discussão. Foi um Natal de choro convulsivo. Escondido no quintal, eu berrava como um bezerro. Nenhum amor do mundo podia trazer de volta minha arvorezinha adorada, objeto dos meus sonhos e encantamento. Minha bicicleta nunca veio, pois a situação só piorou. Mas confesso: naquele Natal, ganhei de presente minha primeira e definitiva experiência de solidão. A partir daí, passei a fazer parte dessa imensa multidão que só faz crescer, no século da comunicação: a dos solitários. Sei que não há cura para a solidão. Mesmo com todas as festas do mundo, um dia a gente se pergunta imitando o Poeta: "E agora, José? A festa acabou...".

Z de segredo

Há um episódio da minha infância que jamais comentei nem com pessoas mais próximas. Talvez por vergonha, ou para não provocar desnecessário constrangimento. Ocorreu como um raro parêntese no meu exílio infantil, cujo espaço mais concreto abrangia aquele balcão da Padaria e Bar Brasil. Uma das tarefas que me cabia como filho mais velho era tomar conta das moscas e, com sorte, atender algum freguês que vinha comprar um doce ou tomar uma pinga — nunca à procura do péssimo pão fabricado por meu pai. Ali eu sonhava com o circo. Passava boa parte do tempo fabricando meus bonequinhos de cera, que balançavam em trapézios de barbante. Muitas vezes, minha solidão era quebrada por certo pinguço que ficava horas bebericando sua cachaça, calado. Não sei como aconteceu, mas acabamos nos aproximando. Fisicamente. Mais de uma vez ele me bolinou por detrás. Ficava sentado, e eu em pé, ao lado da sua cadeira. Nunca houve tentativa de estupro ou algo assim. Era simplesmente bolinação silenciosa. Para mim se tratava de uma novidade fascinante. Bastava ele passar a mão na minha bunda para que eu quase perdesse o fôlego, num pequeno êxtase, talvez meu orgasmo infantil. A energia despendida era tanta que eu me sentia exaurido, quando a sessão terminava. Nunca esqueci o nome dele: Emílio (sim, casado e maduro). Não me parecia um homem atraente. Pelo contrário, eu o achava um tanto asqueroso, sempre sujo de tinta (era pintor de parede), magricelo, barba por fazer e quase banguela. O que importava ali era seu interesse por mim. Eu nunca pensaria nele como fazendo algo maldoso comigo. A mão daquele homem, que sem dúvida me explorava para o seu prazer, era também a única que ousava me dar alguma forma de prazer. E carinho. Afinal, ele afagava a mesma bunda que recebia pontapés do meu pai. Por caminhos tortos, aquele homem me oferecia um montante de felicidade com a qual eu sonhava e que — apesar de ter direito a ela — me estava sendo negada em todas as instâncias, com exceção da minha imaginação. Isso não era pouco para a sexualidade de uma criança — algo que tantos adultos toscos negam quando juram defender a famigerada "inocência infantil". Digamos que se trata de uma situação abusiva, mas nos debates sobre pedofilia jamais vi um adulto, especialista ou não, ter coragem de examinar a soberania da sexualidade infantil, com sua complexidade implicada nos fatos.

O.k., eu era inexperiente. Mas me enrodilhava em fantasias eróticas masculinas tão intensas quanto precoces, mesmo quando não explicitamente sexualizadas. Apaixonava-me pelos heróis dos filmes e seriados, como Tarzan, Roy Rogers, Clyde Beatty. Sentia enorme fascínio pelo ator Tyrone Power, graças aos filmes *A marca do Zorro* ou *Sangue e Areia*, em que ele faz um toureiro de bunda escultural. Devo-lhe meu fascínio pela beleza dos toureiros, que pude comprovar em *corridas de toro* no México, mesmo sem nunca entender com precisão as regras do jogo. Mas era o Zorro que tinha um componente de mistério e magia, como um dos meus heróis prediletos. Eu sempre quis imitar aquele homem mascarado que se fazia passar por outro. O Z que ele riscava como prova de sua passagem validava a legitimidade da máscara usada.

Hoje me pergunto se tal encantamento não tinha a ver com o mistério compartilhado, que refletia o drama do meu segredo pessoal. Resguardar tão intensamente o amor proibido pelos homens me identificava com o mocinho mascarado — na medida exata do que eu sentia. Sem me dar conta, eu vivia num turbilhão em devir, ante a possibilidade de ser eu e um outro Eu Mesmo. A necessidade da máscara me abria caminhos para outra história, da qual só eu tinha conhecimento, ainda assim relativo. Confesso que todas as dores daí advindas me lançavam também para a perspectiva de um novo sentido, muito além do horizonte mesquinho que me rodeava. Esse homem que apalpava minha bunda era, talvez, senhor do segredo que apontava para um novo eu. Sua mão errática me consagrava como mascarado, maneira de farejar um sentido que eu apenas vislumbrava e que, por sua importância, me faria lutar ferozmente com a espada do meu desejo, quando adulto. Não é verdade que, ali, eu estava sendo plasmado para me aproximar do meu mistério?

A seara da sexualidade, numa cidade pequena dos anos 1950, gerava mistério por toda parte, nos mais variados tons e teores. Lembro que, ao me embrenhar no mataréu perto da cidade, eu sonhava topar com a nudez de Tarzan, e ficava aborrecido porque não podia voar como ele, nos meus cipós quebradiços, antes de lançar o grito primal. Também tinha sonhos com a beleza de um dos meus tios maternos, cujo cheiro me extasiava — além do seu encantador bigodinho à la Errol Flynn. Vagamente, lembro de conversas sussurradas entre garotos, nos raros momentos em que eu as compartilhava, revelando que o esmegma dos pênis (mal lavados) era esperma, portanto, quanto mais esmegma, maior a virilidade. Entre os garotos mais velhos, por sua vez, fazia-se aposta em masturbação coletiva: quem ejaculava mais longe seria mais homem. Tudo não passava de simples fofocas que caíam nos meus ouvidos de garotinho sedento por novidades proibidas. De sexo mesmo, vi pela primeira vez um pau ereto exibido pelo mulatinho adolescente que ajudava na fabricação do pão e compartilhava o quarto comigo e os primos — antes da separação dos bens entre os irmãos Trevisan, o que pressupõe minha idade entre seis e sete anos. O possível fascínio por seu membro rijo foi suplantado pela rotunda decepção ao descobrir ali que pintos adultos eram lisos, quer dizer, não tinham pelos até a glande, como eu supunha. Aquela visão me deu a impressão de ter sido enganado: paus assim pelados me pareciam incompletos. A primeira lembrança do meu despertar sexual foi uma brincadeira, no fundo do quintal, em que eu exibia meu pipi (duro?) enquanto olhava o pipi do filho da lavadeira, da minha idade. Fomos flagrados por minha mãe, que me deu uma surra de varinha. Não entendi bem a surra, mas pela primeira vez eu soube que estava fazendo uma "coisa errada". O episódio foi marcante o suficiente para eu jamais esquecer o nome do menino — Carmo, um mulatinho cujos olhos verdes cor de azeitona só encontrei de novo, muitos anos depois, em um adolescente na Tunísia.

Ao contrário das inúmeras violências psicológicas (que não importavam a ninguém), passei incólume por violências sexuais explícitas na infância. Só fui viver uma experiência desagradável em torno dos vinte e um anos, em São Paulo, já fora do seminário. Estava tateando minha homossexualidade assustada, para furar a barreira da autointerdição.

Conheci um rapaz bem mais velho, que me levou ao seu apartamento e lá, com frieza sádica, tentou me possuir à força. Eu esperneei e consegui me safar, deixando-o irritadíssimo. Fui humilhado verbalmente, o que doeu mais. Ainda lembro o que ele dizia, escarnecendo, pouco antes que eu fosse embora, quase expulso: "Pra que tanta frescura? Tem quem gosta de salada, tem quem gosta de carne. Dar o cu é a mesma coisa: salada ou carne... Simples assim". Naturalmente, sua lógica era impositiva: ele tinha a primazia de me comer. Eu, que ficava com a salada, era ali apenas um rapazinho atemorizado ante meu próprio desejo. Emblematicamente, nunca esqueci o seu nome — e até hoje lembro do endereço, na rua das Palmeiras, bairro de Santa Cecília. Por pouco ele não me deixou uma nova cicatriz, quando eu procurava formas de curar minhas feridas. Sua grosseria não correspondia ao sentido da máscara que eu sonhava usar na infância. Mas certamente se integrou às experiências que plasmaram as dores e delícias de lutar tão intensamente pelo meu desejo na vida adulta.

Doris e eu

Talvez seja por mexer nestas lembranças em torno do meu pai. Ou talvez apenas porque cheguei à idade de uma nova pureza — aquela que um senhor de setenta anos conquistou, mesmo à sua revelia. Envelhecer implica o movimento que me leva de volta à infância. Há uma certa felicidade sussurrada pelas velhas lembranças — apesar de tudo. Elas me fazem um velho feliz, por ter acesso a esses canais que levam direto ao mais fundo do meu imaginário. Por isso, ouço Doris Day e me encanto mais do que nunca. Suas canções se tornaram pequenas joias — também porque agora, já adulto, consigo entender as letras que contêm muito mais poesia do que poderia supor nesses frutos escancarados da indústria cultural com que os americanos locupletaram nossas fantasias, nos anos 1950. São canções ingênuas e nem tão ingênuas. Elas se transfiguram na interpretação preciosa de Doris Day e sua voz rascante. Agora eu sinto como se essas canções não apenas me pertencessem mas nascessem do meu interior. São meu sonho velado de encontrar de novo o amor — como ela canta tantas vezes, com tanta convicção. Doris Day faz parte do meu mundo e eu sou parte do mundo dela. Alguma coisa se inflama dentro de mim quando ouço "Que será, será". Não só a música e a letra fazem sentido para mim, não só a belíssima interpretação de Doris Day, mas acrescentou-se agora o flamejante filme de Alfred Hitchcock, *O homem que sabia demais*, em que a própria canção funciona como motor dramático. Então eu penso que tenho o privilégio dessas lembranças, e as abraço com carinho. Elas são minhas, como um bicho de pelúcia que nunca tive para dormir, ou a minha bicicleta, que ano após ano era prometida e nunca veio. Mais do que tudo, é através delas que meu passado se transfigura. De fato, ao lado do passado real e comum, nasce agora um passado mítico em que tudo vai se encaixando, inclusive Doris Day.

O mais curioso é que me lembro pouco de ter ouvido essas canções na infância. Elas invadiram meu mundo durante a adolescência, e inicialmente através dos filmes, mais do que dos discos. Mas, ao ouvi-las agora, elas são a mais perfeita interpretação daquilo que se sentia na década de 1950 — e de que só recentemente passei a ter consciência. Havia uma felicidade difusa e efêmera, que vinha através do rádio e do cinema — só mais tarde também se incluiu a televisão. Talvez por causa do fim da Segunda Guerra Mundial — e da vitória americana, que instilou o *American dream* por toda parte. Eu me identifico com uma realidade que nunca existiu mas que é absolutamente minha e totalmente real, envolta numa aura dourada que só eu conheço. Minhas lembranças, eu as considero meus pequenos milagres de poesia. São fruto da infância que tive e de meus sonhos de garoto que voltam agora. Essas lembranças me tornam alguém bem mais feliz do que fui. Eu as ganhei de presente de mim mesmo.

Fuga de casa

Diz minha irmã que ela e meus irmãos percebiam a relação péssima do nosso pai comigo. Mas creio que sua idade não lhes permitia terem a dimensão precisa do massacre que sofri, como o filho objeto, que o pai patrão tratava com desprezo, autoritarismo e violência. Houve um momento em que, quase inconscientemente, consegui escapar de casa, do jeito que estava mais ao meu alcance. Com o apoio integral da mamãe e desaprovação ácida do meu pai, eu me candidatei e fui aceito como interno no seminário de padres de São Carlos. Mamãe mesma costurou, à base de saco de farinha alvejado, o enxoval exigido para meu ingresso. Precisou bordar todas as minhas roupas com o número 50, previamente determinado no ato da matrícula. Em princípios do ano letivo de 1954, ainda antes de completar dez anos, eu parti para o seminário.

Durante os sete anos que passei em São Carlos, José nunca me visitou — menos ainda nos outros três anos em que estudei no Seminário Maior, em Aparecida do Norte, bem mais distante. Nunca sequer acompanhou minha mãe, que me visitava de vez em quando. Claro, José não admitiria ter tempo nem dinheiro para uma viagem de trem até São Carlos, que ficava a quarenta minutos de Ribeirão Bonito. A razão mais provável seria, como sempre, eu estar seguindo um caminho desaprovado por ele, que alimentava certa repulsa por padres — como, de resto, todos os seus irmãos homens. Para os machos da família Trevisan, igreja era coisa de mulher. Isso contrastava com a legítima devoção de minha mãe, que frequentava missas e pertencia à Ordem do Santíssimo Sacramento — daí meu pai, durante as frequentes brigas, chamá-la sarcasticamente de "santa", e escandia a palavra como se vociferasse um xingo. Eu tinha seguido a tendência religiosa da minha mãe. Fui coroinha na igreja de Ribeirão Bonito e depois membro da Cruzada Eucarística — o que ficou registrado numa foto engraçada com todo o grupo diante da igreja matriz. Para meu pai, tratava-se de uma afronta. Talvez sentisse perda de autoridade ante a influência de minha mãe sobre seu filho primogênito. Quando me direcionei tão cedo para a carreira sacerdotal, mais do que inconformado meu pai se sentiu humilhado ante essa derrota marcante, na disputa de força com sua mulher.

Ao contrário, sempre que podia mamãe ia me visitar em São Carlos, quando levava roupas e guloseimas — além de minha tia Zilda (conhecida como Zirda), que às vezes me mandava caixas com laranjas e mangas. Mamãe, que sempre deixou claro seu apreço e admiração por mim, também me escrevia cartas — algumas guardo até hoje — num mimoso estilo maternal, em que procurava minorar sua condição de semianalfabeta. Orgulhosa do meu gosto pela leitura, comprava a prestação romances de José de Alencar disponíveis na única papelaria da pequena Ribeirão Bonito. Ao chegar para as férias em casa, eu encontrava uma pilha à minha espera. Às vezes, depois de ler, eu passava alguns títulos de presente para meus irmãos, fossem livros da escola ou histórias de fadas que ganhara.

Nunca duvidei que minha mãe tivesse influenciado nessa escolha — e nem sei até que ponto foi uma escolha que fiz. De qualquer modo, o motivo não confesso da minha entrada no seminário implicava uma fuga do ambiente irrespirável daquela casa, onde meu pai ocupava, na minha mente, o posto de bruxo. Não creio que eu chegasse sequer a odiá-lo. Eu o temia onipresentemente como um inimigo anônimo — ou, no meu desamparo infantil, um monstro poderoso. Em muitos momentos da infância, eu me flagrava fazendo uma pergunta nunca respondida: "Por que esse homem me trata assim?". Ao nomeá-lo "esse homem", eu reiterava sua presença estranha em minha vida, longe de ocupar o trono do pai. Minha atitude respondia ao medo, à dor física e à humilhação sofridos por vários anos.

Só muito mais tarde suspeitei que um dos problemas de meu pai excedia seu âmbito pessoal. Tratava-se da possível vergonha, perante seus irmãos e parentes, de ter um filho não macho como o esperado — e isso podia beirar a tragédia para um pai desinformado e seus familiares eivados de ignorância. Assim, a decepção de José ancorava no carma que eu o fazia carregar perante o resto da família e — por que não? — de toda a cidade. Mais ainda, reitero a suspeita de que minha maneira de ser cutucava segredos paternos — como se eu refletisse algum demônio que José estaria tentando ocultar. Pergunto se José não seria visto ou até mesmo chamado de marica pelos irmãos homens, que sentiam ciúme do "filhinho da mamãe". Talvez começasse aí sua rixa com eles. Teria tal estigma chegado ao ponto de que José quisesse me proteger da minha própria mãe? Buscaria, no fundo, que eu também não sofresse o estigma de marica? Tentou me proteger ou, ao contrário, tentou proteger a sua dor, cuja lembrança o filho mais velho ameaçava potencializar, ali diante dos olhos maldosos de seus irmãos? O ataque à minha "virilidade suspeita", desde pequeno, configuraria uma tentativa de meu pai sufocar em mim a sua própria infelicidade? Seria seu primogênito uma ameaça à ferida narcísica de José Trevisan?

Um sapinho no front

Uma vez no seminário, descobri tarde demais que eu caíra numa armadilha igualmente cheia de adversidades, ao me ver preso em novo contexto de opressão. Querendo escapar do ambiente massacrante da minha casa, deparei-me com um cotidiano controlado por regras severas. A vida de interno me parecia tão hostil que, de melhor aluno da classe no grupo escolar, tirei nota cinco no final do primeiro ano do ciclo ginasial, beirando a expulsão por falta de condições intelectuais para a carreira sacerdotal. Naquele seminário, estávamos longe de uma reclusão desordenada. Ao contrário, um dos problemas advinha do excesso de ordem e controle. Os superiores exerciam uma autoridade, agora em nome de Deus, que nem meu pai ousaria. Para tudo se respondia *Deo gratias*, pois tudo se devia à graça de Deus. Tudo era feito *Ad majorem Dei gloriam*, porque a glória de Deus estava acima de tudo. Em nome de Deus, uma falta considerada grave podia motivar expulsão, num ritual que simulava a perda do paraíso. Rezávamos o terço individual, durante as filas para ir de um lugar ao outro do edifício, atendíamos obrigação permanente de fazer silêncio e rezávamos na capela várias vezes ao dia. O horário para conversa era rigidamente controlado. Havia castigos para qualquer regra quebrada do Regulamento, escrito num opúsculo que carregávamos como a Palavra Revelada do Reitor e demais superiores. O mais popular dos castigos era "ir pra parede", ou seja, ficar em pé no meio do pátio, encostado a uma parede, mantendo silêncio enquanto os colegas se divertiam, por tempo determinado à altura da falta cometida.

A comunidade, com mais de cem internos, dividia-se entre dois grandes grupos: os maiores e os menores. Neste último incluíam-se os novatos ou "sapinhos", nome usado para caracterizar a hibridez dos recém-chegados, que não pertenciam mais ao mundo profano, mas ainda não partilhavam da comunidade dos eleitos para o serviço de Deus. Apesar da proibição de conversas entre as duas categorias, nos horários de recreio os veteranos de várias idades adoravam fazer gozações e humilhar os novatos, tratados como pessoas incompetentes, imprestáveis e, sobretudo, burras. Durante os horários para jogos, em especial futebol, vôlei e pingue-pongue, eu me via acuado em meio a garotos e adolescentes desconhecidos. Como "sapinho", estava sujeito ao poder sádico exercido sobre os mais fracos e diferentes, que hoje se identifica como bullying. Logo na chegada, fui batizado com o apelido, para mim incômodo e inexplicável, de "Boca Larga" — ali onde eram comuns os apelidos, muitas vezes grosseiros, relacionados a alguma característica desabonadora. Lembro de um novato que, por não primar pela beleza, recebeu a alcunha de "Chiclete de Onça". Um coleguinha de classe de pernas finas passou a ser chamado de "Sabiá" — e ninguém o conhecia pelo verdadeiro nome. Só escapava quem mostrasse qualidades viris. Por ser bom jogador de futebol, um dos menores mereceu a alcunha de "Pilé", em referência ao Pelé, recente fenômeno do futebol brasileiro. Com os veteranos, era mais comum o apelido enfatizar alguma qualidade — que podia ter conotação sexual mal disfarçada, como no caso do rapagão conhecido como "Tolete", em possível referência às suas dimensões íntimas.

Antes da admissão ao seminário, entre as várias informações e solicitações enviadas à família do candidato, constava uma lista de roupas que eu deveria levar. Tudo bordado com o número 50, que me identificava. Para preparar o enxoval, minha mãe fez o melhor ao seu alcance. A partir de sacos de farinha usados, costurou as cuecas que algum dia eu iria usar. Fez o mesmo com meus calções, que eu julgava horrorosos e me deixavam envergonhado frente aos colegas mais ricos. Semanas depois de internado, em meio a novidades assustadoras, levei bronca do meu "anjo", nome dado a um veterano designado para introduzir o novato nas regras severas da comunidade. Como eu ousava estar sem cueca? Na verdade, eu nem imaginava para que serviam as cuecas solicitadas na lista de enxoval. Candidamente, continuei usando minhas calças curtas, por cima da pele. Esperava que alguém me avisasse quando deveria começar, já que nada me parecia marcar a passagem para o "tempo das cuecas". Como anjo, calhou-me um sujeitinho antipático e carola, que não escondia seu tédio e má vontade comigo, mais preocupado em rezar seu terço de modo compulsivo. Incapaz de qualquer simpatia ou solidariedade, vivia me azucrinando com a lembrança das obrigações do Regulamento. Daí sua surpresa e indignação ao descobrir que eu andava sem cueca. Horrorizado diante de um "sapinho" tão idiota, ele me acusou de não ter prestado suficiente atenção ao Regulamento previamente enviado à minha família, no qual se indicava, entre tantas outras, a obrigação de chegar de cueca no seminário. De quebra, anunciou que esse poderia ser motivo para expulsão, o que me lançou entre a culpa e a mortificação.

Nesse começo, eu andava retraído e desnorteado pelos cantos, me escondendo. Vivia ansioso com a severidade das regras que tornavam opressivo esse novo "lar". Sentia vergonha das minhas roupas pobres, em comparação aos outros internos de classe média. Mas nada era tão terrível quanto meu traje mais chique, próprio para dias de festa: um terno de cor gema de ovo que minha mãe arranjara não sei onde — talvez comprado nalguma liquidação em São Carlos. Ele me fazia passar vergonha, pois ao vesti-lo eu parecia um patinho. A cor heterodoxa me incomodava por me deixar destacado no meio de todos, nas ocasiões mais solenes. Para a minha timidez, esse destaque em público constituía uma verdadeira tortura. Eu me sentia ridículo e ridicularizado dentro daquele terno de calças curtas, em que minhas pernas magras e branquelas emergiam como clara de ovo escorrendo da gema. Enquanto os padres não me conseguiram uma "madrinha" — que, além de colaborar para o meu sustento, me daria roupas usadas mas aceitáveis —, eu ostentava minha pobreza com pavorosa timidez.

Nem tanto ao lar

Nas minhas primeiras férias em casa, fui recebido como uma pequena celebridade na estação do trem. Havia um clima de festa, entre familiares e vizinhos que me esperavam com excitação. A alegria era visível especialmente em minha irmã e irmãos menores. Mas minha preocupação era outra. Eu quase não me continha de ansiedade para rever meu cachorro, o Leão. Uma má notícia me esperava: Leão morrera, envenenado por "bola" que tinham lhe dado, coisa muito comum no interior. Era um vira-lata de cor acaramelada e pelos grandes. Para mim, um tesouro. Recebi de presente um outro Leão, mas recusei o cachorrinho — que não era peludo — e o joguei para o lado, em prantos. Semanas depois, estava apaixonado por ele. Intimidado por minha condição de seminarista, eu não saía de casa. Nem me sentia à vontade para retomar meus poucos contatos na cidade. Minha mãe me salvou com os livros que me comprara. Eu ficava lendo sozinho, no balanço do quintal. Em compensação, meu pai mantinha distância e não se comportava mais como meu dono. Eu vagava num limbo de pertencimento.

Quando voltei para o seminário, após essas férias, as coisas pioraram. Aos onze anos, desnorteado por minha extrema sensibilidade e desprovido de porvir, eu vivia em estado permanente de insegurança perante a vida e o mundo do entorno. Certo dia, decidi. Durante uma chuva gelada de inverno, eu me postei no recreio ao ar livre. E me deixei encharcar, ali em pé e sem proteção, por um longo tempo. Acuado entre o medo remanescente do pai e o novo horror do internato, eu cogitava adoecer de pneumonia e assim ser forçado a voltar para casa — onde a presença paterna parecia reduzida a uma dimensão suportável. No final do episódio, só peguei um resfriado, mas experimentei precocemente a onipresença do exílio. Como não via escolha, acabei atravessando aos trancos e barrancos esse ano de tormentos. E finquei frágeis raízes.

De outras lembranças que guardo desse período, sombrias ou renitentes, resgato:

— As mesmas ave-marias que repetíamos sem fim, durante a reza do terço, várias vezes ao dia, além das missas, adorações ao Santíssimo e ladainhas intermináveis na capela.

— As indulgências, plenárias ou parciais, conseguidas através de pequenas renúncias ou orações contabilizadas para alcançar mais facilmente o Paraíso, mas sem garantia de absolvição total dos pecados — o que era muito frustrante.

— A leitura diária do martirológio romano, no início do almoço, com relatos das mais encarniçadas torturas aos santos, em nome da fé cristã, para elevar nossos corações. *Sursum corda*, enquanto comíamos em silêncio, e ouvíamos centenas de vezes o elogio de "virgem e mártir", até o *Deo gratias* que nos liberava para conversar baixo com o vizinho.

— A soturna biblioteca da casa, com estantes e mesa central pesadas, que não me despertava qualquer entusiasmo, pois tudo parecia mofado, com exceção do armário trancado a chave, no fundo do cômodo, onde estavam os livros proibidos à nossa leitura, o chamado "Inferninho". Num estranho purgatório, ficava o Velho Testamento bíblico, disponível mas desaconselhado para nossas inocências.

— O encantamento ao ouvir os contos de Monteiro Lobato, lidos com graça pelo rigoroso monsenhor Alcindo, ao final das suas aulas de latim, que não tinham graça nenhuma. Nessas histórias conheci dona Expedita, aquela que atravessou a vida com trinta e seis anos, mesmo depois de chegar aos sessenta.

— Os "peixinhos", alunos prediletos de alguns padres, que tinham vantagens diversas, de modo mais explícito ou mais dissimulado — como poder frequentar os quartos dos superiores e até dar uma escapada ao seu refeitório. Geravam burburinho em toda a comunidade.

— O grupo de coleguinhas que não gostavam de jogos, e eventualmente trocavam confidências sobre seus prediletos entre os jogadores de futebol. Um dos maiores se infiltrou e passou a me fazer ameaças se eu não denunciasse um caso mais gritante de "amizade particular".

Para um menino de onze anos, vulnerável e indefeso, foi um dilaceramento insano ser obrigado a denunciar um colega, o que insuflou meu estado de pânico e me tornou ainda mais defensivo. De certo modo, eu me senti refém desse rapaz, daí por diante.

— O controle estrito sobre nossas leituras, para não nos induzir ao pecado, o que levava os padres a lerem antes todos os livros que nos caíam nas mãos. Assim, consideraram inadequado o romance *Floradas na Serra*, de Dinah Silveira de Queiroz, que eu comprara numa livraria em São Carlos, e o confiscaram. No dia da partida para as férias, recebi o livro de volta. Li vorazmente no trem a caminho de Ribeirão Bonito. Encantado com o drama dos jovens tuberculosos burgueses, eu sonhava em ver o filme adaptado, com Cacilda Becker e Jardel Filho, cuja foto aparecia na contracapa do livro.

— As frequentes ejaculações noturnas que passaram a me acometer, ao embalo desvairado dos hormônios. De manhã cedo, eu corria furtivamente para o lavatório, onde trocava às escondidas a cueca lambuzada. Medo do pecado que espreitava, sempre.

— As ejaculações precoces, à luz do dia e em momentos inesperados, que eu sofria, sacudido pela eclosão hormonal. Quando entrava em alta ansiedade durante as provas escolares, descarregava a tensão em golfadas que não conseguia conter, sob a calça, dentro da classe. E lá corria de novo ao banheiro, para trocar a cueca borrada, escondendo as manchas com as mãos, como um Adão flagrado após morder a maçã do pecado.

— Minha tentativa frustrada de aprender a tocar piano, com um dos antigos superiores. Tipo muito peculiar, padre Chico (mais tarde cônego) vestia quase sempre uma batina branca impecavelmente limpa e passada. Usava perfumes fortes e diferentes tipos de anéis. Fui dispensado por ele, logo na primeira lição, irritado porque eu não conseguia sincronizar as duas mãos. Toda a comunidade conhecia sua preferência por garotos fofinhos, que não era o caso de um magricelo como eu.

— Meus esporádicos (e velados) contatos sexuais com um colega da classe, um pouco mais velho e de pentelhos negros — que me fascinavam, na impaciência de vê-los nascerem em mim. Não passava de curiosidade sexual, sem nenhum outro encanto.

— As masturbações furtivas, a cujo apelo eu não resistia nem em nome do pecado, enquanto contemplava o surgimento dos meus primeiros pelos. O prazer de me ver ficando homem compensava o tropeção no sexto mandamento, que de certo modo seria amenizado pelo sacramento da confissão — penoso mas contornável.

Rastros por escrito (2)

Em meio às dores do exílio que o início do seminário representou, ocorreram algumas (poucas) situações gratificantes. Na infância, eu sofria de bronquite crônica. Lembro vagamente de minha mãe mencionar recomendações do médico da cidade, dr. Leão, entre elas a de tomar mel. O que me curou, segundo o próprio médico, foi o eucaliptal onde brincávamos no recreio do seminário. Mas sobrevivi também graças ao pequeno grupo que acabei integrando, por sermos igualmente avessos às violências do jogo de futebol e preferirmos o vôlei — esporte considerado pouco nobre e menos masculino. Com esses amiguinhos, eu partilhava a tortuosa paixão por outros colegas e as descobertas tantas da primeira adolescência, que moldaram minha alegria e mitigaram meus sustos, em intervalos de encantamento. Um desses interlúdios, quase uma epifania, era o passeio eventual a uma represa próxima de São Carlos, que formara um lago conhecido como Broa, diante do qual tínhamos ímpeto de emitir o grito mítico: "O Tálassa, o Tálassa!". Aquele era o nosso mar, aquela era nossa volta a uma felicidade primeva, quase útero materno.

Tal parêntese de pura poesia foi recontado num trecho do romance *Vagas notícias de Melinha Marchiotti*, de 1984, em que eu mesclava meus diários com a obra ficcional. Reproduzo-o aqui porque eu não conseguiria replicar melhor a força do maravilhamento que se apossava de mim. Como consta sem título no romance, eu o chamaria de:

Grécia revisitada

O Broa. As tardes que passávamos à beira do lago e eu, encantado, olhando o imenso espelho da água interrompido aqui e ali por galhos que afloravam, manifestações rebeldes, selvagens. O vento que eu gostava de sentir no corpo, assobiando. Essa imagem misturava-se ao amor que eu sentia, e se confundia com paixões adolescentes maiores do que eu. As moitas saídas da areia eram, por esconder talvez cobras medonhas, manifestações estéticas do terror, detrás do qual trocávamos de roupa, pudicos, temendo a atração dos corpos e o reitor. No caminhão que tomávamos para viajar mais de uma hora até o lago, eu ficava mudo, contemplativo: estava diante. O mundo era difícil de ser descrito, e esse mistério me encantava especialmente. A paisagem nunca foi tão bela quanto os meus olhos a fizeram. Eu retocava-a de melancolia, e o piado do anum virava sinfonia. Os troncos negros que restavam de antigas queimadas tornavam-se pinceladas mágicas no verde escasso das touceiras, dos eucaliptais. O ar era selvagem, chicoteando-me o rosto. A boca escancarava-se de paixão pelas coisas. Até que ultrapassávamos a última curva e nosso mar interior vertia-se do nada: o Broa, gritávamos em coro. Mas aquele azul era só meu, feito para mim, me aguardando como um namorado fiel. Os dois tínhamos entre nós segredos desconhecidos dos demais. Por isso eu sorria diante desse Broa-Tálassa, a eternidade que me pertencia. E gritava com voz mutante, os poros abrindo-se de volúpia, impaciente para tirar a roupa e me entregar ao azul do meu oceano. Tratava-se de um momento de intensidade interior para mim hoje inatingível. Aquelas jovens cordas emitiam notas delicadas ao simples pousar da brisa do lago, de um livro, de uns pelos pubianos apenas entrevistos sob o calção molhado. Josué, com seu grosso falo palpitante de veias azuis, desaparecia no lago, ou melhor, fundia-se no espelho azul onde eu iria me refletir. Uma inocência diversa daquela cantada pelos padres. Meu corpo, ao invés, se espiritualizava por graça de peles, suores, toques.

Após descer do caminhão, permanecíamos todos muito juntos, talvez intimidados pela imensidão. Por instantes, o Broa se manifestava, saudando-nos logo que nosso emudecimento apaixonado nos assaltava, e fazia ouvir seus sussurros. Tínhamos as bocas perplexas, ali sedentos do vasto mundo de águas. E o hino latino que então cantávamos, solicitando a proteção da Virgem, tornava-se um hino pagão ao mar/lago/espelho desse deus que era extensão de nós. Sub tuum presidium. *Meus olhos ficavam marejados. De cada vez, eu estranhava essa emoção brotada enquanto pedia proteção em latim. Julgava que fosse apenas a melodia, que eu considerava bonita. Mais tarde, associei o hino à saudade de grandiosas coisas tolas desse tempo, sobretudo pequenos amores retumbantes que se eternizavam em minha adolescência. Hoje, julgo que se tratava de um mesmo encantamento indiscriminado pelo mundo: no hino, minha alma encontrava-se com o espírito do lago e, por um instante incalculavelmente privilegiado, eu me fundia nele, tornava-me tudo, comunicava-me com o inteiro universo. Pequenino furo na areia, onde cabia todo o oceano.*

Era um visionário de doze anos.

Anotações de leitura:
o padeiro e o chapeleiro

Um dia os superiores me arranjaram uma "madrinha", que ajudava financeiramente os alunos mais necessitados. Ela pagava minhas pequenas despesas no seminário — encargo, em geral, da diocese. Fui convidado a visitá-la algumas poucas vezes, num clima formal. Até onde lembro, tratava-se de mãe e filha, gente de classe média. Ambas católicas fervorosas, tinham espasmos de generosidade, quando me davam alguma roupa usada (lembro de um velho terno de linho 120, belo mas grande demais para mim). A filha, solteira e seca, parecia ser a madrinha nominal. O mais importante é que me permitiu, em seu nome, fazer compras numa livraria próxima ao seminário. Acho que adquiri uns dois ou três livros em sua conta-corrente. Talvez assustada com minha afoiteza, ela suspendeu a permissão em seguida. Um dos livros foi *O castelo do homem sem alma* (tradução de Rachel de Queiroz para o original *Hatter's Castle*), de A. J. Cronin, autor que eu gostava de ler, incentivado pelos padres — por se tratar de um escritor inglês católico, num país não católico, portanto dono de uma fé resistente e, em certo sentido, provocadora. Assim era o romance *As chaves do reino*, sobre um padre escocês que serve como missionário na China. Talvez se tratasse de uma obra não mais que piedosa, mas me encantou, na época, pelo ecumenismo religioso do padre. Não era o caso do *O castelo do homem sem alma*, um catatau de extrema dureza, que conta a história do chefe do clã Brodie, um chapeleiro incapaz de emitir um gesto gentil ao seu redor, aí incluindo a mulher e filhos, com quem chegava a ser cruel e sádico. Não sei como consegui ler o romance até o final, mas lembro que me chocou. O motivo era claro: o personagem James Brodie remetia ao meu pai, e a casa do padeiro José seria uma versão mais modesta do castelo do chapeleiro. Acho que inconscientemente preferi esquecer os detalhes do livro. Até o ponto de tê-lo emprestado a uma parenta, que nunca mais o devolveu. Gostaria de revê-lo, para refazer o percurso interior dessa leitura que talvez tenha exercido uma função catártica dentro de mim, ao corroborar que eu não era o único filho maltratado no mundo, revelação já ocorrida em minha infância, quando assisti ao filme de John Ford *Como era verde o meu vale.*

Antes da grande crise

Mexendo numa caixa de papéis antigos, encontro um santinho, ilustrado com uma figura que lembra o Sagrado Coração de Jesus — não fosse uma anotação explícita minha: "Este é São Judas Apóstolo". Atrás, há uma dedicatória "Ao querido papai", comemorando o Dia dos Pais. Abaixo, como indulgências em intenção do meu pai, eu oferecia: trinta missas, vinte comunhões, cinco terços, dez visitas ao Santíssimo e trinta sacrifícios. Minha dedicatória terminava: "Do filho que muito o quer", e a assinatura. Não fosse por minha letra de adolescente, pareceria escrita por um outro. O período exato não fica claro, algo entre meus treze e catorze anos. Tais práticas pietistas eram incentivadas pelos velhos padres, antes de ocorrer o *aggiornamento* do Concílio Ecumênico. Nesse parco santinho, resumem-se as tentativas de aproximação, ainda que pouco convictas, com meu pai. Como se nada tivesse acontecido, ele tornara-se o "papai". Nos bastidores, sinto o dedo de minha mãe me persuadindo a escrever, na tentativa de amenizar o conflito e harmonizar a família. Se dependesse só de mim, eu jamais diria "querido papai". Até onde lembro, meu pai jamais me respondeu ou agradeceu. Talvez eu sequer lhe tenha entregue o "presente". Mas certamente imperava um sentimento recíproco de desinteresse. No horizonte paterno, eu tinha entrado em estado de hibernação. Enquanto filho, minha existência lhe era indiferente. Tudo parecia mais um teatro para contemplar os ideais do "lar, doce lar". Independentemente da pouca sinceridade e do resultado, o que se lê evidencia como, durante os anos de adolescência, a questão paterna foi amenizada por outros fatores de importância, com os quais minha personalidade em formação se defrontava. No primeiro plano dos meus sentimentos instaurou-se, por exemplo, a reiterada paixão por vários colegas. Suponho que, ao experimentar essas novas prioridades emocionais, a dor da ausência paterna amorteceu. O santinho revela mais indiferença do que reconciliação, considerando que o drama vivido na minha infância também entrou em estado de hibernação. Mas, como dizia o velho Freud, não existe esquecimento, apenas recalque. Mais adiante, aos meus dezenove anos, a dor acumulada iria retornar explosiva.

Queima de arquivo da dor

Se na infância em Ribeirão Bonito meu imaginário se encarregava de me oferecer a máscara como defesa, atestada na paixão pelo Zorro, nos primeiros anos do seminário eu a vestia como um castigo. Meus hormônios me apresentaram candidamente aos primeiros amores — iluminados e dulcíssimos. A moral cristã se encarregou de, impiedosamente, torná-los proibidos. O ímpeto entre os dois movimentos opostos, do meu corpo e do meu espírito, transformou esses intensos amores em fator de permanente tormento. Não apenas pela culpa do pecado contra o sexto mandamento (a "pérola das virtudes"), mas também pelo desconhecimento absoluto da natureza daquele terremoto que transformou minha alma num campo de batalha entre o Deus cristão e o diabo do Amor. Impunha-se sempre, e sempre sem explicação, a pergunta: O que há de errado comigo, para acontecer o que está acontecendo? Em meio a cuidados e sustos, meu segredo era partilhado com alguns poucos colegas que descobri pertencerem à mesma estirpe de amantes clandestinos — como portadores de doença contagiosa em quarentena. O que me restava de mais seguro era o diálogo secreto comigo mesmo. Ainda que isso oferecesse um consolo insuficiente, durante boa parte da adolescência no seminário passei a escrever compulsivamente um diário, no qual extravasava uma angústia imensurável sobre a delícia e o terror da clandestinidade amorosa. Reportava nele, em detalhes obsessivos, minhas paixões, medos, dúvidas e culpas. Mesmo quando passei a escrever diretamente para "meu querido Jesus", eu não conseguia estancar o pus da minha alma infeccionada pela dor de amar na contracorrente. Tudo transcorria sem contato físico e em silêncio, mas não se tratava de nenhuma brincadeira ou capricho. Os sentimentos viscerais aí implicados deixavam exposto o nervo da alma.

Carreguei esse pacote de cadernos por muitos anos, amarrados com barbante. A cada vez que voltava a lê-los, a dor reabria intensa, outra e outra vez, como se eu, apesar de mais velho, voltasse àqueles primeiros anos da adolescência, tão desamparados, tão carentes de esperança. Um dia, já fora do seminário, aos vinte e quatro anos, decidi queimá-los numa cerimônia de adeus e também de exorcismo. Num apartamento que compartilhava no centro de São Paulo, fiz uma pequena fogueira sobre o chão de ladrilhos do banheiro. E celebrei, como se abrisse janelas para o ar puro entrar. Mas às vezes sou tentado a lamentar o desaparecimento desse painel irrecuperável da minha adolescência que, apesar de me dar poucas saudades, tinha sido vertido em seus detalhes cruéis. Seria o documentário escrito de uma alma atormentada, o testemunho de como o amor cristão pode tornar medonhos os anos de formação de um jovem. Mas me consolo. Na época, a queima configurou uma necessária libertação, entre tantas outras guinadas que me ajudaram a sedimentar o caminho para a "separação" psicológica da herança paterna, que já tinha tido uma contrapartida fundamental na separação psicológica da minha mãe — ambas iniciadas lá atrás e só encaradas aqui adiante. Uma velha canção de Paul Simon dizia que as palavras dos profetas foram sussurradas no som do silêncio. Cabia a mim apagar os gritos que me impediam de ouvir os sons do silêncio sussurrados na alma sedenta de paz. Ali eu fui profeta de mim mesmo.

Os adeuses

Sempre temi o impacto da palavra adeus, desde criança. Ficava mais tranquilo com um "ciao", "até logo" ou mesmo "até a volta". Talvez se devesse ao fantasma do exílio, tanto em casa quanto no seminário. Dar adeus significava, certamente, encarar o exílio tantas vezes adiado. Mas podia significar também sair de um exílio para cair em outro, daí o adeus tornar-se uma assertiva duplamente difícil. Melhor ainda, tratava-se de deixar o montante de fantasia implicado no "até logo" para assumir uma partida definitiva. Ser filho de José Trevisan continuava insuportável. Mas qual alternativa existiria para um garoto defendido apenas por seus sonhos, que sempre abriam espaço para um adiamento dessa ruptura, mera pausa entre um exílio e outro, implicando a obrigação de aceitar o Nada? Era assim minha pequena vida: ameaçada pelo Nada dos adeuses. Quando as fantasias se esgotavam, meus próprios sonhos me condenavam a situações de adeus. Ir às matinês do cine Piratininga, em Ribeirão Bonito, significava rever os mocinhos e atores que eu amava, mas também me obrigava ao árido desencanto de passar a semana seguinte sem eles. No seminário, logo antes de sair de férias, eu temia ser o último, por ficar sozinho, crivado de tantos e insuportáveis adeuses. Era tal a minha ansiedade que eu sofria ejaculação espontânea — dolorosa, por medo da solidão. Na vida real, era um pesadelo ver aqueles dormitórios e corredores vazios do seminário. Mas, apesar da dor, lá vinham minhas fantasias me socorrer: esses lugares ainda continham, nas lembranças, alguma esperança dos amores que eu estava deixando para trás. Depois que abandonei definitivamente o seminário, o Nada e a solidão se projetaram em meus sonhos. Durante muito tempo tive — e às vezes ainda tenho — sonhos que repetiam essa situação aflitiva do meu passado de criança: estou de novo prestes a sair de férias, tratando de arrumar às pressas minhas malas para não restar por último — em irremediável solidão. Nos sonhos, o adeus embutia uma maldição prenunciada: de última hora, sempre me vinha à lembrança algum objeto que tinha esquecido para trás. Então eu corria à procura desse resto, com tempo escasso para apanhar o trem, como se um relógio cruel contasse contra mim. Mais tarde, esse sonho evoluiria para outro, quase tão obsessivo, em que eu arrumava minhas coisas antes de ir embora e, quando procurava pertences esquecidos, encontrava-os estragados pelo mofo, ou então corroídos por traças ou apodrecidos pelo tempo. O que me sobrava de hipótese para não dizer adeus tinha se perdido. Eram sonhos dolorosos, que reproduziam à exaustão aquele sentimento de abandono que me afundava no Nada do exílio interior. Talvez por isso eu não conseguia conter o choro, e até hoje me comovo, ao lembrar dos versos algo toscos da canção tornada famosa por Francisco Alves, o "Rei da Voz": *"Adeus, cinco letras que choram num soluço de dor./ Quem parte tem os olhos rasos d'água ao sentir a grande mágoa por se despedir de alguém./ Quem fica sempre fica chorando com o coração penando, querendo partir também"*.

Pequeno afeto, imensa paixão

Nesses anos inaugurais da paixão, destaca-se um episódio que julgo um dos mais explosivos efeitos da minha carência paterna. Calculo que eu teria entre doze e treze anos. Vivíamos ainda o regime severo dos superiores de estilo tradicionalista. No dormitório dos menores, os padres elegiam sempre um bedel mais velho, cuja função era cuidar da disciplina, que significava observar silêncio absoluto. Para tanto, esse rapaz ficava andando pelo corredor central, em meio às camas, até nós dormirmos — sob uma luz fraca, instalada junto à porta que dava para os banheiros. Havia duas fileiras de ponta a ponta do dormitório. Como minha cama era uma das primeiras da fileira da frente, certa noite o bedel da vez, um belo adolescente jogador de futebol, parou rapidamente para me cobrir. Não estou seguro se num gesto determinado ou automático, passou a mão nos meus cabelos, de modo muito natural, cândido mesmo. Esse pequeno gesto de afeto, que eu nunca previra, teve a força de uma avalanche, ao romper o dique que represava o meu amor. De imediato, tomado por um quase êxtase, mergulhei numa das paixões mais fulminantes da minha vida, que passou a girar em torno desse rapaz, vinte e quatro horas por dia. Foi meu primeiro amor, e também uma experiência de sacralidade — pois era disso que se tratava: estar diante da fantasia do divino encarnada em sua beleza.

Nessa primeira fase do seminário, as chamadas amizades particulares eram proibidas e vigiadíssimas. Além de sofrer amando calado, eu me inquietava por não entender o processo obviamente "pecaminoso" — mesmo que eu procurasse mantê-lo distante do sexo, para não atropelar a castidade, "pérola das virtudes". Eu tentava metabolizar com os meios de que dispunha. A título de exercício na aula de português, escrevi um conto sobre um toureiro, vagamente inspirado no filme

Sangue e areia. Descrevi o personagem, nos mínimos detalhes, com o corpo e as feições do meu amado, aí incluindo seus cabelos pretos ondulados, formosamente caídos de um lado da testa, e suas coxas longilíneas, musculosas. Mas era o traçado da sua boca que mais me encantava e o tornava especial, demarcado pela doçura do buço adolescente. Além de rubros e proeminentes, em meio à pele amorenada de italiano do sul, seus lábios pareciam esculpidos num formato de rigor clássico, que eu só conseguia definir como... perfeitos. O professor me elogiou entusiasticamente na classe e, durante o recreio seguinte, leu o conto para um pequeno grupo. O meu modelo, que estudava numa turma mais avançada, estava presente e detectou em voz alta as semelhanças físicas com ele, o que eu neguei insistentemente, alegando mera coincidência, enquanto enrubescia até os fios de cabelo. Esse amor me consumiu durante anos, embalado em sonhos fetichistas. Enchi páginas e páginas dos meus diários, relatando a tortura de amar sem poder me comunicar.

Devo dizer que, eroticamente, não fui um anjinho bem comportado nesse episódio todo. Não lembro de ter jamais me masturbado pensando nele. Com medo do pecado, meu desejo encontrou soluções mais criativas. Consegui furar o cerco e transgredir, gozando o mais pleno prazer. Depois que todos estavam deitados, eu saía para supostamente ir ao banheiro, mas antes parava na rouparia, onde abria o pequeno armário do meu amado e cheirava intensamente suas roupas suadas. Sob pretexto de ir rezar, certa vez visitei a capela e ocupei seu lugar nos bancos. Como dias antes tínhamos feito um longo passeio ao sol, eu sabia que a pele dele estava descascando. Então, coletava pequenos pedaços soltos pelo chão e os guardava dentro de mechas de algodão, como relíquias. (Muito mais tarde, incluí esse episódio no romance *Em nome do desejo*.)

Quando meu amado terminou o seminário menor e foi transferido para São Paulo, pensei que eu fosse morrer. Durante as férias, consegui o endereço de sua casa e, para mitigar tanta ausência, ousei lhe mandar uma carta, declarando meu amor. Como nem eu entendia direito o que se passava, lembro da minha dificuldade em lhe explicar que se tratava de algo que "só uma mulher sente por um homem". Nunca obtive resposta, o que chegou a me inquietar. Anos depois, já quase padre, ele apareceu de batina, para visitar seu antigo seminário. Eu era então um adolescente cheio de iniciativas, em pleno desenvolvimento físico, psicológico e social, inserido no novo sistema educacional implantado pelos jovens padres superiores, no rastro do Concílio Ecumênico Vaticano II. Esse rapaz teve uma das reações mais dignas de que fui objeto em minha vida, e lhe sou imensamente grato. Além de não me denunciar aos superiores, o que seria bastante provável, ao receber minha carta apaixonada, manifestou uma compreensão generosa. Quando nos reencontramos, comentou que eu não me preocupasse, pois não havia nada de estranho nesse tipo de sentimento, que seria superado com o final da adolescência, como me assegurou. O.k., nessa fase de modernização do seminário, mais de uma vez ouvi a mesma explicação da parte de alguns jovens padres superiores, em quem depositávamos total confiança. Mas a explicação não me convencia em nada. Ao contrário do que supunham nossos diretores modernizados, o amor por meus colegas só se intensificou com o passar dos anos.

Curiosamente, superado esse episódio deflagrador, só me apaixonei por colegas da minha idade ou pouco mais jovens. Apesar de duríssima, pela impossibilidade de viver a plenitude do meu sentimento, a experiência de amar esse rapaz mostrou-se catártica, bela e até mesmo epifânica, como parte de um longo processo de cura interior. Pergunto se não foi a matriz das grandes paixões que me acompanharam por toda a vida. Não por acaso, muitas vezes sonho com o mesmo dormitório e variantes, ainda mais erotizadas, do seu gesto. Acredito que a atração hipnótica que sua figura exerceu sobre mim tenha catalisado — e me permitido atualizar de modo radical — o amor paterno. Afinal, meu pai jamais acariciou meus cabelos.

Graças a essa longa prática de amar em êxtase, ouso considerar o amor um bálsamo, apesar de tudo. Porque, mesmo quando interdito, o amor traz em si mesmo, de um modo ou de outro, algum antídoto contra a dor. Seria um ato vão, caso amar se tornasse apenas uma fogueira no inferno — como nos era prometido. Talvez tanta gente, séculos e séculos a fio, ainda insista em amar porque também sente o amor como êxtase. Por experiência própria, digo que suas chamas trazem bênção.

Algum adeus é para sempre

Apesar das refeições servidas aos operários da nova estrada em Ribeirão Bonito, financeiramente a situação se tornou insustentável, com as dívidas e juros se acumulando. Minha mãe pediu socorro a seus irmãos que já moravam em São Paulo por vários anos, estabilizados em suas profissões e lares. Os tios maternos nos abriram os braços, incondicionalmente. Todos amavam sua irmã mais velha. Sem a concordância do marido, mamãe tomou sozinha as providências para o translado. Era dezembro de 1959. De férias do seminário, já nos meus quinze anos, tive atuação destacada na organização da mudança por caminhão, ocupando ao lado dela o lugar do homem da casa. Como se recusava a ir conosco, José ficou emburrado, arranjando encrenca sem motivo — enfezava-se muitas vezes e jogava a comida da mesa, reclamando que não estava a seu gosto. Eu e mamãe fizemos a viagem de caminhão até São Paulo. Voltamos de trem, para apanhar meus irmãos menores. Só de última hora papai decidiu ir para a estação e viajar conosco. Carrancudo, praguejava sem parar, durante todo o percurso a São Paulo. Deixamos atrás quase tudo, inclusive a casa, para quitar as dívidas com os agiotas — que se faziam passar por amigos dispostos a ajudar, cobrando bons juros.

Uma vez instalada a família num porão da casa dos meus tios na periferia de São Paulo, meu pai trabalhou em vários empregos disponíveis a um homem de quase cinquenta anos. A evidente decadência financeira e profissional só acentuou sua perda de amor-próprio e reforçou o alcoolismo — que não lhe permitia se estabilizar em nenhum trabalho. Mesmo ganhando pouco dinheiro, ele se considerava o provedor da casa, e assim continuou a emitir ordens na família, às vezes eivadas de preconceito racial e machismo. Enquanto meu pai ainda procurava emprego, mamãe imediatamente conseguiu encomendas como costureira numa fábrica de roupas, que lhe permitia trabalhar em casa. Adaptou-se depressa à vida na grande cidade, como verdadeira protagonista, nas mais diversas situações. Tornou-se uma mãe provedora em tempo integral — dos filhos e do marido. Numa relação que oscilava entre amor e repulsa, mamãe cuidava do nosso pai sem pestanejar. Fazia sua barba, cortava seu cabelo, comprava-lhe roupas e cuecas. A seu pedido, trazia cabeça de porco da feira e cozinhava — iguaria que José devorava com muita, mas muita pimenta, provável causa de suas hemorroidas. Gesto emblemático de sua determinação, nossa mãe frequentou um curso de alfabetização de adultos do Mobral e conseguiu terminar o grupo escolar, por volta de 1970. Para comemorar o diploma recebido, deu-se ao luxo de jantar numa pizzaria com a família — antes de morrer, no ano seguinte.

Nunca vou me esquecer de um episódio quase épico, que caracteriza bem a intrepidez de Maria e sua capacidade de se adaptar ao novo ambiente. Meu irmão Cláudio tinha um histórico de acidentes físicos. Ainda pequeno, tropeçou ao carregar uma licoreira, e caiu com o rosto sobre os cacos no chão, do que lhe sobrou pelo menos uma cicatriz. Em São Paulo, chegou a ser atropelado por um carro, ao voltar da escola, à noite. Também nosso irmão caçula viveu um episódio de grave febre reumática (que popularmente se chamava "reumatismo no sangue"), logo após a mudança para São Paulo. Em todos esses episódios, nossa mãe correu atrás das providências necessárias, mesmo que sozinha e sem recursos financeiros. O episódio mais severo ocorreu quando Cláudio foi mordido por uma cachorra da vizinhança. Diante do boato de que o animal estaria doente de raiva, mamãe soube que precisaria levá-lo para exame no Instituto Pasteur. Sem encontrar alternativa, teria que levar sua cabeça. Emprestou uma faca afiada de meu tio sapateiro e saiu pelo bairro, desvairada. Quando encontrou a cadela, pediu ajuda às pessoas, que tinham acuado o animal, para sacrificá-lo. Meu irmão mais novo conta que ninguém se dispôs — nem sequer os homens do grupo. Nossa mãe-coragem não titubeou: agarrou sozinha a cadela pelo pescoço e, com a faca de sapateiro, cortou-lhe a cabeça, que embrulhou em jornais velhos. Meteu o pacote ensanguentado numa sacola, apanhou Cláudio e rumou de ônibus para o Instituto Pasteur, na avenida Paulista. Os exames confirmaram a doença do animal. Meu irmão passou semanas seguidas sendo levado até lá, para tomar dolorosas injeções na barriga contra a raiva. Na época, escrevi um conto a partir desse episódio, mas nunca o encontrei nos meus arquivos.

José teve maior dificuldade em se adaptar, mesmo que encontrasse alguns poucos passatempos novos, como a televisão. À noite, sua grande diversão era ver filmes de guerra e históricos, sobre Átila ou os gregos antigos. Durante o dia, conseguiu emprego como ajudante numa padaria do bairro. Não durou muito. Depois trabalhou numa doceira famosa, no centro de São Paulo. Acabou sendo despedido, sob pretexto injusto de roubar doces. O que papai levava para casa eram restos, às vezes até farelos, e quebras de doces — que faziam nossa delícia. A acusação de apanhar essas sobras, que provavelmente seriam jogadas no lixo, talvez fosse apenas um pretexto para dispensá-lo. Parece bastante crível que o motivo exato tenha sido seu alcoolismo. Supõe-se que ele devia beber escondido, nos intervalos do trabalho. E só Deus sabe o que pode ter aprontado em estado alcoólico. Acho até possível que a tal acusação de "roubo" tenha sido inventada por meu pai mesmo, para não caracterizar novo fiasco perante nossa família e, especialmente, nossa mãe. Depois disso, não lhe restou outro emprego senão o de servente de pedreiro. Deve ter sido terrível para um homem que tinha sido dono do seu próprio negócio trabalhar como peão de obras. Depois de lixeiro, essa seria talvez a mais baixa categoria de trabalho em São Paulo, naquele período. Era nos prédios em construção que iam se empregar os imigrantes nordestinos. Para meu pai, com seus preconceitos de italiano descendente, devia ser humilhante. Especialmente se houvesse negros como colegas.

Non clericat!

No seminário, vivi um lento processo de libertação, cujo desenrolar marcou a passagem da infância e a entrada na adolescência, que me traria um pouco mais de segurança. Minhas tentativas iniciais de afirmação eram muito ingênuas, na verdade, e hoje pareceriam insignificantes. Lembro dos meus primeiros tateios na busca de uma explicação para a vida e de soluções para a dor. Uma delas, bem me lembro (pois a inseri num dos meus romances), foi a canção "Ai, Lili, ai lô", popularizada por um filme com Leslie Caron, grande sucesso nos anos 1950. Encontrei ali um imenso lenitivo quando a letra mencionava como o mundo gira depressa "e nessas voltas eu vou", pois (aí estava a pérola) "o que passou, passou". Sempre que sentia aquelas pontadas de tristeza que me arrastavam para o fundo, eu gostava de repetir a canção como um mantra, e tentava encontrar alegria nalgum desvão da minha alma. Quando, com a mais absoluta candura, mencionei essa minha tosca solução ao diretor espiritual, monsenhor Zé Maria, sua reação de indignação resumiu-se numa advertência: "*Non clericat*" — não convém ao sacerdócio! Considerou minha atitude um apelo ao niilismo do "mundo profano". Afinal, a salvação possível encontrava-se à minha disposição na mensagem evangélica, um tesouro da graça divina. Mas não me convenceu. A canção oferecia uma solução mais imediata — além de deliciosa. Zé Maria, como preferia ser chamado, seria o único a restar da safra de padres mais velhos tentando abrir-se para os novos tempos. Apesar da sua severidade religiosa, manifestava respeito e paciência com os orientandos, o que já prenunciava sua importância como meu primeiro professor de literatura — e incentivador da minha vocação para a escrita. O mesmo argumento foi repetido quando, durante as férias, fomos eu e ele (não lembro em qual circunstância) assistir a um balé no Theatro Municipal, em São Paulo, onde eu já vivia com a família, apesar de continuar os estudos no seminário de São Carlos. Durante o balé, a cada vez que as bailarinas saltavam, revelando suas pernas nuas sob as saias tutu, Zé Maria balançava a cabeça com constrangimento e proclamava seu veredicto: "Non clericat!". Para mim a reação desaprovadora não fazia nenhum sentido. Afinal, a nudez parcial das bailarinas não me impressionava nem um pouco. Eu estava fascinado, de fato, pelas coxas dos bailarinos.

Como desenhar um carneiro

Foi então que aconteceu a descoberta do romance *O pequeno príncipe*, de Antoine de Saint-Exupéry. Esse livrinho integrou de tal modo meu alumbramento adolescente que me é difícil expressar a magnitude do seu significado. Encontrá-lo resultou numa verdadeira experiência de iluminação, quando o li na clássica tradução de dom Marcos Barbosa, entre meus catorze e quinze anos. As paixões que eu sentia por outros colegas se projetavam nesse romance que, pura e simplesmente, narrava o amor entre um homem e um menino. Era assim que eu o compreendia. Graças a ele, deixei para trás o meu planeta mirrado, de amores silenciosos, para adentrar um mundo imenso, até então insuspeitado. Tratou-se de uma fulminação que me levou a andar com o livro para todo lado e me fez até arranjar, não sei onde, a edição original. Foi, inclusive, lendo *Le Petit Prince* que implementei meu francês, cujos rudimentos gramaticais aprendera nas aulas do seminário. Eu ficava encantado com a sonoridade de frases que decorei. Por exemplo: "S'il vous plait, dessine moi un mouton". Ainda hoje, julgo esse livro precioso, na contramão dos que o desdenham como piegas ou cafona. Se as misses dos concursos de beleza acham que gostar de *O pequeno príncipe* faz parte do jogo, não posso desmerecer uma obra com base em seus leitores estereotipados. Acima de tudo, aquele amor entre um homem mais velho e um menino metaforizava a perfeição do amor paterno. Mas também me apresentava, com uma beleza rara e cristalina, o amor como vivência concreta, que o cristianismo apenas proclamava em teoria, sem nunca permitir sua prática no espaço da vida cotidiana, longe das carolices que nos afogavam com suas proibições. Naquele momento, *O pequeno príncipe* certamente mitigou a minha solidão afetiva e intelectual. (Muito desse encantamento eu tematizei no meu romance *Em nome do desejo*.)

O abraço masculino

Talvez um desses simplórios psicólogos de botequim concluísse que meu fascínio pelo amor dos homens resulta da ausência do pai — que eu o procuraria neles. Tenho inúmeros motivos para afirmar que essa falta não me tornou homossexual. Com certeza, isso sim, a ausência paterna aprofundou minha necessidade — preexistente — do amor masculino, no sentido da descoberta de um caminho precioso para o afeto. Meu pai não ficaria muito feliz com a ideia, mas admito que ele reforçou o meu desejo e, de certo modo, me forneceu estímulo para buscar descanso entre os braços de um outro homem. Eu me sinto acolhido junto a um peito masculino tanto quanto muitos homens se sentem seguros entre os seios de uma mulher. É fácil, culturalmente, pensar no carinho que uma mulher pode oferecer a um homem, com ressonâncias — por que não? — da proteção materna. Ao contrário, o afeto protetor entre dois homens resvala no tabu bem expresso pelo ditado popular "dois bicudos não se beijam". Lamento, mas me causa pena tamanha incompreensão da amplitude do afeto humano. Poder usufruir de um tal abraço amoroso na contramão das expectativas equivale, para mim, a uma verdadeira bênção. Em minha vida, tenho deixado sinais, por toda parte, dessa necessidade e encantamento. Seja nas minhas paixões agudas, seja na minha obra — e não só no eixo temático principal mas também em detalhes significativos. Aleatoriamente, lembro do meu conto "Interlúdio em San Vicente", em que esse abraço se apresenta como desenlace ao drama existencial do protagonista. É quando um revolucionário fugitivo chega a um país estrangeiro e recebe como gentileza do seu anfitrião uma noite de amor — não prevista, mas secretamente desejada — com um jovem índio. Uma vez na cama, o protagonista só lhe pede um abraço. E assim adormece entre os braços do rapaz. De manhã, seu anfitrião se horroriza com "tal desperdício". O fugitivo, no entanto, sente-se fortalecido e pacificado para continuar a viagem em meio ao combate incerto.

Talvez muita gente refute a genuinidade de tal abraço por medo daquela coincidência que o destino colocou entre as pernas de dois homens. É um motivo muito mesquinho, para não dizer: medíocre. Sei bem como homens temem a ternura entre si, justamente para evitar qualquer conotação transgressiva da norma heterossexual. Em meu livro *Seis balas num buraco só* mencionei como o medo à castração — associado à figura punitiva do pai, na interpretação psicanalítica — pode levar o filho a camuflar o sentimento de ternura, por toda vida. O psicanalista Sándor Ferenczi constata a perda da capacidade de ternura masculina recíproca, substituída por "rudeza, antagonismo e rivalidade". Para ele, os sintomas de defesa contra manifestações afetuosas ocorrem mascarados em relações masculinas violentas, inclusive entre grupos — por exemplo, nas torcidas futebolísticas rivais.

Entre clássico e moderno

Toda a liturgia católica, na fase pré-conciliar, e o ensino da filosofia escolástica, durante o seminário maior, exprimiam-se na língua latina. No entanto, desde quando o iniciei no período ginasial, o estudo do latim nunca me entusiasmou. Sua fonética me parecia pesada e sua sintaxe, entediante, quase burocrática, com declinações e verbos insidiosos. Talvez meus professores não tivessem ajudado, ao ensinar gramática através da obra *De Bello Galico*, de Caio Julio Cesar, considerada mais fácil, mas cuja narrativa me provocava sono. Apenas Ovídio me entusiasmava, de certo modo, por sua expressão poética rigorosa, mas era dificílimo, quase inacessível a um jovenzinho caipira como eu. Ao contrário do latim, o grego clássico me apaixonou desde o início, por sua graça, musicalidade e empatia que me ajudaram a compreender o sentido da beleza da palavra. Terminado o ginásio, meu período colegial misturava um pouco do que então se chamava curso clássico com o curso científico, de modo que eu tinha aulas de latim e grego ao lado de química (que eu adorava) e física (que me dava calafrios de repulsa).

Certamente, tal combinação tinha sido um arranjo dos jovens padres progressistas, que substituíram os velhos superiores, a partir de 1958, na esteira do *aggiornamento* alavancado pelo Concílio Ecumênico Vaticano II. Instaurou-se uma verdadeira revolução nos costumes do seminário. Eram tantas e tão atrevidas as inovações que parecíamos viver num outro lugar, num outro tempo, sacudidos por um turbilhão. Os jovens diretores, muitos recém-chegados de suas especializações em Roma, visavam nos oferecer uma formação não apenas cristã mas humanista, em consonância com as grandes questões do mundo moderno. As mudanças revolucionárias ocorridas nessa segunda fase do seminário menor descortinaram para mim uma dimensão miraculosa. A pedagogia de Maria Montessori, adaptada pela equipe de padres diretores, combinava qualidades pessoais — como responsabilidade, espírito de iniciativa e criatividade — com o cancelamento dos muros, das filas e até das aulas. Ao contrário do passado paranoico, agora se incentivavam as amizades como forma de conhecer o outro fraternalmente, com base numa interpretação menos pietista e mais generosa dos evangelhos. As classes de estudo se estruturavam em "equipes de vida", nas quais se discutiam desde as disciplinas do currículo até o desenvolvimento da vida interior de cada um, visando enriquecer o espírito comunitário e a confiança mútua. O estudo das matérias se baseava nas pesquisas e debates em grupo, sob orientação dos professores, alguns dos quais eram leigos contratados de fora e não apenas sacerdotes. Recebemos aulas de informação sexual (na verdade, anatomia sexual) de um velho professor da Faculdade de Medicina da USP, que vinha de São Paulo para mostrar-nos órgãos conservados em formol — o que era um tanto macabro. Iniciados na arte moderna, chegamos a pintar com temas abstratos a boca de cena do palco, no galpão de recreio — num clima de festa. Foi assim que São Carlos passou ao posto de mais avançado seminário católico da América Latina, recebendo visitantes de todas as partes.

Aos dezessete anos, aproximadamente, como trabalho de conclusão do curso colegial, apresentei em público, no salão de estudos da casa, uma pequena análise da *Odisseia*, com citações no original grego. Em algum momento das minhas mudanças, perdi esse texto, que me teria trazido de volta o prazer das rigorosas metáforas de Homero por mim estudadas, como ao comparar a pele de Ulisses à suavidade da casca de cebola — algo que nunca esqueci, no aprendizado da imagética literária. Posso dizer que essas descobertas poéticas sedimentaram o meu amor pela arte. A elas viriam se misturar poetas, especialmente brasileiros, e ficcionistas modernos que me guiaram no terreno da expressão criativa da palavra. Certamente, não foi o único resultado da nova pedagogia implantada em São Carlos. Mas foi a mais imediata e, poderia dizer também, a mais frutífera.

Os novos superiores deixavam claro que não estavam ali para brincar. Faziam reuniões periódicas de avaliação de resultados pedagógicos comunitários e pessoais. Certa vez, decidiram passar diretamente para nós as suas conclusões. Antes, preveniram que não eram nada animadoras. Nunca me esqueci da reunião em nosso grupo de vida, conduzida pelo professor de grego clássico, um jovem padre de sólida formação jesuítica. Ele fechou a porta e passou a apontar o dedo para cada um de nós, enfatizando nossos defeitos reiterados, como se fizesse um exame cirúrgico. Quando chegou a minha vez, ele me olhou furioso: "E você com esse seu sorrisinho cínico para tudo e todos. Ninguém mais aguenta. Quem você pensa que é, seu moleque insolente?". Foi um choque que me encheu os olhos de lágrimas. Meus sorrisos eram um fato, mas com certeza não tinham dado certo. Eu os vinha praticando havia vários meses, desde que lera num livrinho de aforismos de Guy de Larigaudie que dizia como o espírito de fraternidade faz-se presente na alegria de um simples sorriso. "Andarilhos", exaltava ele, "sejamos portadores de sorrisos, e com isso semeadores de alegria." Não foi bem o que semeei... Aquelas lágrimas celebravam o meu fiasco — ou o fiasco da metodologia libertária que se esquecera de me consultar.

Entre as novidades da nova pedagogia, implantou-se o costume de nos fazer dormir e acordar ao som de música clássica, tocada em alto-falantes dentro dos dois dormitórios, tanto dos menores quanto dos maiores. Escancarou-se para mim um mundo de maravilhas sequer imaginado. Nele não existiam palavras, apenas sons que se desdobravam em pura poesia. Posso dizer, com todo conhecimento da dor, que nesse período fui salvo pela beleza. Era indescritível o prazer de ser acordado pela *Suíte Quebra-Nozes*, de Tchaikóvski, que me enchia de calafrios de encantamento, ou também pela ternura tempestuosa da *6ª sinfonia* de Beethoven, e mesmo pela obviedade da *Suíte Grand Canyon*, de Ferde Grofé, cujo embalo de "On the Trail" me fazia cavalgar num cavalo mágico, ou quando degustava nota por nota, dentro do coração, o *Concerto para piano nº 2*, de Rachmaninov. Havia, sobranceiro, o fascínio pela *Rapsódia húngara nº 2*, de Liszt, que me provocava um frio na barriga tão intenso a ponto de parecer uma espécie de orgasmo infantil. Em sua versão orquestral, a *Rapsódia* ecoava um sentimento trágico que me fazia estremecer ante o indescritível. Implicava uma espécie de jogo à beira do abismo — uma assombração que desembocava na vertigem de suas danças lúdicas, cujos flautins saltitantes me levavam a um estado de euforia para além da minha compreensão. Alegria trágica — era essa a lição maior da poesia. Eu captava a vida vestida com a verdade poética dessas músicas, mas não procurava decifrar. Apenas as ouvia e, sem me dar conta, fazia um mergulho no fundo de mim mesmo, de onde recolhia ondas incessantes de luz. Eu me escancarava para tais sonoridades e elas me colocavam a Questão. E a Resposta. O mistério de sua beleza me lançava para outro mistério um patamar acima, e depois a outro e mais outro, que me davam a dimensão sem fim do Grande Mistério. Tal iluminação me preenchia com maravilhamento. A arte me permitiu alguma esperança — ou fé.

Figuras paternas (1)

Acredito que o meu processo alquímico interior deveu muito às novas figuras paternas que ganhei da vida, a começar pelos jovens padres superiores do seminário, com os cuidados da sua pedagogia montessoriana. Num momento de definições imprescindíveis como a adolescência, eles preencheram o lugar vago do pai. Nunca me esqueço do olhar luminoso e franco que o reitor, cônego Fernando Saroni, lançava em direção a mim, beirando a bênção. Parecia pressentir mais coisas do que eu mesmo — algo entre confiança e admiração.

O processo apenas começou dentro do seminário, mas não se esgotou lá. Numas férias em São Paulo, entre 1959 e 1960, ou seja, nos meus quinze para dezesseis anos, recebi uma dupla revelação, beirando o quilate da experiência de Saulo em Damasco — se Saulo pudesse ser imaginado como um adolescente caipira piedoso, às voltas com os labirintos profanos de uma metrópole. Num casarão em Higienópolis, pertencente à Cúria de São Paulo, acontecia um encontro da joc (Juventude Operária Católica). Não estou seguro, mas acho que os padres do seminário fizeram a ponte para a minha participação nesse evento inédito em minha vida. Por vários dias, frequentei as reuniões, compartilhei as refeições e participei dos debates. Calado. Apenas apreendia avidamente, como uma esponja virgem. O que eu vivi me parecia inacreditável. Praticava-se ali o amor cristão em larga escala, não apenas no ambiente de fraternidade saborosa mas também nos projetos de justiça social debatidos. Descobri, pela primeira vez, a força da luta coletiva contra a injustiça. Abria-se um horizonte novo em minha vida. No clima de renovação do Concílio Ecumênico Vaticano II, foi a primeira vez que percebi claramente a ligação entre Deus e os homens — como se, finalmente, o céu e a terra pudessem estar ligados. Onipresente em todo esse cenário, destacava-se a figura de um jovem líder da JOC, inteligente e carismático, sem qualquer reforço de vaidade. Nunca esqueci seu nome: Waldemar Rossi. Foi ele quem marcou definitivamente minha guinada à esquerda. Eu nunca mais o vi, exceto por um encontro no Largo do Paissandu, anos depois, em que o vislumbrei mas não ousei lhe falar. A despeito da fugacidade do nosso convívio, Waldemar foi mais uma dessas figuras que me resgataram para a plenitude da vida em sociedade. Sem saber, cumpriu parte da função paterna, ao me proporcionar uma experiência radical. Certamente me ajudou a ser *gauche* na vida, em muitos sentidos. Mas a revelação desse evento continuou logo depois, como se uma encenação completa tivesse sido preparada para minha passagem ao mundo adulto. No final do encontro, atordoado de encantamento e percebendo o mundo com um novo olhar, fui pegar o ônibus para minha casa. Vindo da avenida Higienópolis, desci a avenida Angélica até a praça Marechal Deodoro. Atravessei até o meio da rua e me postei na calçada central, esperando os carros passarem. Repentinamente, um velhinho ao meu lado resolveu atravessar. O que vi não durou mais do que alguns segundos: seu corpo voou, atropelado com violência por um carro, e caiu alguns metros adiante, com um baque mortal. Fiquei paralisado. A revelação iluminada que me propunha uma nova vida tinha se completado com sua contrapartida: a morte, bem diante de mim. Ambas no mesmo dia, indissociáveis.

Eu me lembrei desse encontro da JOC quando li num jornal o obituário de Waldemar Rossi, em maio de 2015. Soube então que, além de boia-fria, pedreiro e metalúrgico, ele tinha sido militante sindical, preso pela ditadura como subversivo, e um dos fundadores da CUT. Acima de tudo, propugnava a autonomia em relação aos partidos políticos — algo que as esquerdas brasileiras nunca compreenderam, ou não quiseram aceitar.

Exílio, sempre

Em carta a um amigo, comento que me sinto quase um estrangeiro ao pensar em Ribeirão Bonito como minha cidade natal. As lembranças tristes da infância me mantiveram distante durante mais de duas décadas. Além de termos saído de lá espoliados de tudo, eu guardava rancor ao presenciar as humilhações diárias contra meu pai alcoólatra por parte dos fregueses, que o xingavam de pinguço na minha cara, quando lhes entregava o pão decadente. É claro que eu estava fazendo uma generalização injusta. Quando tomei coragem para regressar, me lembro da minha felicidade ao rever a graça privilegiada da cidade, quase um presépio com seus morros verdes no entorno — apesar de terem derrubado belos edifícios do começo do século e erguido, no topo do morro central, uma capela de gosto moderno duvidoso. Não surpreende o fato de que, na minha memória, essa beleza tenha sido apagada. A descoberta da relevância da minha cidade natal foi uma maneira de me distanciar da cidade do passado que naufragou na minha imaginação.

O poeta Constantino Cavafys partiu de uma abordagem similar para escrever um dos mais belos poemas que conheço: *Ítaca*, verdadeiro tratado poético sobre as ninharias que estão por trás das grandes maravilhas. É preciso dar crédito à pequenez de Ítaca, para reconhecer que sua insignificância está na origem das notáveis aventuras e vitórias de Ulisses. Afinal, é o exílio de quem partiu para longe que dá sentido triunfal ao regresso. Talvez esteja aí um dos motivos que me levaram a viajar e conhecer o mundo a partir dos vinte e cinco anos: encontrar o sentido da minha Ítaca, mas também propiciar ao meu coração exilado um lar em pleno exílio. Amei Roma, San Francisco e Munique como cidades do meu coração — e o México inteiro. Mas não foram só essas referências internacionais. Também amei cidades do Nordeste — Recife e a cearense Guaramiranga, lugares onde poderia me refugiar. Em todas elas tive alguma revelação que as integrava à minha vida.

A sensação de que Ribeirão Bonito poderia estar em qualquer lugar que eu amasse aconteceu quando visitei uma cidadezinha do Vale do Paraíba, no estado de São Paulo. Chama-se Jambeiro. Lá estive como parte de um programa de atividades literárias da Secretaria Estadual de Cultura. Fiz uma palestra no salão paroquial. Apesar da noite fria de julho, o local ficou lotado, e me fascinou o interesse com que as pessoas acompanharam minhas histórias de escritor, como se fôssemos velhos conhecidos. Tive a impressão de que essa poderia ser minha cidade natal, e até escrevi um artigo publicado no jornal local, comentando a experiência de deslocamento geográfico ao inverso. Era como se ali eu pudesse, enfim, descansar do exílio, daí o afeto que exalava do artigo. Na verdade, Jambeiro não me era totalmente anônima. Eu já tivera notícia dela como locação para as filmagens de *A primeira missa*, filme do renomado cineasta Lima Barreto, que tentou, em vão, repetir o sucesso estrondoso do seu *O cangaceiro*, já nos estertores da Companhia Cinematográfica Vera Cruz. Jambeiro mantinha uma aura mítica na minha memória graças também a um curso de formação cinematográfica que eu tinha organizado no seminário de São Carlos. Consegui trazer do Rio de Janeiro um estudioso de cinema, padre Guido Logger, então famoso nos círculos católicos por trabalhar na formação de cineclubes. Chegou a publicar um livro de introdução à linguagem cinematográfica, que li e reli. Padre Guido, um holandês enorme que fedia a cigarro e ostentava dentes cavalares, contou da sua experiência ao visitar as filmagens de *A primeira missa*, em Jambeiro, e de como estragou a rodagem de uma cena. Ao entrar desavisadamente na igrejinha local, obrigou Lima Barreto a interromper um *travelling* genial, o que deixou o diretor furioso. Padre Guido contava essa história gargalhando. Nunca me esqueci dela. Em Jambeiro, visitei a tal igreja. Fiz questão de adentrar de mansinho, como se atualizasse o *travelling* místico de Lima Barreto. Não conseguiria descrever meu encantamento. Aquele *travelling* perdido plantou Jambeiro no meu coração, como uma Ítaca renovada.

Para além do exílio

— Sim, tentei várias superações do exílio, mesmo no período de chumbo do seminário. Por volta dos treze anos, escrevi um "romance": *Jerônimo, o herói do sertão*, de parco interesse literário. Tratava-se de um deslavado plágio de uma radionovela famosa no período. Mas o fato de ter me descoberto capaz de escrever uma obra teve importância como ensaio para meu processo criativo.

— Além de *O pequeno príncipe*, lembro do impacto ao ler *O jardineiro espanhol*, romance de A. J. Cronin (lançado no Brasil com o título *Almas em conflito*) e do filme com Dirk Bogarde, produzido anos depois. Surge, de novo, a relação afetiva entre um garoto e o jardineiro da família — que para mim ocupava a função paterna. Na história, o pai é um tipo mal-humorado e ausente. O jardineiro é gentil e se torna amigo do menino. Se havia ali alguma questão suspeita, nem precisei especular. O pai ciumento acusa o jardineiro de corrupção do menor. É claro que a acusação me revoltou. Eu já estava apaixonado pelo jardineiro espanhol, cuja figura remetia aos toureiros do meu imaginário infantil.

— No período das inovações pedagógicas, boa parte daquilo que fora motivo de estigmatização na minha infância sofreu uma reviravolta. Pendores criativos e artísticos tornaram-se qualidades reconhecidas e incentivadas, que se verteram em situações concretas. Passei a dirigir peças de teatro, com grande sucesso, inclusive fora do seminário. A mais importante foi *Pluft, o fantasminha*, de Maria Clara Machado. Lembro, não sem algum assombro, que coloquei dois colegas travestidos para interpretar a menina Maribel e a mãe do Pluft. Só anos mais tarde fui me dar conta do atrevimento inadvertido: eu tinha inaugurado o travestismo no seminário. Meus superiores não se incomodaram, para eles tratava-se apenas de suprir a falta de atrizes.

Notaram o meu talento e algo que era um dos elementos basilares em nossa formação, ou seja, o espírito de iniciativa, inclusive com a liderança intelectual que eu começava a marcar entre meus colegas. Como se não bastasse, coloquei no papel principal um garoto lindo, por quem estava apaixonado, mas considerado intelectualmente medíocre pelos jovens padres superiores. Graças à sua interpretação comovente, ele não foi dispensado do seminário — conforme me informaram posteriormente. O meu amor funcionou tão bem que revelou nele uma qualidade que seus professores desconheciam.

— Com a criação do grêmio no seminário de São Carlos, acabei organizando um Setor de Cinema, para estudar elementos da linguagem cinematográfica. Lembro de certa apresentação solene feita para toda a comunidade em que discorri sobre as trilhas sonoras, apresentando músicas de filmes, na função de DJ precoce. Eram apenas os discos mais óbvios que consegui encontrar. Mas foi um sucesso. O curso de cinema que organizei, logo depois, sedimentou minha paixão desbragada pelos recursos da linguagem imagética — resgatando amores da infância numa nova chave: a da poesia.

— Nos torneios de declamação de poesia que aconteciam periodicamente, acabei me tornando o melhor declamador do seminário. Foi assim que descobri a grandeza de Carlos Drummond de Andrade e Jorge de Lima, cujos poemas incorporei no meu repertório, ao lado de um autor francês chamado Michel Quoist, um padre "bossa nova" do período. Ganhei mais de um concurso. Mas, sobretudo, afinei meus sentidos para os sentidos da poesia. Em Jorge de Lima, eu me projetava através do "Mundo do menino impossível". E de Carlos Drummond pude captar a sutileza de expressão da precariedade humana em "A morte do leiteiro". Lembro que, na sessão final do concurso, sofri um branco durante a declamação do "Leiteiro". O olhar aflito do público me incentivou a superar o tropeço. E o branco pareceu uma longa pausa que enfatizava os passos macios do leiteiro descritos no poema, antes de ser morto por um cliente assustado.

— Assistir a *La Dolce Vita*, de Fellini, foi parte significativa da minha descoberta do mundo, equivalente ao encontro que tive na JOC (Juventude Operária Católica). O filme era proibido para menores de dezoito anos. Eu tinha dezesseis. Não podia esperar, tudo era urgente. A revelação que o filme me proporcionou constitui um dos grandes momentos de encantamento da minha adolescência. Estávamos no começo de um mês de julho muito frio, às vésperas de viajar de férias para casa. O seminário já vazio, fizemos uma vaquinha para alugar uma cópia em 16 mm, numa distribuidora de filmes de São Carlos. Tratava-se de uma projeção meio clandestina — talvez até com a complacência dos poucos padres que ainda restavam na casa. Estávamos apenas eu, meu amigo Ivo e, excepcionalmente, meu irmão Cláudio, que tinha vindo a Ribeirão Bonito e voltaria comigo a São Paulo — para onde minha família já se mudara. Enrolados em cobertores, no salão de estudos, passamos a noite chupando tangerinas, enquanto víamos o filme e rebobinávamos, para rever as cenas mais inquietantes. Varamos uma madrugada inteira de paixão devastadora. Posso dizer que essa noite de epifania me marcou para sempre. Eu me defrontava com o espírito do meu tempo, de um modo que até então não me tinha sido concedido. *La Dolce Vita* entrou direto nas veias e instalou definitivamente minha paixão pelo cinema. Até hoje estremeço quando revejo essa maravilha.

Rito de passagem, com pão e banana

No início da minha adolescência, foi muito difícil enfrentar situações agressivas, um rescaldo de traumas da infância. Eu sentia desgosto pelos embates do futebol, mesmo porque era um perfeito perna de pau. Preferia ficar do lado de fora do campo acompanhando menos o jogo e mais o gingado sensual dos meus ídolos (secretos), que ofereciam generosamente aos meus olhares suas lindas coxas e bundas esculturais. De modo emblemático, a agressividade que eu reprimia acabou eclodindo no jogo mais violento praticado no seminário, que chamávamos de futebol americano, uma variante caipira do *rugby*. Eu me dava muito bem agarrando a bola e furando a barreira ao jogar meu corpo com toda a força para cima dos adversários que tentavam me segurar. Talvez parecesse estranho aos meus colegas ver aquele moleque meio bunda-mole soltando fogo pelas ventas. Mas esses momentos eram parêntesis que funcionavam como escapes para minha fragilidade e meus medos. No cotidiano, a cada vez que eu precisava emitir um gesto violento para me defender, o movimento se congelava — até mesmo nos sonhos. Era como se uma força dentro de mim me travasse para impedir algo que sugeria incorreção de caráter. Mais do que uma atitude cordata propositiva, implicava uma reação de apatia resultante de um sentimento castrador. Levantar a mão contra o outro talvez atropelasse as determinações transmitidas por minha mãe e reforçadas pela doutrinação cristã. Mas, no mais íntimo, implicava também uma rejeição aos modos do meu pai, como se toda violência remetesse ao seu comportamento execrável, que eu pretendia evitar. Mais forte do que eu, essa percepção me privava de defesas fundamentais para dar consistência à minha personalidade.

Por volta dos quinze anos, sofri uma guinada emocionalmente importante. Já vivíamos no clima de *aggiornamento* do Concílio

Ecumênico. Entre as várias novidades instauradas, projetavam-se periodicamente filmes (em 16 mm) com algum elemento de instigação temática e ênfase na linguagem cinematográfica. A Igreja católica já vinha olhando com renovado interesse para a produção de cinema moderno, por sua importância na formação de opinião e compreensão do mundo. Nos grandes festivais internacionais, o Ofício Católico Internacional de Cinema (Ocic) premiava, com destaque, obras de valor cristão e humanista. Os cineclubes católicos surgiam por toda parte. Na mesma esteira, eu me dedicava com paixão a estudar cinema, em contato com as obras dos grandes realizadores. Por isso, exultei quando da projeção, no salão de estudos, do filme *Depois do vendaval* (*The Quiet Man*, 1952), de John Ford. Eu conhecia a importância desse diretor — que veio se afirmar como um dos meus ícones a partir daí — e saboreei avidamente a expressividade de suas imagens, a articulação irônica da temática e a beleza da estrutura por ele montada. No recreio entre as aulas da manhã seguinte, enquanto comíamos o pão e a banana do lanche, eu estava exultante. Não era o mesmo sentimento do restante da comunidade, que tinha achado o filme simplesmente chato. Na minha classe, eu disputava o primeiro lugar com um colega de QI extraordinário. Na verdade, ele disparava na frente, quase sem precisar estudar. Eu perseguia sua inteligência superior munido apenas da minha inteligência emocional, que me permitia manter o páreo suadamente. Ainda que não tivesse consciência disso, no quesito estético eu ganhava fácil. Foi o que ele percebeu, nessa exata manhã, por não ter captado nada do filme. Mais ainda, ficou incomodado com o meu encantamento. Passou o recreio me azucrinando e tentando me humilhar — para me tirar do inadvertido trono onde John Ford tinha me postado. Quanto mais eu ignorava suas provocações, mais ele insistia em me fustigar. Como os padres jovens tinham derrubado o muro da frente do seminário e deixado apenas uma mureta, podiam-se ver os carros passando na rua. Meu colega apontou para lá e comentou para todo o grupo, com sua língua viperina: "Olha só um Ford passando, Ford é uma coisa comum, se vê por todo lado. Mas tem gente metida a besta que acha o Ford especial". Aí o caldo entornou. Sem conseguir me conter, avancei para cima dele. Esfreguei e reesfreguei a banana em sua cara — com tanta raiva que tirei sangue do seu nariz. Era um incidente grave. O reitor me chamou. Eu lhe contei o ocorrido. E terminei dizendo que podia me expulsar do seminário, mas eu faria tudo de novo. Ele me olhou sério. Captei em seu olhar um brilho de admiração. E me dispensou sem nada comentar. A partir daí passou a acompanhar com mais atenção minhas propensões artísticas, minhas iniciativas e a afirmação da minha capacidade de liderança.

O mais impressionante é que, a partir desse incidente, o tal colega com quem eu tivera o embate tornou-se o mais leal e incondicional amigo que jamais tive. Amigo de alma, de todas as horas, de trocar confidências, dúvidas, impressões. Ainda que ele só curtisse óperas, que me aborreciam um pouco, discutíamos tudo juntos. Entre nós, não havia nada de atração, apenas legítima amizade. É verdade que isso não durou para sempre. Ele se tornou padre e foi parar num hospício, quando estudava em Roma. Acabou morrendo num desastre de carro depois de voltar ao Brasil — em circunstância tão suspeita que mais parecia um suicídio disfarçado. Coincidência ou não, batera o carro num barranco, na entrada da minha cidade natal.

O desenlace dessa refrega da banana teve grande significado em minha vida. Penso que aí descobri — e resgatei e assumi — a agressividade até então inaceitável, que eu associava ao meu pai. Abandonei, talvez pela primeira vez, a exclusividade das qualidades maternas do recato e da mansidão, introjetadas como vocação natural (e, no limite, camisa de força psicológica), para abraçar aquilo que parecia parte do pantanoso lixão paterno. Ao mesmo tempo, minha personalidade marcou uma importante ruptura na (des)ordem imposta pelo pai. Compreendi que havia uma agressividade legítima para minha sobrevivência psíquica, muito diversa dos episódios violentos da infância. Parafraseando o samba-canção de Lupicínio Rodrigues, eu poderia dizer, sem receio: "A violência é a herança maior que meu pai me deixou". Iniciei aí o processo de fazer as pazes comigo mesmo — e que nunca iria terminar, é claro.

A queda

Ainda que a duras penas, a adolescência foi me proporcionando evoluções necessárias para meu processo de autoafirmação. Eu já sentia mais segurança de estar no mundo. Tornei-me um líder no seminário. E, em toda parte, dava asas à minha curiosidade intelectual. Entre as tantas transformações, passei a sentir vergonha do meu pai. Foi uma mudança de sentimento significativa. Minha personalidade em desenvolvimento deixava o papel de vítima para um estágio de certo modo superior. Eu desenvolvera musculatura emocional suficiente para desprezar quem tinha me maltratado e abandonado. José Trevisan tornou-se um peso na minha história. Eu sequer gostava de apresentá-lo aos meus novos amigos, especialmente após a saída do seminário. Tal sentimento ficou evidente num episódio em que, por algum motivo, eu acompanhava meu pai no centro de São Paulo. Ele tinha inventado um pretexto qualquer para entrar num bar, onde disfarçou e pediu cachaça, que seria a primeira naquela manhã. Já visivelmente bêbado, caminhava cambaleante. Na rua Conselheiro Crispiniano, próximo ao antigo cine Marrocos, tropeçou e caiu na sarjeta. Fiquei atônito, sem saber como reagir. Ajudá-lo a se levantar significava, na minha consciência, assumir que aquele bêbado era meu pai. Decidi me afastar estrategicamente. Atravessei para o outro lado da rua, fazendo de conta que não notara nada, ao mesmo tempo que espiava de esguelha meu pai se levantar sozinho, como se não o conhecesse. Aquele homem me dava vergonha. Não sem irritação e certo asco, eu me juntei a ele só depois que me alcançou. José Trevisan não comentou minha atitude. Não sei o que teria pensado sobre o incidente. Talvez ele próprio sentisse vergonha de si. E assim, em silêncio conivente, andamos até o largo do Paissandu, onde pegamos o ônibus para casa.

Rastros por escrito (3)

No ano de 1962, fui transferido para o seminário maior, em Aparecida do Norte, onde estudei filosofia por três anos. Vivíamos num belíssimo edifício de tijolos aparentes, do começo do século xx, que chamávamos carinhosamente de "colegião". Aí atingi o ápice da crise de adolescência quando, aos dezenove anos, precisei decidir o que faria da vida, inseguro entre prosseguir meus estudos para a carreira sacerdotal ou experimentar o "mundo" antes de escolher minha "vocação". O motor das minhas dúvidas era uma questão incontornável, subjacente à crise toda. Apesar de entender pouco do processo, eu vivia na carne os apelos da minha homossexualidade e precisava encará-la de frente. Durante esse período, tinha me apaixonado (mais uma vez) por um colega e agora era correspondido de maneira franca, num encontro de radicalidade para mim inédita. Do mergulho amoroso fazia parte entregarmos um ao outro nossas roupas e tudo o que tínhamos, dinheiro e livros aí incluídos. Queríamos ser um só — e isso nos parecia se enquadrar na utopia do amor cristão. Mas me atormentava o fantasma do pecado. Apesar de não constar da prática do nosso amor, a efusividade sexual marcava presença, com um tormento bem concreto: eu vivia em ereção constante, a ponto de sentir dores nos testículos e virilha, às vezes até com dificuldade para andar. (Esse episódio tornou-se tema do meu conto "Testamento de Jônatas deixado a David".)

No meio da crise, sem que eu soubesse por que, a figura do meu pai irrompeu de modo incontrolável. Eu precisava de algum tipo de exorcismo. Levado pela intuição, decidi escrever um conto que girava em torno do meu pai. Ele e seu escarro de padeiro nas madrugadas de Ribeirão Bonito. Eu almejava usar a forma literária para expressar minha dor em toda sua verdade. Para chegar ao âmago da vida real, achei que devia depurar a expressão literária, a começar pelo título: "Um caso". Aí brotava minha convicção de que literatura e vida estão intrinsecamente ligadas. Inscrevi o conto num concurso do grêmio literário do Seminário, e meu pseudônimo já era emblemático pela simplicidade: A.B. Temeroso de me emocionar durante a leitura pública, que fazia parte do concurso, eu ensaiava com meu amado no sótão do colegião, em meio a imagens velhas de santos ali depositadas. Chorava, invariavelmente. E foi o que aconteceu na sessão solene do grêmio: li o conto aos prantos. Numa ironia cruel, ganhei o prêmio de "melhor interpretação". Fiquei furioso. Eu, que levava tudo demasiadamente a sério, não tinha conseguido sequer comprovar a minha dor, vista como choro ficcional. Nesse episódio, a literatura se revelou um fiasco, incapaz de extravasar minha verdade interior. Desencantado, descobri que a escritura criava uma mentira articulada nos descaminhos da subjetividade, a ponto de parecer mera ficção. Avessa à objetividade, a literatura está sujeita à recepção nada objetiva de quem lê (ou ouve). A decepção que senti teve um efeito negativo fulminante: decidi parar de escrever, a partir desse episódio. Talvez por me debater em meio a uma imensa crise de valores, perdi a fé na literatura — como depois iria perder no cristianismo. Transferi minhas expectativas para o cinema, que naquela época me parecia, equivocadamente, mais comprometido com a realidade.

Daí em diante, tudo o que escrevi foram poemas esparsos. Minhas poucas tentativas de criar ficção literária me pareceram muito ruins — eu não sentia convicção. Tal ruptura se arrastou por mais de uma década, até os meus trinta e dois anos, no México, quando fiz as pazes com a literatura de maneira igualmente intempestiva. Tive uma séria discussão com um poeta chamado Octavio, tão jovem quanto presunçoso por ter ganho uma bolsa para escrever um livro de poesia. Num discurso que vinha refreando havia anos, eu o acusei de acreditar demais na literatura, essa quimera impotente que prometia o que não tinha condições de cumprir. Voltei para casa irritado e, num efeito bumerangue, escrevi de um só fôlego um conto de nome emblemático, "Cruel revelação", que dediquei justamente a Octavio, e foi o chute inicial para o meu primeiro livro, *Testamento de Jônatas deixado a David*.

Assim se encerrou para mim o ciclo simplório de que literatura e verdade teriam parceria inata. A partir daí, escrevi quase todo o livro no México, desta vez seriamente, já pensando em me profissionalizar como escritor. O conto que dá título ao livro se inspirou justamente no episódio de amor vivido com o verdadeiro personagem, no seminário de Aparecida. Eu o inscrevi num concurso mexicano e, para minha surpresa, fui premiado por um júri sob presidência de Juan Rulfo — escritor que eu amava e me dera um nó na cabeça com sua obra-prima *Pedro Páramo*. A alegria se circunscreveu ao México. De volta para o Brasil, ao final de três anos de exílio, esse conto foi minha primeira obra proibida pelos censores da ditadura militar, dando sequência a um histórico de interdições — que, diga-se de passagem, vinham também de setores da esquerda brasileira.

Mas então o caminho se tornara irreversível. Compreendi que escrever me era vital porque a literatura recria o real justamente para revelá-lo através da dimensão poética e ficcional. Esse era meu papel: trabalhar num parâmetro em que não existe um real absoluto, porque nós vemos e interpretamos a realidade com diferentes olhos, de diferentes ângulos, em diferentes apreensões da subjetividade. Daí, toda arte trabalha com um pé na mentira e na falsificação. A elaboração ficcional, no entanto, pode chegar mais perto do real do que supomos, porque o imaginário arrebenta as amarras da hegemonia de uma pretensa objetividade. O que torna a arte tão reveladora é sua função de instigar, empurrando para a percepção de um lado oculto do real, como o outro lado da lua. Essa percepção a aproxima do êxtase e da epifania.

Transcrevo o "caso" que marcou, ainda que de modo atabalhoado, minha entrada na idade adulta literária. Já a partir da epígrafe, flagro nele a presença da esperança como força motriz para manter a fé — senão na literatura, em mim mesmo. Era um esforço — talvez vão — que me acompanharia por toda a vida.

Um caso

"Todo o sofrimento que há no mundo não é
dor de agonia, mas dor de parto."

*Esta frase de Claudel ilustra bem o caso de um menino, que conto agora.
Menino como os outros, como esses milhões de meninos do Brasil, anônimos, enfiados pelo mato, pelas roças, pelas vilas, cidades e prédios.*

Quando visto pela primeira vez, não agrada aos olhos e não se distingue dos outros. A cara redonda nasceu bonita mas depois enferrujou. A tia falava bem feito, ficou pintadinho por mexer com tico-tico. Verdade pura, ele quebrara os ovinhos na horta, só não sabia se eram mesmo de tico-tico. Queria bem que as pintinhas sumissem quando ficasse moço.

O menino gostava de muitas coisas, mas especialmente de dormir. Gostava de dormir não porque descansasse, quase não se cansava muito. Mas porque ficava na cama sem fazer nada, pensando em tanta coisa, até adormecer. Quando acordava, lembrava os sonhos. Ele ia caindo num barranco, e tudo lá embaixo era pequeno e ele sentia um frio na barriga. Ou ele via o tio de São Paulo voando como o mocinho do matinê. Mas não era sempre assim, dormir e acordar com o sol na cama. Tinha as brigas dos pais, à noite. Os nomes que o pai dizia, o menino ouvia mas não podia falar pois tomava tapa na boca. Só ouvia, passava noites e dias ouvindo. Encolhia-se na cama, arregalava os olhos, ficava espiando o choro dos irmãos no escuro. Depois vinha o aperto na garganta, os olhos lambuzados, não podia segurar e doía porque não gostava de chorar alto. Gostava quando a briga acabava. Às vezes parecia que acabava, de repente um xingo, outro xingo, e aquela vontade de ter silêncio, e os choros da mãe e o galo cantando sozinho no quintal.

Quando chovia de noite que era bom. A mãe vinha e estendia a matéria plástica em cima do cobertor, por causa das goteiras. Então o barulho da água ficava muito tempo na cabeça, a goteira da sala caindo na lata, as trovoadas, a chuva aperta, e o menino se encolhia de satisfação por estar bem quente; medo dava quando o raio caía no para-raios da cadeia, com aquele clarão.

De madrugada o pai ia trabalhar, ligava o cilindro elétrico, pigarreava, tossia, abria a janela e escarrava, esperando o forno esquentar. O menino sentia o vento frio e os grilos e gente passando para trabalhar na roça. Quando o pai deixava, o menino levantava e ia olhar o céu um pouquinho vermelho, depois vermelho e brilhante, e não só vermelho mas verde azul amarelo e de repente o sol que nem fogo. Depois, dormia de novo, sorridente, porque o sol lhe dava muito contentamento, parecia uma festa.

Sempre que levantava, pedia bença. Lavava o rosto, tomava café com pão e mortadela, manteiga era cara, só margarina às vezes. Depois o pai já gritava, lá no quintal. Vem cá, segura os arreios, ajuda a levantar o carrinho para o cavalo.

E depois sobe ao lado do pai, entra na rua, buzina, chama o freguês, desce, bom dia, que pão ruim, bota na conta. O pai xinga por trás, na frente sempre pergunta como vai, chove ou não chove, estamos precisando. E depois o pai cheirando a pinga desde cedo, ainda para no bar, e volta sério pra ninguém perceber. E depois ouvir o freguês reclamar, ver passar os filhos do tio que brigou faz tempo, sol, sobe desce, buzina, cumprimenta, agradece como vai e desculpa que hoje o forno esquentou pouco e a farinha está cada vez pior. Isso é todo dia, até mesmo domingo.

O cavalo andava manso, resignado, cabeça baixa. O menino lembrava do priminho que um dia passou a gilete no pulso, por brincadeira; a tia correu, jogando açúcar para segurar o sangue. O menino não esqueceu. Quando o cavalo descia as ruas cauteloso, o menino sentia o céu longínquo, as casas velhas, tudo sempre igual, e queria morrer para que todo mundo chorasse e dissesse como gostava dele.

Em casa, antes do almoço, limpar a geladeira, fedida, cheia de água suja e de garrafas vazias. O pai escondia a sua pinga e, quando o menino vinha ao bar, o pai fechava logo a velha geladeira e escondia a garrafa. Mãe, peguei o papai de novo.

Meio-dia começa a escola. O menino gostava mais da professora e do Iraí. A mãe do Iraí dava doce para o menino, mas o Iraí acabou mudando pra outra cidade, era bem rico, tinha bicicleta e bolsa nova e roupa nova. E a professora também. Ela brigou um dia com o menino, xingou-o por nada e os meninos tacaram pedra nele porque tinham inveja de ser o mais adiantado da classe. O menino chorou muito e tinha saudades do Iraí.

De tarde, terminava a escola e precisava tomar conta do balcão no bar. Fiado não tem, varre o chão enquanto não chega freguês, eu vou almoçar, só agora tive tempo, desde as duas da madrugada, depois vou dormir, não é brincadeira, eu não sou de ferro. O menino sabia da verdade. Cedo, o pai levantava às quatro ou cinco. Na hora do almoço ficava com os pinguços do bar, senta na porta, comenta a vida, estou ocupado, depois depois, almoço é secundário, primeiro a obrigação. Por isso o menino nem ligava, tinha medo só do pontapé do pai, que se pega ali mata a gente.

Não vinha freguês e a molecada brincava na rua. Tá faltando um, vou mas se não for longe. Quando o freguês batia, o pai berrava com a boca cheia de comida, e xingava o menino que não para no balcão, o dia inteiro na rua, não se pode almoçar direito. O freguês vê aquele docinho, compra para a menina chorona. Graças a Deus, não roubou nada deu para atender, vou ficar aqui. O menino tinha a pelota de cera e fabricava homens e mulheres de circo, pulando nos trapézios.

À tardinha o povo chegava da roça e o menino servia os homens no bar e escutava suas prosas, suas risadas. Era quando na igreja tocava a tristonha Ave-Maria. E o sol ia recolhendo suas cores e seu brilho. O mundo escurecia, apesar das lâmpadas. O escuro amedrontava o menino, por causa dos bandidos que matavam criança. O escuro trazia tristeza ao menino, sumia tudo, a criançada entrava em casa e a rua silenciava.

Alguns fregueses demoravam na prosa, mas ainda queriam uma pinguinha ou mortadela. Depois que saíam, o menino fechava o bar, arrastando as portas duras. Tudo ficava quieto e a luz fraca da sala enchia os cantos de sonolência. O menino pede a bença e deita no colchão de palha que afunda, é bom no friozinho. Ouve o pai tomando a sopa e resmungando. Lembra do seu aniversário, quer uma bicicleta, que a vida melhorou, e um cachorro, mas cachorro morre, como o Leão, coitado, depois eu arranjei aquele gatinho branco mas sumiu, queria era uma tartaruga daquele caminhão, mas custava caro, se o tio tivesse aqui *comprava, mas eu vou lá no ano que vem, se Deus quiser, no ano que vem. E os olhos do menino adormecem.*

Depois será madrugada e haverá sempre o pai escarrando na janela, o vento frio, o barulho do cilindro, e aquela alegria de ver o céu vermelho que nem sangue. Um céu vermelho sim, mas também azul, amarelo e verde, ainda que só um pouquinho verde...

Aparecida, 27 de maio de 1964

Romper a autoridade

Não foi fácil deixar o regime autonomista de São Carlos para ingressar no seminário maior de Aparecida, onde permaneci por três anos. Aí se reuniam seminaristas de diferentes dioceses do estado de São Paulo, mas não só. Lembro de dois colegas vindos do Paraguai e por nós chamados de "muchachos". Para além da falta de um projeto mais moderno na orientação pedagógica da casa, o grupo de São Carlos ressentia-se da cobrança feita pelos colegas das demais dioceses, que nos viam como os "bacanas", para o bem e para o mal. Mas ali todo mundo gozava de uma vantagem. Tanto a idade mais adulta quanto os estudos de filosofia proporcionavam à comunidade uma consciência crítica já aguçada, da qual nem os superiores escapavam. Muitos deles recebiam apelidos maldosos. O reitor era referido sempre pelo nome no diminutivo, em função da sua pequena estatura e da sua mediocridade, pois se tratava de um burocrata sem nenhum brilho intelectual e humano. Não por acaso, mais tarde se tornaria cardeal primaz. Chamávamos de Paulo Feio um dos diretores espirituais — meio vesgo, rosto marcado por cicatrizes de catapora — que tentava uma modernização pedagógica improvável. Um outro era o Joãozinho Cabo de Vassoura, um padrezinho jovem, medíocre até no seu rigorismo sem convicção, que pretendia impor uma disciplina inflexível (não levada a sério por nós) e caminhava rijo como uma vassoura. O mais querido era nosso professor de lógica e filosofia antiga, um monsenhor apelidado de Véio João, pândego e irreverente, que soltava rojão na hora das missas solenes, irritando os demais superiores. Criava uma cobra no seu quarto, vivia de batina suja e dava aula com o nariz escorrendo e com meleca. Ao chegar à classe, entoava bordões estranhos, que simulavam palavras de ordem. Imperava um estridente "Tuiiiiiiiiiii-immm", para saudar seu aluno predileto — um lindo garoto de rosto sardento, apelidado de Tuim, como o pássaro. Todos aguardávamos ansiosos enquanto ele gesticulava seguidas vezes, ameaçando entoar, e então, quando o fazia, a classe inteira repetia em coro, num clima de festa: "Tuiiiiiiiiii-immm". Véio João tinha também um lema que repetia com uma expressão irônica: "*Coraggio, Biaggio, questo male è di passaggio, dopo aprile viene maggio*".

À frente de um pequeno grupo de interessados, fundei dentro do seminário o Cineclube Mãe Preta, nomeado em homenagem a Nossa Senhora Aparecida. Claro que era uma provocação: eu associava a santa negra à umbanda, mas o fazia por convicção e legitimidade ecumênica, num país permeado pela cultura negra e pelo passado escravagista. Do ponto de vista cristão, minha referência era bem concreta: queria estabelecer uma metáfora entre as mucamas negras que tinham aleitado os filhos da elite, numa função de primeira grandeza, e a padroeira negra que "amamentava" os filhos do Brasil. Não por acaso, sempre amei uma estátua da Mãe Preta no largo do Paissandu, onde eu pegava ônibus para casa, depois que minha família se mudou para São Paulo. Está lá até hoje, ao lado da velha igreja de Nossa Senhora do Rosário dos Homens Pretos (que às vezes comparece em meus sonhos). Tapados ou covardes demais para perceber as sutilezas, os superiores ficaram indignados com a associação e vetaram o nome, unanimemente. Acabaram por aprovar o nome mais comportado de Cineclube Itaguassu, em referência ao porto onde a imagem da Padroeira do Brasil fora encontrada.

Como atividade inaugural, apresentamos no seminário um festival do cinema novo brasileiro, rara oportunidade de ver filmes que negociei com a Cinemateca Brasileira — através de uma pessoa generosíssima, Lucila Ribeiro, chefe do setor de Difusão, em São Paulo (a quem vim a substituir, depois que saí do seminário, e se tornou minha amiga). Além de postar fotos dos filmes nas paredes, criamos uma instalação com areia, caveira de boi, cactos e cercas, para mimetizar um cenário nordestino. Entre os vários filmes (todos em 16 mm), passamos o primeiro longa-metragem de Paulo César Saraceni, *Porto das Caixas* (1962), que me deixou maravilhado pela originalidade estética e temática — sua fotografia expressionista era rara no cinema brasileiro, tanto quanto a trilha sonora de Antonio Carlos Jobim, cuja melodia nunca mais esqueci. Ocorre que alguns padres se horrorizaram com uma cena de sexo, considerada obscena, em que a protagonista (interpretada por Irma Alvarez) rola na grama com um soldadinho, amante ocasional que ela tenta seduzir para matar seu marido. Fui severamente admoestado e, por causa do Saraceni, quase me expulsaram do seminário. De certo modo, eu me sentia vingado: era um filme de libertação, em que a própria mulher cortava o pescoço do marido com um machado e abandonava a cidade decadente. Para aquele momento da minha vida, tratava-se de um gesto mais do que emblemático.

Eu parecia um furacão, com um senso de liberdade à flor da pele. Certa vez, no circuito comercial da cidade de Aparecida foi anunciado o filme *Festim diabólico* (*The rope*, 1948), obra de Hitchcock que eu nunca tinha visto. Pedi licença para ir. O reitor negou, pretextando que, se a comunidade não podia ir, não valia para um o que não valia para todos. Sem titubear, decidi o contrário: pulei o portão do colegião à noite e fui, clandestino, ao cinema — movido pela paixão por Hitchcock. Já então eu me recusava abertamente a fazer parte de um rebanho. Se os padres sabiam do meu interesse por cinema, eu não devia depender da comunidade para exercer meu direito de ser quem era. Confesso que fui corajoso. Mas compensou. Voltei exultante com o filme — e, tinha razão, pois só o consegui rever muitas décadas depois. O preciosismo de Hitchcock me mostrou uma câmera que percorria, com radicalidade inédita, toda a narrativa num único plano (e disfarçava bem um corte na montagem). Aquele plano-sequência valera o risco de expulsão do seminário.

Minha rebelião interna alcançou dimensões radicais. Como eu detestava participar das festas religiosas de Aparecida, precisei romper a disciplina comunitária e a estrutura eclesiástica. Em 12 de outubro, dia nacional da padroeira do Brasil, a comunidade foi convocada para as procissões locais, consideradas solenes e importantes — afinal, tratava-se de uma festa de repercussão nacional. Eu me escondi no sótão para não ir. Além de envergonhado, sentia ânsia de vômito no meio daquela comercialização obscena da fé católica que se via por toda parte em Aparecida, quando ainda nem havia a monumentosa basílica atual.

Glosando o dito evangélico, eu não queria romper a autoridade apenas sete vezes. Se fosse preciso, eu a romperia setenta vezes sete. Já estava com um pé fora do autoritarismo clerical.

A grande crise

Aos dezenove anos, eu cursava o terceiro e último ano de filosofia no seminário de Aparecida. Lembro que vivia em constante depressão e instabilidade emocional. Eclodiu então minha primeira crise adulta. Provavelmente após consultar os padres do seminário menor, os superiores de Aparecida me mandaram a São Paulo, não lembro se mensalmente, para fazer análise com madre Cristina, uma das introdutoras da psicologia junguiana no Brasil. Eu ia encontrá-la na Faculdade Sedes Sapientiae (mais tarde instituto), à rua Caio Prado. Foi a minha primeira abordagem analítica, à qual se seguiria uma longa lista. De fato, durante minha vida devo ter passado uns duzentos e oitenta anos entre ciclos de terapias e análises. Eu as fazia, geralmente, por espontânea vontade, pois se há uma coisa que reconheci desde cedo foram os meus limites psicológicos. De Aparecida, eu viajava a São Paulo de ônibus, sem que meus familiares soubessem. Na verdade, receava que me achassem louco — considerando o espectro da minha tia, que viveu e morreu em hospícios. Para tanto, eu ficava hospedado com a família de um colega de seminário, que morava nos Campos Elíseos, mais precisamente num casarão velho da rua Conselheiro Nébias. Quando não havia ninguém na casa, eu tocava na vitrola a *3ª sinfonia* de Brahms, e chorava de desamparo ao ouvir o 3º movimento, por me sentir sem rumo no mundo. Ocorre que o período de análise não foi adiante. Acho que pareceu demasiado esdrúxulo aos padres superiores que o seminário se responsabilizasse pelos meus gastos de viagem. Afinal, era injusto esse privilégio permitido a um aluno de determinada diocese. Na lembrança, ficou apenas o tema dessas sessões iniciais da análise, que se centrava infalivelmente na figura do meu pai. Quem era esse intruso? Por que acabei tendo como genitor um indivíduo tão estranho a mim? Como enfrentar a sensação de ser filho de ninguém?

Em meio à crise explosiva, não por acaso abriu-se espaço para uma experiência de amor radical, na contramão da ordem paterna. Eu, que nunca tinha dado muita importância à figura de certo colega, ao me deparar com ele a partir de um incidente corriqueiro, amei-o como a mim mesmo e fui amado em igual medida. De bastante diferentes que éramos, tornamo-nos inseparáveis. Saboreávamos juntos a leitura do 1º Livro de Samuel 18, 1-4, em que se espelhava uma versão ancestral do nosso amor: "A alma de Jônatas apegou-se à alma de David. Jônatas tirou o manto que vestia e o deu a David, assim como sua roupa, sua espada, seu arco e seu cinturão". O jovem diretor espiritual, esforçando-se para compreender seus orientandos, ouvia a narrativa assustada do meu amor e confirmava: você e D. precisam um do outro, não podem se deixar.

Antes das férias finais, nossa classe inteira viajou à Ilha Bela por uns dias, para fazer revisão do ano e do curso de filosofia, que ali se encerrava. Preparávamos nossa própria comida, cada grupo com uma tarefa. Lembro de prazeres indescritíveis, em situações tão corriqueiras como aquela de tocar as mãos de D., dentro da enorme panela de batatas que amassávamos juntos, preparando o purê para o almoço coletivo. Já de férias, fui visitar D. na fazenda de parentes seus. Lá, passeamos a cavalo. Eu já não sentia medo de cair. À noite, dormíamos num colchão de palha, retábulo sagrado no qual eu gozava a doçura de adormecer com a cabeça em seu peito.

Era 1964, ano do golpe militar, que repercutiu dentro do seminário. Lembro que em sessões do Grêmio Literário cantávamos canções de um disquinho lançado pelo CPC da UNE, para denunciar o subdesenvolvimento brasileiro, entre outros. Na esteira da crise que abalou o país, minha explosiva crise paterna desembocou numa atitude que eu não podia mais adiar. Decidi abandonar o seminário e a carreira sacerdotal, após meses de luta insana, para dar novo rumo à minha vida, mesmo na contramão de possíveis expectativas da família, de mamãe em especial. Havia uma razão inadiável: eu estava prestes a iniciar o curso de teologia, reta final para o sacerdócio. No fundo, sabia que entrara para o seminário por falta de opções frente à violência do meu pai. Não me pareceu razoável fazer uma escolha tão radical, para toda a vida, sem experimentar alternativas do "outro lado". Para me facilitar a decisão, eu dizia a mim mesmo que precisava fazer o teste lá fora e, se fosse o caso, voltaria à carreira sacerdotal. No fundo, estava claro que a saída do seminário deflagrava uma ruptura sem volta. Mas havia uma outra razão subjacente: eu precisava de espaço, psicológico e moral, para resolver a questão da minha homossexualidade. Sabia que o sacerdócio iria me colocar numa camisa de força (o voto de castidade) e me tolheria com os princípios da doutrina cristã — o que previa um futuro de infelicidade, ao prolongar indefinidamente meus tormentos do presente. Fazendo as contas, estava em jogo minha própria vida, o que tornava a decisão inadiável. Para minha surpresa — e alegria — D. resolveu, num repente, que iria embora comigo. Candidamente, apostávamos qual dos dois começaria a namorar primeiro uma menina.

Libertar-me da disciplina do seminário significou abrir os braços para o mundo e me entregar a experiências insuspeitadas. Eu olhava ao meu redor e o horizonte parecia infinito, como num novo nascimento. A sensação era de que agora tudo dependia de mim. Lembro de um momento preciso, já em São Paulo, quando estávamos eu e D. na praça do Patriarca. Como se vindo dos subterrâneos da cidade e nos abraçasse por inteiro, começou a tocar nalgum alto-falante o samba "Volta por cima", de Paulo Vanzolini, na voz de Noite Ilustrada. Ambos nos olhamos e éramos puro regozijo, ouvindo o refrão popularíssimo na época, que parecia escrito para nós: "Levanta, sacode a poeira e dá volta por cima". Sim, agora eu me levantaria e podia tomar decisões por conta própria, sem responder a nenhum comprometimento superior.

Mas ainda havia amarras do passado a me aprisionar, o que ficou evidente pouco depois. Aproveitando a ausência de meus dois irmãos, pela primeira vez eu e D. nos encontramos sozinhos num quarto, em minha casa, ainda que dormindo em camas separadas. Surgiu enfim a oportunidade de fazermos sexo juntos, e parecia que estávamos maduros para isso. Pois bem, quando o próprio D. fez o convite para a oportunidade que eu tanto esperava, recusei terminantemente. Dividido entre dois tipos de amor, usei um pretexto legítimo naquele momento: receava conspurcar o sentimento que nos unia. De fato, uma parte de mim ansiava por nos completarmos no amor carnal.

A outra parte, que decidiu recusar em nome do "amor puro", continuava submissa aos valores que eu pretendia abandonar. A utopia da pureza cristã, mantida a duras renúncias, continuava tão soberana a ponto de conspurcar o amor que sentíamos e matá-lo por asfixia. Ainda que não tivéssemos feito sexo, alguma coisa desmoronou — pela impossibilidade ou pelo desencanto. Após esse episódio, eu e D. tomamos rumos diferentes. Raramente nos vimos de novo. A simples possibilidade de realizar nosso desejo mais profundo desestruturou o encantamento mútuo.

No México, escrevi um conto em forma de testamento, que acabou dando nome ao meu primeiro livro publicado. Com esse tributo, eu pedia perdão a D., na esperança de que ele um dia o lesse. Também resgatava do olvido um episódio de pertencimento radical, vivido pela primeira vez, no âmbito mais legítimo de mim: o meu amor. Que eu massacrara. Talvez estivesse tentando me perdoar.

Rastros por escrito: a chaga de Deus

Prestes a ingressar no mundo adulto, em meio à tormenta do período final do seminário maior, tentei encontrar uma trilha cristã que pudesse incluir místicos desviantes e excessivos, para desvendar algum sentido nas questões que me fustigavam. Assim ocorreu meu encontro com a figura de Charles de Foucauld, um eremita francês dos nossos dias. Era encantador saber que ele, em pleno começo do século XX, se retirara para o deserto do norte da África na busca incessante de um sentido. No seu caso, o sentido estava em Deus. Para mim, Foucauld significava, basicamente, a possibilidade de segurança na fé, a perspectiva de encontrar um porto de paz onde minha alma pudesse ancorar. Um dos meus colegas decidiu ingressar na congregação religiosa contemplativa que se formara a partir dos escritos de Foucauld, chamada Irmãozinhos de Jesus — que posteriormente ganharia o braço feminino das Irmãzinhas. Não se tratava de padres ou freiras, apenas pessoas comuns dedicadas, através de votos, à pobreza e à contemplação de Deus. A fascinante diferença é que o "deserto" ficava no coração do mundo moderno, ou seja, em locais incomuns para a contemplação de Deus — fábricas, apartamentos, núcleos proletários. Cheguei a visitar um grupo desses, que vivia e trabalhava numa favela em Santo André. O que mais me impressionou foi sua mística da ternura, da misericórdia e da entrega. Mas sua paz não estava ao meu alcance.

Num outro extremo, entrou em cena a figura de Léon Bloy, um místico católico francês desregrado, mórbido, atormentado, antiburguês, virulento, indigno e visionário que se definia como "peregrino do absoluto". Bloy instigava minha atenção, sem que eu nunca pudesse compreendê-lo senão como um amontoado irracional de paradoxos poéticos — cuja leitura me era proibida por sua capacidade de desestabilizar. Só mais tarde vim a descobrir, logo no início do seu romance *O desesperado*, de 1887, como um delinquente mata o pai a facadas, celebra o parricídio e, sarcasticamente, pede dinheiro a um amigo para realizar os funerais. O parricida, em fantasia ou não, era o próprio Bloy. Dele eu primeiro tomara conhecimento através de um livro de Raïssa Maritain. Não sei se foi a partir dessa leitura que deixei anotada numa velha caderneta uma das tantas reflexões conturbadas, talvez doentiamente sagradas, de Léon Bloy: "Cada um de nós está no centro de combinações infinitas e maravilhosas. Se Deus nos permitisse vê--las, entraríamos no Paraíso num êxtase de dor e de volúpia". Sim, os loucos da ordem, que desordenavam os manuais e expectativas, os sem esperança que acendiam uma luz no meio do Nada, que suplicavam ao seu deus por suplícios que os tornassem profetas de sua própria miséria, ah, esses me diziam algo incompreensível e certamente tão grandioso quanto o próprio mistério de estar no mundo sem nada compreender. Esses me encantavam sem que eu soubesse por que, e me garantiam que a busca da fé impossível no enigma não era insana. Buscar o inalcançável. Sim, desde cedo cultivei paradoxos que me deixavam deslumbrado por iluminarem minha alma mais do que as certezas imediatas, pobres, medíocres. Eu celebro quem os revelava, sempre celebrarei seu montante de verdade inalcançável como só os grandes poetas podem propor. Mas tudo tem seu preço.

Mexendo em minha biblioteca, encontro fora do lugar um romance católico, ainda desses tempos religiosos: *Léon Morin, padre*, de Béatrix Beck. Casualmente abro na última página e me deparo com uma sentença: "Eu caminhava na silenciosa noite de Deus, apressando-me como aqueles jumentos árabes, em cujos flancos o amo mantém uma ferida sempre sangrando, para fazê-los andar melhor". Vejo estampada aí a crueldade da minha ferida aberta não sei por qual força superior. Talvez a vida mesma, instaurando a chaga com a função única de me ensinar a seguir adiante, em busca do conhecimento do meu próprio mistério. No fundo, a constatação não me convence, ao contrário, me revolta a ideia de um deus que machuca para ensinar. Mas me comove, se penso nos meandros da vida, que cumprem o papel do divino, ou do acaso, o que dá no mesmo. Essa leitura inesperada de um livro perdido me leva às lágrimas. Remete à luta bíblica de Jacó e o Anjo — clara referência, até hoje, aos meus embates com o mistério insuportável e a dor insana de viver.

Foi certamente em sua esteira que, no tardio ano de 2007, escrevi uma peça teatral de fundo sadomasoquista, em que abordo a luta bíblica na qual Jacó vence Deus. Como prêmio, Jacó é abençoado com um novo nome, *Israel* ("Aquele que luta com Deus"), e fica coxo para o resto da vida. A peça resultou da tentativa de absorver o suicídio de um jovem amigo que me trazia luz, e se apagou de repente, sem deixar explicação. A ação transcorre numa Quinta-Feira Santa, dia da instituição evangélica do mandamento do amor. Tem um acento irônico, mas também um tom sagrado o seu título *Hoje é dia do amor*. Trata-se de uma conversa entre um *slave* acorrentado a uma cruz de San Andrés e seu *Master* (que nunca é visto nem ouvido).

A peça ficou apenas três meses em cartaz, apresentada numa sessão por semana, em São Paulo. As pessoas saíam com o rosto contorcido de pânico, muitas vezes molhado — talvez de suor, talvez de lágrimas. Tê-la escrito não melhorou em nada a minha compreensão da dor como possível estímulo para prosseguir no escuro, como o pobre jumento árabe. Ao contrário, depois de pronta, eu corri para minha analista e lhe disse, em aterrorizada convicção: "Desta vez fui longe demais no meu desespero. Não, não tenho conserto". Tanto tempo de análise, e tudo o que sei é que estamos em meio a um desatino. Sim, o pânico despertado por minha peça faz parte dessa constatação.

Pesos e contrapesos do lado de fora

Sofri um paulatino afastamento da Igreja católica por não encontrar respostas à altura da minha efervescência interior. Meu derradeiro esforço em manter esse elo foi provavelmente ter me integrado à AP (Ação Popular), uma esdrúxula junção política de catolicismo e maoísmo. Eu e o saudoso Luís Travassos, então presidente da UNE, ambos estudantes da PUC-SP, confidenciávamos um ao outro nossas críticas e ironias a respeito. Depois que fiz meu curta-metragem para abertura da peça *O & A*, montada pelo Tuca, Travassos me procurou propondo um projeto de comédia: "É só fazer um filme sobre a AP", disse ele, sarcástico. Rimos os dois, pois sabíamos do que falávamos. Foi um curto período de participação, ao fim do qual enviei uma carta para os "superiores", propondo meu desligamento por total falta de coerência política e ideológica do grupo. A julgar pelo esfriamento da relação com vários correligionários, não me pareceu um rompimento de todo amigável. A ele se seguiu meu desligamento do próprio curso de filosofia, cujo último ano eu cursava na PUC — para completar meus estudos do seminário maior. Ali se lecionava uma geleia em que predominava a escolástica católica mal disfarçada em "humanismo integral", que Jacques Maritain inventou para fazer um proselitismo mais cristão do que humanista. Com algumas boas exceções, nossos professores eram padres de fala tediosa, inclusive um belga que exigia silêncio absoluto e se irritava quando um lápis caía no chão. Numa reunião de avaliação do semestre, examinei bem aquelas mocinhas burguesas e burrinhas, que acabavam encalhando no curso de filosofia por falta de condições de ingressar em outros mais concorridos. Percebi que não tinha mais nada a fazer ali. Comuniquei à classe que estava saturado de tanta mediocridade, mandei intempestivamente todos à merda e fechei minha matrícula no curso — que só vim terminar duas décadas depois. Foi um desenlace desgastante, mas inevitável, com meu passado religioso.

Posso dizer aqui, com base em experiência pessoal, que um dos problemas da modernização católica de então consistiu em expor, inadvertidamente, as contradições estruturais na relação da igreja com o mundo atual, cujo fruto mais emblemático foi a Teologia da Libertação. O projeto de modernização pretendida pelo Concílio Ecumênico Vaticano II ruiu por força dessa contradição: não há possibilidade de pensamento e ação autônoma dentro da estrutura eclesiástica, pois tudo já se encontra previsto em regras, dogmas, encíclicas, manuais. Toda a questão de autonomia proposta pelo método montessoriano no seminário de São Carlos tropeçou num entrave da própria Igreja, organizada com base em rígidos níveis de autoridade outorgada em nome de Deus. O resultado emblemático foi que grande parte dos alunos de então desistiu da carreira sacerdotal, o que acendeu o sinal vermelho. De fato, poucos anos depois da minha partida, o seminário de São Carlos sofreu um desmonte ordenado pelo próprio bispo diocesano. Os padres progressistas foram pontualmente substituídos por interventores do espectro político oposto, e tudo voltou ao que era antes do tal *aggiornamento*. As contradições inerentes ao Concílio Vaticano II que vivi na pele me revelaram a verdadeira Igreja, ou seja, aquela da qual eu deveria me afastar, por exercício de propaganda enganosa. No final desse período, aprendi que o amor cristão, tal como institucionalizado, vive um conflito em sua natureza mesma, com uma direção apontando para a mensagem evangélica libertadora e outra voltada para o lado oposto, na prática de dogmas doutrinários, tão cruel que chega à negação do próprio amor cristão. Em resumo, trata-se de uma esquizofrenia sem solução.

É verdade que meu espírito se forjou em meio a tais contradições. Com elas eu aprendi a única alternativa possível: não me enquadrar em manuais, estar em devir, ser *gauche* na vida. A autonomia de pensamento e ação, que a anarquia me propôs mais tarde, apontava para a necessidade de fazer escolhas a partir de convicções pessoais sim, mas não de determinações a-históricas. Descobri a possibilidade de cultivar a dúvida como uma arte, na contramão de todos os meus receios. Duvido, logo sou. Sem medo de fazer perguntas, objetar, pesar

— e não perseguir as certezas como projeto de vida. Se um poeta do quilate de Carlos Drummond de Andrade confessava-se cansado de ser moderno e decidira ser eterno, eu sempre considerei uma virtude a hibridez entre estar no presente do meu tempo e não perder de vista o passado que o forjara, lançando-o para o futuro. Nessa perspectiva, posso dizer que eu, ex-cristão e crítico das mazelas do cristianismo, talvez seja mais filho de João XXIII do que jamais suporia. Antiprojeto almejado: viver numa permanente corda bamba de escolhas e decisões difíceis, a partir de pesos e contrapesos da minha consciência. Pier Paolo Pasolini, um poeta que tanto admiro, experimentou semelhante paradoxo em vida.

Depois de Jônatas

Logo após deixar o seminário — e abandonar D., num último ato de religiosidade culpada —, saí à procura de um terapeuta com quem pudesse dar andamento, de modo mais duradouro, ao meu processo de redução de danos. Encontrei uma alma bondosa, que me aceitou gratuitamente numa psicoterapia de grupo. Foi aí que, pela primeira vez, coloquei as cartas da minha homossexualidade em público. Acabei me apaixonando por um colega do grupo, que se aproximou de mim, generosamente, apresentando-se como heterossexual convicto. Um dia, numa bebedeira em seu apartamento, tentou me forçar a fazer sexo oral nele. Bem, aí eu já sabia minimamente onde pisava e o que queria, de modo que respondi: "Talvez eu faça quando você estiver sóbrio. Não gosto de bêbado que amanhã não vai se lembrar de nada". Estranhamente, acabamos nos apaixonando pela (e disputando a) mesma mulher. Nenhum dos dois ganhou. Mas, a partir daí, eu estava pronto para a cerimônia inaugural do gozo, tantas vezes adiada — e gozei em várias áreas, da cama à política.

Se a saída do seminário decretou minha ruptura com a instituição autoritária da Igreja católica (e qualquer forma de organismo eclesial), isso não configurava uma rebelião isolada contra doutrinas religiosas. Já instalado em São Paulo, acabei me incorporando a um grupo de jovens estudantes ligados ao Partido Comunista, meus sócios numa pequena produtora de cinema, em plena Boca do Lixo. Considerando os preconceitos mútuos entre católicos anticomunistas e marxistas anticlericais, eles foram muito generosos em me aceitar, e nos tornamos amigos. Nunca fui obrigado, nem me interessei, a entrar para o Partido Comunista — minha repugnância a dogmas os farejava de longe. Percebia, sim, tentativas isoladas de imprimir um pensamento hegemônico. Tive a suspeita confirmada, de modo definitivo, quando participei de um grupo, com vários amigos e respectivas esposas, para estudar *O capital*, de Marx. Como o seminário sempre impedira o conhecimento da filosofia marxista, para mim isso implicava alguma empolgação. Mas durou pouco. No primeiro encontro, na primeira página do primeiro volume que líamos em conjunto, levantei uma questão sobre algo que não estava compreendendo. Um dos meus amigos deu um murro na mesa e gritou: "Marx não se discute!". Eu me levantei e fui embora. Tinha acabado de me confrontar com as raízes religiosas de uma filosofia que se pretendia crítica a todas as formas de religião. Como continuação da crítica ao dogmatismo católico, que eu conhecera muito bem, era natural que me opusesse ao autoritarismo de quem se considerava autoridade — inclusive intelectual. Cada vez mais focado nas ramificações da opressão paterna, eu recusava sectarismos, viessem de onde viessem. Se a opção conservadora da direita me repugnava como forma de opressão, tão evidente no dogmatismo cristão, a esquerda foi meu último bastião de enfrentamento do autoritarismo — ainda mais danoso porque disfarçado sob a máscara da verdade e da justiça. Mas há um fator pessoal, correlacionado a essa crítica. Posso dizer que tanto em relação à doutrina católica quanto aos ditames marxistas minha homossexualidade posicionava-se como posto privilegiado, a partir das margens, para exercer a crítica da autoridade.

Mesmo diante de alguns casos passageiros (e até paixões fugazes) com mulheres, eu passei a privilegiar a outra forma de amar que sempre fora minha e ainda me era recusada. Uma amante que tive de curto prazo me apresentou um amigo seu. Ali mesmo, no bar onde estávamos, ocorreu um surto de encantamento. Ele se tornou meu primeiro namorado assumido, sem exigências de papéis sexuais. De modo natural, dei adeus ao medo desse monstro que atormenta o desejo masculino de ser penetrado. Ele era hippie meia-boca, eu maoísta anarquista. Na antiga feira de artesanato da praça da República, ele vendia suas bolsas confeccionadas em couro e trapos de tecido de sofá, belíssimas. Eu expunha meus poemas escritos em caixas de papelão para serem chutadas nas passagens entre os canteiros. Ali apresentei também um poema em saudação ao negro preto da anarquia, feito em plástico transparente, e um outro em homenagem a Jimi Hendrix, pintado num lençol velho com sinais de merda e esperma, que ficava balançando ao vento.

Daí por diante, o vulcão entrou em erupção. De mochila nas costas, fiz minha primeira viagem à Europa e ao norte da África. Politicamente, pude constatar (e repudiar) in loco o militarismo e sectarismo ideológico da Alemanha comunista. Em Paris, tentei em vão encontrar anarquistas, reprimidos na França do marechal De Gaulle. Incessantemente, aprendi a exercitar meu espírito através do desregramento de todos os sentidos amorosos — fosse no Coliseu romano, no cais de Amsterdam, num apartamento pulguento de Paris ou num hotelzinho de Túnis. Aconteceu como uma barragem que se rompe de tanto desejo contido, e forma um rio que podia ser turbulento ou aprazível, em minhas braçadas de liberdade. A magnificação dessa experiência ficou marcada por uma canção que se ouvia em toda Londres, como um hino de celebração natalina — e um alento: tente, tente, talvez você consiga o que quer. O lançamento do LP *Let it Bleed*, dos Rolling Stones, ostentava sua capa nas vitrines: um lindo bolo que se esfacela em meio à festa. Era dezembro de 1969, e eu celebrava. O coral infantil atrás da voz de Mick Jagger em "You can't always get what you want" traduzia a suavidade e, simultaneamente, a radicalidade do amor que eu respirava por todos os poros.

Figuras paternas (2)

Para além da fase do seminário, o processo alquímico de esculpir dentro de mim a figura perdida do pai se desdobrou para vários outros homens (educadores ou não) que exerceram a função paterna no processo da minha formação. Lembro a figura de Paulo Emílio Salles Gomes, tão passageira quanto marcante, no período em que trabalhei na Cinemateca Brasileira, onde substituí Lucila Ribeiro no Departamento de Divulgação, mal saído do seminário. Eu tinha acabado de chegar, nem pronunciava direito os nomes de referências clássicas como Carl Dreyer ou Sergei Eisenstein, e Paulo Emílio se propôs me mandar para o México, com uma bolsa de estudos audiovisuais. Mesmo que a viagem tenha gorado pela exiguidade dos prazos, foi um bálsamo sem tamanho a importância que ele deu a um moleque como eu, por me apresentar um terreno onde eu poderia pisar confiante, apesar de desconhecido. Dentro da sua formalidade típica, minha proximidade com Paulo Emílio foi mais que respeitosa. Eu via nele certo afeto, mesclado a piedade, cuidado e simpatia filial pelo jovenzinho católico. Pode-se imaginar a generosidade da parte de um ateu (e provável anticlerical) ao acolher um ex-seminarista, sem cobrar origens nem exigir identidade ideológica. Para alguém como eu, educado dentro de uma bolha católica por dez anos, gestos assim proporcionaram uma segurança incalculável, após cair de paraquedas no mundo profano — quer dizer, no mundo de verdade. Um pouco mais tarde, Paulo Emílio funcionou ainda como um polo político importante, quando eu e Carlão Reinchenbach o visitávamos em seu apartamento na rua Sabará para buscar bibliografia anarquista em sua biblioteca. Lembro dos nossos ouvidos sedentos enquanto Paulo Emílio nos contava histórias míticas de Jean Vigo e de seu pai, o famoso anarquista Almereyda. Foi assim que entrei em contato direto com as primeiras ideias libertárias, que tanto me fascinavam. Lá tivemos o privilégio também de conhecer a bela Lygia Fagundes Telles, então mulher do Paulo.

Nessa voragem juvenil, de idas e vindas para definir os caminhos do meu ser, ocorreu um quase milagre: o fantasma de José Trevisan começava a encontrar um lugar de enfrentamento no meu coração. E me trazia algum equilíbrio suficiente para prosseguir meu processo de amadurecimento. Mesmo que meus passos comportassem atropelos e inquietações magnificadas por medos, dúvidas e autoestima periclitante, eu me iniciava no projeto de criar meu próprio pai.

Freud e eu

Não por força do acaso, o texto que me escancarou Freud foi *Dostoié-vski e o parricídio* — na clássica tradução espanhola de Luis López--Ballesteros y de Torres (cuja elegância e precisão foram elogiadas em carta do próprio Freud). Devo sua revelação a uma amiga psicanalista, Amazonas Alves Lima, que me passou uma xerox no começo da minha idade adulta. Li e me apaixonei ao descobrir um Freud distante da linguagem cifrada da (então única e discutível) tradução brasileira *standard*, feita a partir do inglês. Nesse ensaio, descobri um Freud imponderado: o poeta, que me escancarou de modo definitivo a importância da poesia para além da criação literária. Sim, a imaginação poderosa que nele encontrei fazia brotar a transfiguração, e ali era a poesia, não o mero talento intelectual, que adentrava o território da ciência, numa função quase profética. Descobri uma abordagem destemida, atrevida e libertária nesse ensaio que me instigou a abrir portas não previstas nem permitidas até então — na arte, na sexualidade, na política.

Segundo a narrativa de Freud, ao ter o pai assassinado na infância, Dostoiévski se sentiu culpado porque a tragédia correspondeu a um secreto desejo seu de vê-lo morto. A culpa, no caso, encontrou um modo de deslocamento muito peculiar: suas crises epiléticas, de fundo histérico, metaforizavam o estrebuchar da morte, como castigo. Ocorreu uma outra "distorção conveniente", expressão que Freud usa em *Totem e tabu*, a saber: esse "morrer epilético" era também uma forma de reencontrar-se com o pai e antecipar o medo à castração, entregando-se a ele — a partir da ambivalência entre amor e ódio. Aí a sutileza freudiana encontra evidências da bissexualidade do escritor russo, que aparecem em outras circunstâncias, como o afeto diante dos seus rivais — na verdade, transferindo à esposa o gozo que ele próprio teria com tais amantes. Só assim, movido por angústias e imperfeições, o homem Dostoiévski extraiu de si tantas obras-primas, até desembocar na história de um parricídio, em *Os irmãos Karamázov*.

Li, num ensaio recente, que Freud "inventou" a psicanálise através da análise sistemática e impiedosa dos seus sonhos. Reinventou-se, aos quarenta anos. Os desdobramentos interpretativos derivam das experiências e fantasias pessoais de Freud — e isso me parece definir sua forma de ser poeta ou, se quiserem, profeta. Eu, que não sou Freud nem nada, estou tentando, aos setenta anos, reinventar meu trajeto através de uma análise bem mais simplória — mas com o mesmo objetivo de levantar um pouco mais o véu do meu mistério, antes de me entregar de volta ao Nada. Considerando que o Nada é bastante relativo, busco algo como Arthur Bispo do Rosário, que através de criações delirantes se propôs deixar testemunho de sua passagem pelo mundo. Fabricou até um barco tecido de sonhos para completar a sua travessia do Hades — em direção ao centro de si mesmo. De quebra, deixou uma das obras mais contundentes que conheço, pela beleza cristalina e comovente busca da sua verdade — ou da sua história, como um idiota cheio de som e fúria descobrindo algum sentido à trajetória humana.

Seja em estrebuchamentos, delírios ou confissões de dor, a expressão artística manifesta potencial de redenção ao realizar o deslocamento do verbo (pensado, suposto) para o ato (concreto, realizado). Em *Totem e tabu*, a perspicácia de Freud vem em meu socorro: digamos que aqui estou tentando superar a proposta evangélica "No princípio era o Verbo" para assumir a assertiva poética "No princípio era o Ato", tal como propunha Goethe. No meu ato agora realizado, assim como no princípio de toda organização cultural humana, está o pai e sua morte sacrificial. Quer dizer, um trauma — com seus efeitos desestabilizadores e suas perspectivas reativas.

O trauma, que me marcou para sempre, abre caminho à possibilidade de rebelião como ato reagente. Na perspectiva freudiana, a presença paterna é tão marcante que o próprio destino se articula como uma projeção tardia do pai. Seja pela culpa reiterada, seja pela instituição das leis ou pela deificação, o pai se torna ainda mais poderoso depois de morto. Alternativamente, a reação ao trauma fundacional permite admitir que a coincidência entre pai e destino esconde uma falácia psicológica a ser desmontada. E essa é a minha história. Nós não somos simplesmente filhos do acaso que fez determinado espermatozoide fecundar um óvulo. Devorar o pai implica uma interferência nesse "destino", para tomar seu lugar e assumir sua força, num processo em que o Eu ocupa espaço próprio e, ao mesmo tempo, reorganiza-se para o Amor. Em outras palavras, suponho que o afastamento deliberado do universo paterno permitiu deflagrar o processo de libertação para ser quem sou, e isso implica automaticamente amar do jeito que me convém — como forma de superar o trauma. Veneno e antídoto, juntos.

Não, definitivamente pai não é destino. Se há um destino, esse se confunde com o meu mistério a ser abraçado.

Orgia para devorar o pai

O fascínio que sempre me despertou a questão freudiana do parricídio resulta de uma constatação corriqueira: para crescer é preciso podar. No cotidiano, atualiza-se assim a rebelião mítica da horda primeva contra o despotismo do pai, morto e devorado. Filho nenhum consegue voo solo sem deixar o pai para trás — superado ou, em outros termos: aniquilado. No meu caso, a questão intrigante é ter que matar um pai em boa parte ausente — como se apunhalasse um cadáver. Mas haverá sempre a função paterna, presente em inúmeras instâncias que configuram a presença do totem. Penso que, na morte do pai, nosso psiquismo instiga à posse das suas virtudes pela devoração — como parte do processo de luto.

Aos poucos, descobri que venho realizando um prolongado processo de devoração totêmica. No meu imaginário, isso se dá através de sucessivas encenações da morte do meu pai e o luto subsequente. Não sei se me dei conta enquanto o fazia. A representação mais objetiva e explícita creio ter ocorrido em meu filme *Orgia ou o homem que deu cria*. Não por acaso comecei a escrever os primeiros rascunhos durante um curto exílio no Marrocos, mais precisamente Marrakesh, em 1969, quando temia não poder mais regressar ao Brasil — à pátria, uma das instâncias da função paterna. Eu recebera notícia de que a polícia da ditadura me procurava. Só depois de desfeito o equívoco (apenas meu nome que constava na caderneta de um amigo preso), pude voltar. A partir daquele primeiro exercício de saudade no exílio, busquei um estado alterado de consciência através da maconha. Eu tinha ciência do "desregramento dos sentidos" proposto por Rimbaud para a condição de profeta. Daí, ficava chapado exclusivamente ao escrever o roteiro, pensando abrir meu inconsciente, com o objetivo expresso de buscar alguma verdade pela droga. Ao revisar o roteiro na manhã seguinte, sem droga, eu praticava meu desregramento de modo disciplinado. O ritual implicava uma pretensão bastante ingênua: eu queria me comunicar com as raízes do inconsciente coletivo brasileiro.

Foi desse método heterodoxo que nasceram no roteiro tantos personagens que poderiam parecer excêntricos. Em meio a putas, dançarinas, ladrões e assassinos, surgiam o rei negro do país, um anjo negro caído do céu, uma travesti negra, um anarquista com roupas do século XIX e um cangaceiro — barrigudo de gravidez. Tudo isso, é claro, perpassado por boa dose de escracho, na esteira da chanchada, do teatro de rebolado e do tropicalismo. O espírito de Oswald de Andrade, paixão recente, banhava tudo com os elementos antropofágicos que eu perseguia como parte desse suposto "inconsciente coletivo brasileiro". Daí por que coloquei vários poemas seus na boca de alguns personagens, especialmente da travesti vestida de Carmen Miranda, com um penico na cabeça cheio de frutas de plástico.

Durante o processo criativo, emergiram as ritualizações da morte do pai. O primeiro título do filme, que ainda se vê em fotos da claquete, não deixa dúvidas: *Foi assim que matei meu pai*. O motivo estava escancarado no próprio enredo que se iniciava com a morte de um pai. Acima de tudo, eu ironizava um livrinho piegas da fase doutrinária do seminário de São Carlos, intitulado *Foi assim que matei meu filho*, em que um rapaz se mata porque os pais não permitiam que seguisse a carreira sacerdotal. O coprodutor da Boca do Lixo, que me achava um louco, exigiu outro nome. Acedi com uma desforra: substituí por um título que a Boca do Lixo iria adorar e me parecia ainda mais provocador. Ficou: *Orgia ou o homem que deu cria*. Mas havia outras implicações, da psicanalítica à política e estética.

Após enforcar o pai alcoólatra, o personagem adolescente foge de casa, transtornado pela culpa. Sem rumo, vai encontrando pelo caminho outros fugitivos que acabam por constituir um bando de desvalidos a vagar pelo país, em busca de uma mítica metrópole. Logo de início, aparece no meio do mato um intelectual seminu, coberto apenas por um pano à guisa de calção. Sentado num monte de livros, ele arranca e come páginas, enquanto faz uma tediosa preleção numa língua incompreensível. Pouco depois, o intelectual aparece enforcado numa árvore — por suicídio. Corta para o seu túmulo, com o pano sobre a cruz improvisada, no qual se lê: "Deixa sangrar" — homenagem ao cáustico *let it bleed* que os Rolling Stones criaram em contraposição ao *let it be* certinho dos Beatles. Eu articulava uma crítica aos pensadores do país, que devoram livros mas não conseguem se comunicar com a sociedade do seu tempo. De modo mais pontual, tratava-se de uma referência maldosa aos intelectuais de esquerda que pretendiam se passar por líderes revolucionários das massas, através de uma linguagem cifrada que só seu grupo restrito entendia. Isso implicava que intelectuais brandem o mesmo bordão da autoridade paterna, em nome de uma suposta sabedoria que os coloca num pedestal acima da sociedade. Para meu olhar crítico de então, tratava-se de uma sabedoria discutível, quando não inútil e enganosa — o que me levou a abandonar a universidade por longos anos, indignado ao constatar que não se considera saber senão aquele que as tribunas da academia legitimam. Acredito que o filme expressava em 1970 o que penso ainda hoje.

Ex-católico, maoísta reticente e anarquista à deriva, eu me tornara um crítico visceral do cinema novo, como acontecia com boa parte da minha geração de cinema — mais tarde definida apressadamente como "cinema marginal". Aí se encontrava a terceira vertente parricida. Em *Orgia*, introduzi o personagem de um cangaceiro grávido. Dei ao ator que o interpreta a marcação épico-brechtiana de Othon Bastos em *Deus e o Diabo na Terra do Sol*, com frases duras escandidas. Ao mesmo tempo, eu ridiculizava e distorcia o personagem, que tem sempre as calças caídas e a ceroula à mostra, enquanto carrega um estandarte com o símbolo da Volkswagen, em lugar de um santo do sertão cinemanovista. Minha intenção era incitar à devoração de Glauber Rocha, diretor que eu amava e nossa geração de cinema amava odiar. Sim, queríamos matar o pai autoritário e castrador que Glauber, enquanto porta-voz do cinema novo, significava para nós, naquele momento.

Até onde eu soube, Glauber esteve presente na première de *Orgia* na sala de cinema do MAM, no Rio de Janeiro, em meados de 1971. Segundo Cosme Alves Neto, meu amigo e então diretor da Cinemateca, Glauber ficou enfurecido com as gozações e queria me bater. Como permaneci do lado de fora da sala (rever o filme sempre me fazia sofrer), não sei se Cosme — com sua risadinha afiada — estava falando sério ou blefando ao me contar o incidente no final da sessão. Sabendo das famosas explosões emocionais e autoritárias de Glauber, eu não quis conversa com ele. Saí de lá satisfeito que o todo-poderoso mentor do cinema novo tivesse captado meu recado. Com uma pedrada, eu enfrentara galhardamente o pai, e isso me bastava.

O rebote

Se *Orgia ou o homem que deu cria* foi um gesto de rebelião contra a autoridade paterna, ao ritualizar a morte do pai, a questão teve desdobramentos. A "autoridade paterna" contra-atacou através da interdição do filme, logo em seguida. Ao considerarem o filme "atentatório à moral e aos bons costumes", os censores de Brasília perceberam o veneno instilado contra a "ordem paterna", na qual se sabiam engajados. Apesar de não detectarem a origem exata do veneno, revidaram no atacado para atingir no varejo. A acusação de "inconveniente em quase toda a sua totalidade" (*sic*) brandia uma reação que ecoava prescrições bíblicas. O que se combatia não era a obscenidade, mas o assassinato perpetrado. Sua proibição se constelava numa sentença universal ali implícita: "não matarás teu pai".

Obviamente, o coprodutor não moveu uma palha para acionar um advogado em Brasília. Até a arte-final do cartaz do filme foi jogada no lixo. Na grande imprensa, a única voz que ousou se manifestar contra a interdição foi a de Paulo Emílio Salles Gomes, que escreveu uma resenha contundente na qual se dirigiu diretamente aos censores, alguns dos quais teriam sido seus alunos. Outros críticos, especialmente quem já conhecia o filme por dentro e poderia reforçar a pressão, preferiram se calar. Afinal, eu não era referência do cinema novo, nem dava pontos no currículo de ninguém.

Na verdade, pessoas de diferentes áreas me viam como um *outsider*. Consideravam *Orgia* uma obra maluca e sem sentido, já que eu não propunha um engajamento político explícito. O próprio avalista do meu empréstimo bancário, a quem não pude pagar por causa da proibição, jamais me perdoou. Ele mandava recados de que iria me matar, se me encontrasse — atitude que soava chocante em se tratando de um homem engajado na luta contra a ditadura. Indiretamente, emergia a suspeita — para não dizer: a acusação — de que eu tinha provocado a onça com vara curta. Nesse raciocínio, eu deveria ter feito os cortes exigidos pela censura. Isso nunca me passou pela cabeça. Mas às vezes me pergunto por que me recusei tão terminantemente a acatar as determinações censórias. Encontro uma resposta simples, anterior a qualquer gesto de resistência política. Ou seja, eu nunca acreditei que inseri obscenidades no meu filme. Dois homens cagando são dois homens cagando. Uma travesti é uma travesti. Uma mulher nua é uma mulher nua. Sob a ditadura ou numa democracia. Ponto final.

Sendo minha carreira cinematográfica interrompida de forma tão drástica, talvez objetassem por que nunca reivindiquei reparação financeira na redemocratização, como fez tanta gente perseguida pelo regime militar de 1964. Jamais me ocorreu exigir algo que não tem preço quantificável, como se, ao pagar uma dívida, o prejuízo moral fosse corrigido. Seria misturar dois pesos incompatíveis. Eu fiz o filme que quis, sabendo dos riscos. Se não desculpo a ditadura, também não fujo da responsabilidade sobre minhas escolhas. Para além dos crimes contra a humanidade e danos físicos ou psicológicos irreparáveis, as indenizações não podem ser banalizadas. Considero altamente questionável supervalorizar a luta contra a ditadura ao nível de um suposto heroísmo a ser recompensado. O anseio por justiça não pode ser confundido com uma conta poupança para o futuro. Beira o oportunismo atuar politicamente por convicção pessoal e acabar onerando toda a população, num acerto de dívida que ela não contraiu. Afinal, não é o Estado que pagará a conta, mas o povo brasileiro que sustenta o Estado.

Vã esperança no horizonte da morte

Em 1971, nossa mãe foi internada após sofrer um aneurisma cerebral. Passou um mês em estado comatoso. No hospital, fiquei ao lado do seu leito aguardando a recuperação, enquanto trabalhava num roteiro que adaptei do romance *Maria da Tempestade* — coincidentemente, a história de uma mulher que gostava de tempestades e enfrentou a vida debaixo delas. Para surpresa geral dos médicos, certo dia mamãe acordou lúcida. Constatou-se que seu aneurisma tinha se dissolvido. Deram-lhe alta. A alegria de recebê-la em casa celebrava uma verdadeira ressurreição. Segundo minha irmã, logo que voltou do hospital, mamãe descobriu garrafas de pinga vazias debaixo da cama e comentou: "Ai, meu Deus, não mudou nada. Vai começar tudo de novo". De fato, o casal tinha atravessado um período de ligeira calmaria, e meu pai conseguira controlar a bebida por um curto tempo — inclusive com trocas de afeto explícito entre ambos. Nós sonhávamos que aquela seria, finalmente, uma mudança definitiva. Mas não. Talvez a doença da mamãe tenha acirrado as inseguranças do nosso pai, e a cachaça retomou o lugar triunfante em sua vida.

Na época, maçãs eram importadas, portanto caras. Vinham embrulhadas uma a uma em papel de seda, atestando sua origem argentina. Costumava-se oferecê-las aos doentes em convalescença. Não sei como me ocorreu, mas fiz: sem dinheiro, roubei uma linda maçã num supermercado e levei a minha mãe. Contei-lhe ao ouvido o que tinha feito, e lhe garanti que eu seria perdoado. Mamãe riu. Sentada numa cadeira de repouso junto à ampla janela para tomar o sol da manhã, ela dizia sorridente: "Ai, que boba eu fui. Achava que ia morrer". Após três curtos dias, mamãe acordou de madrugada com sensação de sufoco. Nós a deitamos no sofá da sala, sua cabeça sobre minhas pernas. Não houve tempo sequer de chamar uma ambulância.

Ela deu o último suspiro diante dos meus olhos, vítima de um ataque cardíaco fulminante. Só depois se descobriu que o coágulo tinha se soltado do cérebro e descera até o coração, provocando o entupimento do miocárdio. Sua morte prematura aos cinquenta anos significou um baque para toda a família. Da minha parte, sofri como se tivesse perdido um pedaço de mim. Na beira da cova aberta, eu berrava enquanto seu corpo era entregue aos vermes. Expressava naquele instante uma revelação medonha que me assaltou a alma: se o fim era inevitável, para que amar tanto? Muitas outras vezes na vida eu experimentaria essa mesma sensação, mas foi ali que a perda do amor se dimensionou como um abalo sem anestesia.

No período em que minha mãe ficou hospitalizada, não lembro de ter visto meu pai visitá-la. Depois do seu falecimento, não ouvi um só comentário da parte dele. Não tenho ideia do que pensou e achou. Parecia em estado de choque. Talvez se sentisse culpado. Minha irmã acha que nossa mãe morreu tão cedo porque não via mais possibilidade de levar a vida sem esperança de curar o alcoolismo do meu pai. Eu não tenho dúvidas quanto a isso. Que me perdoe a memória do nosso pai, mas ele tem grande responsabilidade na morte de nossa mãe. É difícil, em sã consciência, surpreender-se ante tal desenlace, após décadas seguidas de tortura psicológica, sofrimentos e privações, praticamente carregando a família (o marido aí incluído) nas costas. Lembro como mamãe gostava de pescoço, pé e curanchinho de frango. E me pergunto se comer as sobras menos nobres do frango não seria um gosto adquirido, quase compulsoriamente, diante das circunstâncias de pobreza.

Através dos descaminhos da dor, a morte de minha mãe me deu o empurrão definitivo para o mundo adulto. Vivi um luto pesado e surdo, até o ponto de me recusar a visitar seu túmulo, temeroso de reabrir a ferida. Passados alguns anos, decidi encarar o medo da dor. Comprei vários frascos pequenos com óleo perfumado e tomei um ônibus até o cemitério de Vila Nova Cachoeirinha, onde se encontravam seus restos mortais, antes de serem transferidos para Ribeirão Bonito. Sentado ao lado do túmulo, chorei e reclamei da ausência de minha mãe, em voz alta, longamente. Não sei contra quem eu protestei, se ela mesma ou a vida, capaz de crueldades sem conta. Reclamar da minha dor, a uma interlocutora tão privilegiada e ausente, funcionou como se eu abrisse com bisturi o local purulento para desinfetar a chaga. Enquanto chorava o resto de lágrimas daquela cota de dor, aspergi sobre a lápide os óleos que lhe levara. Assim abençoei sua memória. E fui embora com minha carga aliviada, tentando me convencer de que já podia suportar as outras dores que a vida me reservava no futuro — nada distante.

Rito de passagem

Com meu filme proibido, sem dinheiro para pagar as dívidas e sofrendo ameaças de morte pelo avalista do empréstimo bancário, eu me refugiei em casa de uma amiga num terreno baldio da então desconhecida Vila Madalena. Desempregado, eu me alimentava de farinha de soja cozida com leite. Ir embora do Brasil foi se acentuando mais e mais como uma alternativa no meu horizonte cinzento. Por algum motivo relacionado à ausência da minha mãe e ao marasmo da minha vida, a questão do pertencimento a meu pai voltou com força total. Eu o visitava de vez em quando, e com má vontade, na casa do bairro de Itaberaba, em São Paulo, onde ele acabaria ficando sozinho, depois de meus irmãos se casarem. Era um homem com quem eu, o único filho solteiro, me recusava a morar junto. Além de não ter nada a lhe dizer, eu não gostava dessas visitas pelo simples motivo de que me doía, de modo quase insuportável, constatar a decadência daquele pai que nunca me protegeu e agora precisava de proteção. José estava à deriva, sem a única pessoa que poderia salvá-lo: minha mãe, cuja morte prematura ele tinha acelerado. Sem aviso prévio e em modo de urgência, deflagrou-se em mim o processo de cancelar a marca paterna.

Entre os nativos da Papua-Nova Guiné, havia um ritual de passagem em que os meninos adolescentes eram forçados a vomitar — para expelir do seu âmago toda influência materna e deixar aflorar sua virilidade. Penso que vivi esse ritual ao inverso. Durante as grandes transformações pós-seminário, minha vida tornou-se um longo rito de passagem da bolha cristã para o mundo real. Um dos fatores dessa passagem consistiu justamente em confrontar o desprezo que eu sentia pelo fato de ser um Trevisan — sentimento conflitivo, considerando que eu rejeitava parte de mim. A urgência atropelou os conflitos e fez emergir o processo de extirpar tudo que o clã pudesse ter instilado em mim. Seus defeitos eram emblemáticos de uma visão de mundo que eu pretendia superar, mudar, abolir em minha vida. Desde pequeno, sempre considerei meu pai e tios paternos um tanto repulsivos. Era hábito entre os machos da família arrotar forte, escarrar com solenidade e, sobretudo, peidar alto e insistentemente, em qualquer circunstância, sempre que lhes desse na veneta. Eram peidos afirmativos, quase tonitruantes. Meu pai repetia como um mantra sua teoria de que segurar peido dava nó nas tripas. Nunca entendi o que isso significava, mas tratava-se de uma crença de machos para machos, o que não incluía um filho maricas como eu. Afinal, só aos machos eram permitidas essas "comprovações" de saúde viril. Além disso, meu pai comia com voracidade, quase como um animal. Adorava cabeça de porco, talvez seu prato predileto, e chupava ruidosamente o tutano dos ossos de boi — tudo com muita pimenta. Suponho que tais práticas devoradoras também comprovavam um macho de verdade.

O peso desses anos de chumbo se fazia sentir como parte do pacote da autoridade paterna a ser rejeitada, que abrangia desde os ditames religiosos do meu passado recente até o poder dos generais usurpadores do presente. Quanto maior o peso, mais eu degustava o prazer de buscar aquele Eu Mesmo ainda vago, na transgressão de tudo o que a mentalidade paterna desaprovaria. Ao soltar minhas amarras, vivi espasmos de liberação em todos os sentidos, da política à sexualidade, passando pelas tentativas de sobreviver, na contramão, como artista — fosse no cinema, na literatura ou no teatro. Minha disposição em confrontar preconceitos sociais certamente resulta desse movimento interior de contraposição a um conglomerado de estilos de vida que passei a abominar, de coração aberto. O primeiro e mais óbvio gesto consistiu na realização de um documentário-guerrilha chamado *Contestação*, ainda em 1969, verdadeiro manifesto do meu estado de rebelião. Tratava-se de uma obra clandestina, o que me obrigou a explicitar, no final, sua autoria anônima. Para mim, pouco importava: eu estava lá. A partir de reportagens televisivas pesquisadas, montei um emaranhado de cenas de rebelião (estudantil, pacifista e antirracista) contra várias formas de ditadura e violência policial ao redor do mundo. O curta-metragem se estruturava em torno de uma frase de teor libertário, bem ao espírito das lutas de maio de 1968: "É preciso atrever-se a pensar, falar, agir, ser temerário e não intimidar-se com os grandes nomes nem as autoridades". Não podia corresponder melhor ao que eu sentia.

O processo não parou aí. Por volta de 1972, ainda sem dinheiro, sem casa e sem trabalho, fui morar com amigos que tinham passado pelo seminário, numa república de viés comunitário, muito consoladora em tempos de ditadura. Fazíamos, inclusive, periódicas reuniões para discutir os problemas da casa e conferir as responsabilidades. Detalhe: éramos todos jovens homossexuais compartilhando as alegrias e aflições de descobrir nosso amor. Aí encontrei algum respiro financeiro, auxiliando dois colegas que trabalhavam em pesquisa, tradução e redação para fascículos da editora Abril. Precisava fazer caixa, já pensando em botar o pé na estrada. Pude também iniciar uma vida social que contemplava mais a minha sexualidade. A poucas quadras de casa, ficava uma das raras boates *gay* da época, a famosa Medieval, por nós carinhosamente apelidada de Medi. Quando me sentia muito oprimido, eu ia até lá para respirar. Dançava quase freneticamente e, algumas vezes, encontrava um parceiro para repartir o gozo. No sobrado em que morávamos, havia uma saleta que tínhamos decorado com belos desenhos pintados nas paredes. Seu clima íntimo acolhia nossas transas eventuais, mas era também onde ouvíamos muita MPB e rock americano. Dentre os clássicos de então, havia uma canção do grupo King Crimson que me fascinava por espelhar o meu momento ao proclamar: "confusão será meu epitáfio". Por mais paradoxal que possa parecer, era indescritível a sensação de liberdade ao me afirmar fora da área de influência daqueles machões que eu desprezava. Não nego sentir até hoje admiração por esse período em que decidi "enfrentar" dentro de mim a "sombra nefasta dos antepassados".

Esse projeto hercúleo, que norteou um período decisivo da minha vida, consolidava a chegada à idade da razão, perto dos meus trinta anos. O mote se evidenciava na crescente convicção de que, em meio à batalha, não me restava senão a alternativa de ser "filho de mim mesmo". Eu experimentava o não pertencimento. Passei a escrever poemas com muita frequência. Em vários deles, direta ou indiretamente, eu tematizava o enigma dessa paternidade que me parecia um engodo.

Foi um momento explosivo, em que centrei esforços na compreensão de que meu verdadeiro pai estava dentro de mim — eu apenas tinha que resgatá-lo, ou reconstruí-lo do nada. Num poema rabiscado no dia do meu aniversário, busquei uma forma de celebração: "Silêncio./ Depois festa./ Em 23 de junho/ nasce mais um filho/ sem pai, mais um filho/ de si mesmo". A seguir, eu assumia a crise como modo de vida: "Meu significado é cristão/ herético/ marxista/ maoísta/ anarquista./ Eu sou a salada, é isso./ A salada é o mutante./ E o mutante é filho da crise". Ao final, vertendo ironia contra os poderes constituídos, o poema glosava a famosa canção de Sérgio Ricardo no filme *Deus e o Diabo na Terra do Sol*, e proclamava para mim mesmo: "Farreia, povo. O poder será alegre".

Eu me adestrava em assumir o exílio como forma de ser eu mesmo.

Tratar o pai, curar o filho

Após a morte de mamãe, nenhum dos filhos sabia o que fazer com nosso pai. Estava claro que seu projeto de vida se resumia em continuar se embebedando. Por indicação de uma amiga psicanalista, fomos eu e minha irmã ao Colégio Sedes Sapientiae da rua Caio Prado nos aconselhar com uma especialista em alcoolismo. De imediato, não víamos outra solução. Era como se fôssemos fazer terapia por José, perguntar pelo significado da sua vida de alcoólatra por quase trinta anos. Fomos recebidos por uma senhora alta, de porte aristocrático, aparentando uns oitenta anos. Depois de ouvir com atenção nosso relato, ela quase me derrubou da cadeira quando disse, conclusivamente: "Vocês precisam se perguntar se têm direito de impedir que seu pai se mate". Olhei para a mulher estonteado. Só então entendi uma obviedade de que nunca me dera conta: a infelicidade do nosso pai era tamanha que ele perdera a vontade de viver, havia muito tempo. Bebia como um modo mais cômodo de adiar o desenlace inevitável. Daí pensei algo ainda mais terrível: como um afogado que arrasta o salva-vidas consigo para o fundo, meu pai ia desgraçando a vida dos que estavam ao seu redor. Não fora apenas a morte de minha mãe. Ainda que de maneira desigual, deixara marcas indeléveis nos filhos, através das violências sofridas e vistas. Eu e minha irmã, ambos mais velhos, ficáramos com hematomas na alma — provocados, no meu caso, por ataques diretos, enquanto ela testemunhara de perto as surras que meu pai dava em minha mãe. Além disso, pautando-se por um preconceito comum na época, papai desconsiderava a menina da família, e tentou impedir que ela continuasse estudando após o curso ginasial — segundo ele, uma perda de tempo para quem devia se casar e cuidar da família. Mamãe bateu o pé, exigindo que a única filha cursasse uma faculdade. Foi assim que minha irmã se formou em biblioteconomia. De resto, nosso pai nunca tomou conhecimento sobre o aprendizado escolar dos filhos.

Cláudio, no meio entre quatro filhos, era a testemunha calada — e sofria calado. Essa posição ambivalente não lhe garantia nem o eventual protagonismo dos mais velhos (eu e minha irmã) nem a condição de caçula, um posto que merecia atenções especiais do nosso pai. Obviamente, tudo o que se acumulou a partir do seu testemunho mudo tendia a um efeito explosivo de panela de pressão. E foi o que aconteceu, certa vez, já com a família morando em São Paulo. Típico descendente de imigrantes do norte da Itália, meu pai não gostava de negros. A ascendência calabresa da família de minha mãe, ao contrário, propiciava maior tolerância. Isso explica que eu tenha uma tia negra, casada com um tio materno, desde aquela época. Em respeito ao cunhado, meu pai nunca tratou mal a esposa dele, mas não creio que a visse com bons olhos, ainda que discretamente. Não se trata de mera suposição, a julgar por um episódio que me parece constrangedor, para não dizer revoltante. Meu irmão Cláudio começou a namorar uma moça da vizinhança, por quem estava especialmente apaixonado. Ocorre que ela era uma mulata. Apesar de sua extrema graça, o olhar racista do meu pai considerou sua pele um pouco mais escura, motivo suficiente para impedir a continuação do namoro do filho, então um adolescente com parca autonomia. Mesmo relutante, Cláudio precisou terminar com a jovem. Foi seu último embate perdido ante a autoridade paterna, mas também a gota d'água de submissão.

Tempos depois, a mágoa acumulada desembocou num episódio de rebelião explícita. Ao presenciar mais uma violência física contra nossa mãe, Cláudio teve uma explosão incontrolável e atacou nosso pai bêbado. Lembro que, na sala de casa, toda a família olhava perplexa para a cena até então inédita: em pé, o filho vociferava de punhos cerrados, diante do velho lançado ao chão, incrédulo e desnorteado pelo golpe, tentando em vão se levantar. Vivi uma confusão de sentimentos. Surpresa: por que não tínhamos ousado fazer isso antes? Vingança: o punho do meu irmão desagravava as violências que sofri. Vergonha: como primogênito eu deveria ter liderado a rebelião do clã contra a violência paterna, e não o fiz, talvez por reles prurido cristão. Ao mesmo tempo, não pude conter um impulso de admiração (e orgulho mesmo) por meu irmão ter atropelado a norma da autoridade e dado um basta que meu pai há muito estava por merecer. A meu modo, eu me senti copartícipe daquela reação que colocara o bêbado agressor em seu devido lugar — e certamente foi um dos fatores que, anos depois, tornaram Cláudio meu melhor amigo. Mas não creio que tenha sido fácil para esse irmão ser agente do golpe rebelde. Cláudio trazia José como seu segundo nome. Para além de prensado numa posição filial híbrida, tal junção de nomes criava tensões psicológicas que talvez tenham adensado duas vertentes contraditórias em sua personalidade. A ausência paterna criou em sua alma um buraco nunca preenchido. Cláudio venerava São José. E amava Joseph Haydn, especialmente seus (menos conhecidos) concertos para piano — num CD que eu lhe dera de presente. Por outro lado, já bem maduro, começou a evidenciar tendência ao alcoolismo. Seria uma tentativa enviesada de fazer as pazes com o pai alcoólatra — tal como, segundo Freud, a epilepsia histérica de Dostoiévski sintomizava a fantasia de encontrar o pai morto? Na raiz de ambos os casos, a culpa, talvez a maior praga cristã. Cláudio, filho de José, tornou-se um homem atormentado, sem conseguir se recuperar do remorso gerado por aquele seu gesto extremo contra alguém que amava e odiava, indistintamente. Sempre me perguntei se o câncer linfático que o matou aos quarenta e oito anos não foi uma tentativa inconsciente de preencher a lacuna insuportável do pai, assim como de exorcizar os rastros da culpa "parricida".

Pé na estrada

Após a proibição de *Orgia ou o homem que deu cria* pela censura federal, minha carreira no cinema sofreu um golpe de quebrar a espinha, com reflexos negativos em todos os aspectos da minha vida. Tornei--me um refugiado dentro da própria São Paulo, asfixiado pelo clima de repressão. Tentando sobreviver à desesperança, escolhi o mundo como limite ao meu horizonte e, em abril de 1973, parti para o exílio. Empreendi nova jornada em busca da liberdade, que iria durar três anos, entre a Califórnia e o México. Prosseguia assim meu projeto de andar na corda bamba, assumindo definitivamente a inexistência da rede protetora do pai. Nessa minha jornada do herói, abriam-se as portas para o Grande Exílio.

Durante seis meses, atravessei vários países latino-americanos. A partir do Uruguai, cruzei Argentina, Chile, Bolívia, Peru, Colômbia, ilha de San Andrés, El Salvador, Guatemala e México, até chegar aos Estados Unidos e atingir, mais explicitamente, Berkeley, a mítica cidade onde tinham ocorrido as mais importantes manifestações estudantis em 1968. Viajei quase sempre por terra, com duas rápidas exceções em avião. Na mochila, carregava uma cópia 16 mm clandestina do meu filme. Em contato com as várias culturas e populações latino--americanas, sorvi avidamente aquele momento da história, de rara intensidade política. Conheci também seus costumes, comidas, músicas, mitos e deuses do passado. Ia embalado pelas canções de Mercedes Sosa, Victor Jarra e Violeta Parra. Atravessei países sacudidos por governos militares e guerrilhas. Alguns tentando experimentações revolucionárias. Outros em pé de guerra, como o Chile, onde ajudei camponeses a colher azeitonas, em meio à pesada greve dos caminhoneiros, quatro meses antes do golpe de Pinochet. Paralelamente, ocorria também uma viagem interior. Em meio aos abalos sísmicos da minha alma, eu me vi obrigado a fazer escolhas vitais. No Peru, vivi um episódio marcante, nas proximidades de Cuzco, uma espécie de renascimento, um novo batismo de mim mesmo. Fazia todo sentido que meu recomeço ocorresse no espaço sagrado de Cuzco — umbigo do mundo, para os povos antigos da região. Como meu dinheiro era insuficiente para conhecer Machu Picchu, decidi compensar com uma visita a um observatório astronômico inca, no alto de uma montanha junto à cidadezinha de Pisac. Subi a pé e, lá em cima, contornei um patamar, até ficar à beira do abismo. Diante do vazio ensolarado que me contemplava, fechou-se o circuito inesperadamente e me dei conta de que o sentido secreto da viagem era chegar até aquele ponto e me atirar para o Nada. Foram alguns segundos em que me vi diante da minha eternidade e me coloquei, abertamente, a escolha de vida ou morte. Decidi que eu era dono do meu destino e continuaria a viver. Lembro que me enchi de energia após a decisão. Desci a montanha atropelado, chamando o testemunho de Caetano Veloso, enquanto cantava aos berros a canção "Navegar é preciso". Desse momento visionário, guardo uma foto e um relato que publiquei no meu segundo livro de contos.

Uma das minhas incumbências durante a viagem era pesquisar movimentos políticos de esquerda ligados à Igreja católica e escrever um artigo para a revista *Visão*, que fora negociado através de Vladimir Herzog, pouco antes da minha partida. Para facilitar minha entrada nos Estados Unidos, eu levava inclusive um documento em inglês, assinado por um dos diretores do Cebrap, que comprovava a importância da pesquisa em curso. Fazia parte do meu interesse esmiuçar o beco sem saída em que se encontrava a tentativa de modernização da instituição eclesiástica, que eu vivera de perto. Logo ao sair do seminário, um dos meus projetos (apenas iniciado) fora um documentário sobre jovens padres católicos, desnorteados ante as novas perspectivas no trato com o mundo moderno. Já tinha escrito, inclusive, um roteiro de longa-metragem sobre o padre guerrilheiro colombiano Camilo Torres. Dessa pesquisa, guardo até hoje as anotações passadas a limpo e nunca publicadas. Tinha perdido o contato com Vlado Herzog, antes mesmo do seu assassinato pela ditadura brasileira.

Entrei nos Estados Unidos pelo Texas, misturado a um grupo de *concheros*, índios dançarinos mexicanos, que seguiam para as celebrações, em San Antonio, do *Día de la Raza*, que os *chicanos* (descendentes de mexicanos) tinham instituído como resgate de sua tradição cultural. Lembro que fiz dois desenhos retratando a solidão da minha chegada àquele país assustador. Em 11 de setembro de 1973, dois dias após entrar no Texas, ocorreu o explosivo golpe militar no Chile. Juntei-me a uma passeata do Partido Comunista americano, protestando pelas ruas de San Antonio — e foi, certamente, uma atitude não muito prudente, num país que estabelecia leis para tudo, inclusive protestar. De lá, consegui carona até o sul da Califórnia, depois San Francisco e Berkeley, meu ponto de chegada e, talvez, recomeço.

A pedra que rola

Tal como Rimbaud viajara a Paris para juntar-se à Comuna, minha fantasia era conhecer o imperialismo americano por dentro, sem baleia nem Jonas, cavalgando o dorso do tigre de papel e testemunhar de perto a sua queda. Mirei num ponto e acertei noutro. Nunca vi a queda do império americano, mas tirei a sorte grande nessa jornada como cidadão do mundo. Em tudo, Berkeley era uma exceção à "medonha nação" que eu tanto temia, uma ilha no território americano. Ali acabei participando de um momento histórico muito mais complexo do que supunha a tosca visão de um revolucionário latino-americano, que eu pensava ser. A saída do cercadinho provinciano da esquerda brasileira me permitiu usufruir experiências de vida ousadas, que me proporcionaram um diálogo até então impensável com meu tempo. Feminismo, direitos homossexuais, lutas antirracistas, consciência ambiental, direitos civis e até mudança de hábitos alimentares, tudo isso fervilhava no caldeirão político e cultural de Berkeley. Em um ano e meio ali vividos, não aprendi apenas o inglês, que estudei por exaustivos oito meses numa escola pública para estrangeiros. Compartilhei tantas experiências e absorvi tantos conceitos novos que eu parecia, de fato, ter chegado a um outro planeta. Em toda a cidade respirava-se uma intensa consciência social e política. Havia rádios comunitárias, lojas de produtos naturais, pontos de coleta de material reciclável e serviços públicos vários, inclusive ambulatório médico, mantidos com trabalho voluntário. Sem falar das deliciosas *free boxes* espalhadas pela cidade, caixas de papelão onde estudantes disponibilizavam tudo de que não precisavam mais, quando partiam, ou compartilhavam o que lhes sobrava — desde comida não perecível, belas roupas, sapatos e livros até líquido para revelar filme fotográfico. Por toda parte comentavam-se as ações dos guerrilheiros urbanos então atuantes, além dos

Black Panthers, cujo centro de atuação ficava na cidade de Oakland, quase extensão mais proletarizada de Berkeley. As muitas variedades de *radical politics* não impediam o convívio entre hippies, pacifistas, socialistas, trotskistas, anarquistas, feministas, ativistas antirracistas, homossexuais militantes ou meros devassos libertários. Todos compartilhavam o mesmo fervente caldeirão da contracultura. Num muro diante do chalé onde eu morava, uma frase pichada saudava a lésbica comandante do Symbionese Liberation Army, grupo que sequestrou Patricia Hearst, herdeira de um milionário dono de jornais em San Francisco (figura inspiradora do cidadão Kane, de Orson Welles). Um jornal local publicava o número de cartões de crédito corporativos, que todo mundo usava de graça até serem bloqueados. Diante de telefones públicos, formavam-se filas com todo tipo de gente, para fazer chamadas interurbanas ou ligações grátis ao exterior, cuja liberação alguém providenciara como gesto político. Recebi de presente até mesmo um manual de guerrilha de Carlos Marighella em inglês. Por sua vez, a *gay community* — outro conceito que aprendi — discutia nas ruas os artigos do jornal mensal *Gay Sunshine* e comentava, não sem certa ironia, as primeiras tentativas frustradas de Harvey Milk na cena política de San Francisco.

De início, sobrevivi limpando casas, inclusive de bolsistas brasileiros que se tornariam famosos economistas no Brasil. Mais tarde, encontrei um trabalho melhor, num restaurante autogestionado de Oakland, em que não havia cargos fixos — um dia eu era o chef, em outro, lavador de panelas. Dentro de um programa do governo, fornecíamos jantar para aposentados, num espaço que à noite se transformava, curiosamente, em bar *gay*. Entre meros conhecidos, colegas de trabalho e um namorado, poucas vezes conheci tanto sentido de solidariedade. A começar pelo grupo de jovens americanos com quem primeiro fui morar, gente *working class*, como eles se definiam com orgulho, mesmo que para mim fossem autênticos representantes da classe média politizada — de costumes simples mas culturalmente sofisticados. Alguns eram homossexuais, outros apenas *gay friendly*. Não havia impedimento nem fronteira rígida. Como eu tinha fritado meu dicionário de bolso inglês-português, que esquecera em cima do aquecedor, um amigo me deu um novo exemplar, com uma dedicatória jocosa. Outro me presenteou com um curso de mímica em San Francisco, ciente do meu sonho de seguir a carreira de Marcel Marceau — e que nunca se concretizou. Quando adoeci de uma virose, outro amigo apareceu em minha casa com um cesto repleto de frutas, para ajudar na minha recuperação. Outro, que eu mal conhecia, repassou-me dez dólares, quantia que lhe tinham dado ao chegar a Berkeley — para que eu passasse adiante, quando pudesse. Ninguém me pediu nada em troca, nem mesmo sexo — que, aliás, era farto. Depois que passei a dividir a casa apenas com um amigo jardineiro, ele decidiu que deveria pagar parcela maior, por ter salário melhor. Se havia algum ideal socialista, nunca o vivi tão de perto como nessa cidade americana.

Nas consciências individuais, ocorriam reações muito radicais contra o *establishment* e o *American dream*. O mito de cair na estrada, herdado dos *beatniks*, implicava um componente importante na contracultura americana. Não por acaso, um dos seus hinos era a canção de Bob Dylan: "Like a Rolling Stone", aprender a ser a pedra que rola por seus próprios caminhos. Vários homossexuais assumidos que encontrei tinham renegado seu sobrenome ou substituíram o próprio nome por um pseudônimo. Pareceu-me um gesto típico daquela fase "heroica" do movimento pelos direitos homossexuais: cortar as amarras com a família opressora, da qual muitos tinham sido escorraçados — e ser a si mesmos, anônimos, autônomos. À lembrança me ocorrem Camomile (de aguados olhos verdes), Cecil (que assim se fez registrar em cartório) e Wyoming (que adotou o nome do seu estado). Entendi de imediato o que os moveu, pois compartilhava seu processo. Atualizavam o anseio de serem filhos de si mesmos, portanto também pais de si mesmos. Condição que eu assumira naquele poema rabiscado num pedaço de papel, pouco antes.

Abençoo esse período de aprendizado e maravilhamento. Berkeley me ungiu do espírito de rebelião necessário àquele momento. O exílio concreto vivido na Califórnia me permitiu assumir o Grande Exílio de estar no mundo e proporcionou um movimento decisivo de libertação em direção a mim mesmo, quando acolhi de vez minha homossexualidade. O que significava, automaticamente, habitar as margens, minhas margens.

Mas nem tudo eram rosas. As grandes descobertas de então me tornaram ainda mais consciente do sentido que faltava à minha vida, aos trinta anos de idade. Movido pelas inevitáveis limitações do exílio, oscilei entre México e Berkeley, quase dois extremos de cultura e experiência — ambos importantíssimos para sedimentar minha condição de cidadão do mundo.

Figuras paternas (3)

Em 1973, antes de entrar nos Estados Unidos, passei um curto período no México, onde conheci Francisco Julião, mítico líder das lutas camponesas de Pernambuco, que tinha obtido asilo do governo local. Era um homem magro, de olhinhos estreitos, cabelos grisalhos, afável, um sorriso que oscilava entre tímido e expansivo. Seu tipo meio caboclo exalava uma estranha serenidade. Quando decidi viver em terras mexicanas, entre 1974 e 1975, a relação com Julião ficou mais próxima, até atingir uma dimensão paterna, de um jeito muito especial. Do mito que eu aprendera a venerar nos livros e noticiário, Julião agora fazia parte da minha realidade cotidiana. Nos fins de semana, sempre que podia, eu viajava da Cidade do México para visitá-lo em Cuernavaca, capital do estado de Morelos, pela qual me apaixonei. Julião vivia com sua esposa chilena numa casa com um átrio central ajardinado, típica do estilo colonial mexicano, sempre aberta para amigos e visitantes. Sua generosidade me comovia. Como tinha a virtude de respeitar as pessoas sem perguntar por sua cartilha ideológica, nunca me fez nenhum tipo de cobrança, em qualquer nível. Lembro quando certa noite fria ele foi ao meu quarto e estendeu sobre mim um cobertor extra, com cuidado para não me acordar. Era como se eu tivesse encontrado, em pleno exílio, o laço filial rompido lá no começo.

Julião mantinha uma roda de amigos muito diversificados, no cenário da esquerda latino-americana. Foi ele quem me apresentou ao quadrinista Rius, que me apresentou à comida vegetariana, através de um inesquecível livro em quadrinhos por ele escrito e desenhado: *La panza es primero*. Rius era comunista e vegano. Do círculo de Julião, fazia parte dom Sergio Méndez Arceo, bispo de Cuernavaca, notável no mundo todo por sua luta na defesa dos pobres, dentro da linha progressista do Concílio Vaticano II. Ali conheci também Ivan Illich, um polêmico padre católico, crítico feroz do Vaticano e filósofo de extraordinário saber. Fundou em Cuernavaca o Centro Intercultural de Documentação (Cidoc), que atraía gente do mundo todo, desde missionários até hippies, para estudar a educação dos povos a partir de uma ótica ecumênica e anarquista.

Durante a estadia de um ano no México, os encontros com Julião constituíam refúgio seguro para meus descaminhos, num tempo de sobrevivência difícil como tradutor esporádico de livros, telenovelas e conferências. Ciente dos meus apuros financeiros, Julião me convidou para trabalhar num projeto de documentário sobre os últimos coronéis zapatistas, que conhecera numa viagem pelo estado de Morelos, ainda marcado por lembranças da revolução mexicana de 1910. Apesar de ser adorado pelos mexicanos, graças ao seu envolvimento com a questão do campesinato revolucionário, Julião nunca conseguiu realizar o filme, impedido por barreiras burocráticas do PRI (Partido Revolucionário Institucional), um dos partidos mais corruptos da história do país, a começar pela enganação de incluir "revolucionário" em seu nome.

Como Julião sempre tinha a casa aberta para refugiados de todo canto, ali conheci figuras singulares. Entre elas, um coronel zapatista de enormes bigodes brancos, que não conseguia dormir havia décadas, e um ex-reitor da Universidade de Buenos Aires, que fugira da Argentina após ser jurado de morte pelos paramilitares fascistas da Triple A. Foi sua esposa quem me introduziu à obra de Jorge Luis Borges. "Um reacionário", respondi eu — maoísta de boteco — ao seu comentário sobre a grandeza de Borges. Ela riu e ponderou: "Eu também pensava assim. Mas leia. Vai se surpreender". Fui atrás. Aconteceu então uma combustão literária de altíssima densidade. Tanto os contos quanto os (menos conhecidos) poemas de Borges me fizeram perder equilíbrio e certezas. Eu tinha me deparado com um autêntico enigma literário, cuja simplicidade aparente escondia um bisturi que penetrava do intelecto até a alma. Passei a devorar sua obra, lia e relia certos contos, instigado pelo labirinto borgiano. Quanto mais familiar me parecia sua literatura, mais o fenômeno Borges me desnorteava com seu amálgama de erudição e poesia. Nunca mais me arvorei em juiz de poetas iluminados. Quando meu namorado de então, um professor radical de ciências políticas da Unam, colocou o dilema: "Ou eu, ou esse escritor reacionário", não tive dúvidas. Fiquei com Borges — e cheguei até a traduzir um dos seus livros, anos depois. O escritor argentino foi o melhor presente que a roda política de Francisco Julião me proporcionou. Por suas revelações, o cruzamento do cego Borges com o coronel zapatista insone revelou-se tão perturbador que acabei escrevendo um conto, "Dias de Cuernavaca", na tentativa de sedimentar pela memória os raios de conhecimento e ternura que perpassavam aquela casa, aquele momento, aquela beleza — com muita saudade.

No barco dos desgarrados

Ao voltar para o Brasil, em 1976, minha consciência ainda buscava se agarrar a destroços de esperança, tentando equacionar as percepções de uma vida à beira do insuportável. Na contramão das minhas expectativas, o Brasil que reencontrei não me oferecia caminhos. A ditadura continuava irredutível. Em comparação à situação que me fizera partir, nada tinha melhorado. Em São Paulo, sem perspectivas mínimas e obrigado a começar do zero, eu me debatia ante a sensação de ser estrangeiro em meu próprio país. Sentia-me uma mescla inextricável e esdrúxula: em parte mexicano, em parte americano, em parte brasileiro, cada qual avesso aos demais. Como um híbrido ambulante, vivia por entre incongruências muito perceptíveis. Acostumado a cruzar as ruas de Berkeley, onde os motoristas davam prioridade aos pedestres, lembro que quase fui atropelado ao atravessar a avenida Paulista, sem notar o sinal vermelho. Procurei músicas mexicanas para ouvir, movido pela saudade. Só as fui encontrar numa rádio cujo público era de empregadas domésticas mais jovens — das quais me senti próximo, por meu estranho gosto aqui considerado cafona. Desejoso de iniciar carreira literária, eu não conseguia editora para meu primeiro livro de contos, que trouxera quase pronto. A indústria cinematográfica continuava inacessível para um cara como eu, considerado louco na própria Boca do Lixo. Meus antigos amigos e amigas pareciam, em boa parte, artigos de brechó, presos a um passado que pouca novidade me oferecia. Para vários deles, eu voltara americanizado, com estranhas inquietações feministas, ecológicas, antirracistas. Buscando minorar minha solidão quase sem conserto, o pior aconteceu quando convidei pessoas para criar um inédito grupo de ativismo pelos direitos homossexuais, ainda em 1976. Em três reuniões de estudantes e profissionais liberais que consegui juntar, jorrava uma culpa doentia disfarçada sob o alinhamento político com grupos de esquerda. Eles participavam da resistência contra a ditadura, aspirando a uma vaga sociedade socialista, e consideravam prioridade a organização do proletariado. Todo o resto lhes parecia perigoso desvio que ameaçava a unidade dessa "luta maior". Sem conseguir arrebanhar uma única mulher, ali encontrei desde rapazes que consideravam de mau gosto comentar publicamente sua intimidade sexual, até outros que sofriam de enxaqueca após uma transa homossexual. Desisti do grupo, que eu sentia carregar nas costas. Um jovem editor que procurei e recusou meus originais manifestou-se indignado ante minhas pretensões liberacionistas, já que ele nunca tinha sido discriminado por ser homossexual. De outra feita, um conhecido escritor guei da minha geração, que poderia ter sido meu amigo, zombava publicamente das minhas pretensões. Considerava bobagem as bichas se organizarem para reivindicar uma liberdade que já viviam, na sua maneira de serem livres e escrachadas. Quer dizer, já tinham conquistado o paraíso. Em tudo, eu me tornara um estranho no ninho.

Ansioso por uma interlocução mais afetiva, fui visitar uma amiga dos velhos tempos, que eu tinha na lembrança como uma mulher inteligente e de agudo senso crítico. Mas sua racionalidade sofrera abalos. Nesses três anos de distância, ela se tornara alcoólatra em alto grau, a ponto de sofrer um acidente de carro, enquanto dirigia sem rumo pela via Dutra. Encontrei seu apartamento abarrotado de pilhas de jornais velhos que ela colecionava sem motivo — apenas para "ler amanhã". Ah, eu conhecia a versão daquilo em papéis, papelões e garrafas vazias sob a cama do meu pai. Vindos cada qual de um canto, eu e ela nos encontramos no mesmo espaço: à beira do abismo. De modo natural, chegamos a trocar ideia sobre suicídio, alternativa que retornava duradoura, onipresente e quase irresistível, para ambos. No limite, resolvemos fazer um pacto: eu não me mato se você não se matar. Oferecíamos garantia um ao outro, em nosso parco equilíbrio. Por incrível que pareça, essa mútua confiança foi o que me alavancou na difícil readaptação, ao regressar do exílio no exterior. Não posso dizer o mesmo sobre ela. Pouco tempo depois, morreu num acidente de carro, em circunstâncias semelhantes à primeira vez que lhe ocorrera. Talvez se tratasse de um suicídio disfarçado — ou nem tanto. Parei de fumar, implementei minha comida integral — fazia iogurte e granola, artigo então raro no Brasil. Em meio às turbulências da alma, repetia a mim mesmo: "Cuide da sua saúde, João, garanta pelo menos isso". Volta e meia voltava a fantasia sorrateira, então eu me via admitindo: "Não se mate de modo dissimulado, aos poucos. Se algum dia decidir sair de cena, por favor olhe-se ao espelho, admita e assuma: você quer morrer. Não faça como gente que eu conheço. Gente como…". E me vinha ao pensamento, de imediato: meu pai. Não faça como seu pai, João, que levou quase trinta anos para se matar, disfarçadamente. Seja leal, não engane a si mesmo. Permita-se morrer livre.

Espasmos do macho ferido

Na minha volta, tomei conhecimento de incidentes com meu pai que não me pareceram nada animadores. Sem mais a presença da mamãe, minha irmã passou a ocupar o lugar da única mulher na família, com todo o ônus designado ao seu papel, fosse real — como cozinhar e limpar a casa, apesar de trabalhar e estudar na faculdade —, fosse simbólico, no imaginário do macho acostumado a mandar. Sem nunca deixar a dependência da bebida, passados os sessenta anos José Trevisan já sofria seus efeitos danosos. Parecia viver no piloto automático, com crescentes sinais de demência alcoólica. Além de se equilibrar com dificuldade, disfarçava mal seus lapsos de realidade, até o ponto de não reconhecer certas pessoas. Mas mantinha intactas algumas características essenciais do macho dominante, inclusive do ponto de vista sexual. Minha irmã conta que, nessa época, nosso pai lhe dava ordens com redobrada severidade. Chegou a desligar um disco de Roberto Carlos que ela ouvia na vitrola, pois "não era coisa pra mulher". Temerosa do descontrole e agressividade quando nosso pai bebia, várias vezes minha irmã fugiu para as casas das tias, na vizinhança. Há um episódio, relatado com alguma relutância, em que ela sofreu assédio do nosso pai. Depois disso, sentiu-se tão insegura que decidiu ir morar provisoriamente com parentes do futuro marido.

Viúvo, José não sossegou até conseguir uma namorada. Apesar de aceitar o fato com alguma dificuldade, minha irmã conta que via a solidão estampada em seus olhos lacrimejantes. Ele precisava de uma companhia. Meu irmão caçula, o último a deixar a casa da família, contou dois episódios emblemáticos das necessidades e da maneira de ser de nosso pai nesse período. Todos os dias uma senhora cega subia a rua diante de casa. Como ela era conhecida de mamãe nos serviços da igreja, nosso pai a cumprimentava e era correspondido.

Com segundas intenções, certo dia José convidou-a para tomar café e, no meio da conversa, decidiu beijá-la à força. A mulher recusou, mas provavelmente o assédio não parou aí. Ela entrou em pânico e se pôs a gritar até chamar a atenção dos vizinhos, que acudiram. Alguém telefonou e relatou o incidente ao meu irmão, que decidiu ter uma conversa séria com nosso pai. Perguntou, quase como admoestação, se com tal idade ele ainda precisava "dessas coisas". De cabeça baixa, José não titubeou: "Preciso sim". Tempos depois, conseguiu iniciar namoro com uma vizinha da mesma idade, uma viúva que mancava por problema congênito numa das pernas. Parece ter havido carinho entre ambos. Sabe-se que ela cuidava de José, fazia sua barba e até lhe dava banho — o que configurava uma óbvia tentativa, para meu pai, de substituir a ausência da falecida esposa, melhor dizendo, da sua outra mãe, que também tinha sido minha mãe. José ia visitá-la em casa, quando então se arrumava e se perfumava. Chegou-se a falar em casamento. Mas a viúva fazia constantes reclamações de que meu pai dava em cima de outras mulheres, talvez por sua fama após o episódio da senhora cega. José, por sua vez, reclamava do seu ciúme excessivo. Pressionado pela família da viúva, meu irmão caçula entrou novamente em ação. Para impor seriedade ao compromisso e contemplar as várias demandas, chamou uma advogada que redigiu um contrato de relacionamento, com cláusulas simples que garantiam fidelidade e propunham respeito entre ambos. Não sei até que ponto se tratava de compromisso real ou formalidade apenas aparente. O contrato foi lido em voz alta diante de José e da namorada, que concordaram com os termos e assinaram. Talvez para manifestar suas boas intenções ante a família dela, meu pai procurava mimá-la com presentes. Nesse momento, ele trabalhava como auxiliar numa padaria do bairro e devia ganhar pouco dinheiro. Lembro de ter encontrado no chão da sala todos os meus livros, que não eram muitos mas muito queridos. Minha linda estante de portas de vidro corrediças, que restara na casa, tinha sumido. Sem dar satisfação, meu pai a vendera. Talvez não tenha sido apenas para comprar pinga. Suponho que ele conseguiu algum dinheiro para dar presentes à namorada. Mesmo com tais cuidados, o relacionamento tornou-se cada dia mais difícil, e o namoro terminou após um ano. Desconheço as circunstâncias que levaram a esse desenlace. O certo é que José ficou, de novo, ilhado em seu universo etílico.

Foi assim que o encontrei ao visitá-lo, depois que voltei ao Brasil. Já casados, minha irmã e irmãos moravam em suas respectivas casas. José estava vivendo sozinho, sujo e cheio de manias, na casa empoeirada da Itaberaba. Na pia da cozinha, havia panelas e frigideiras lambuzadas de gordura antiga. A parte de baixo da cama de casal estava entulhada de sacos de papel, jornais velhos, garrafas vazias e sacos de plástico. Soube que ele passava boa parte do tempo andando pelas ruas do bairro. Não para filosofar sobre a vida nem visitar amigos — que não tinha. Simplesmente catava restos no lixo, como um mendigo, e levava para casa. Nesse dia, lembro que corri até a varandazinha da cozinha, atropelado por uma onda de soluços, ante a decadência desse homem que, de tão desamparado e dependente, nunca soube comprar nem suas cuecas. Enquanto lavava os trastes da cozinha, fiquei disfarçando meu choro. Para além da compaixão, de novo me acorria a pergunta onipresente: quem é esse cara, o que tenho a ver com ele? Mas existia um fator mais sutil: o pai encontrado ali era o retrato do meu próprio dilaceramento, recém-chegado do exílio para um outro exílio, sem nenhuma certeza do meu futuro. Talvez tivéssemos invertido os papéis da infância: nesse homem, minha condição de adulto exilado se estampava de maneira radical, apontando para o esgotamento de um caminho. Tudo o que eu vira e descobrira na minha jornada pelo mundo, ali parecia afundar num pântano sem salvação.

E, no entanto, José era capaz de gestos delicados. No casamento de minha irmã, conta-se que lhe deu de presente avental e guardanapos bordados com aplicações de moranguinhos. Sabia que ela gostava de morangos.

Pés trágicos

Os sinais mais evidentes da decadência física (e até mesmo psicológica) de José Trevisan sempre me pareceram seus pés, que foram ficando cada vez mais entrevados, com o passar dos anos e o agravamento da artrose. Olhar para seus dedos tortos e encavalados, de unhas enormes e sujas, me despertava um misto de piedade e repulsa. Isso só fez piorar depois que ele deixou de ter alguém para lhe cortar as unhas. Em casa, só andava de chinelo de couro. Mas quando precisava sair, era difícil imaginar como conseguia calçar os sapatos. O entrevamento dos pés talvez explicasse seu jeito de andar como um pato, assim um pouco para os lados, lembrando o cômico de cinema Mazzaropi, a quem ele amava. Mas eu não via nada de engraçado. Ao caminhar, meu pai bamboleava, de modo quase errático, num equilíbrio precário. Anestesiado pela bebida, criava situações constrangedoras — que poderiam, no máximo, provocar pena. Minha irmã conta que, num almoço em seu apartamento, colocou na mesa um copo com molho de salada. Papai, que estava presente, virou compulsivamente todo o copo na boca, julgando ser uma batida de pinga.

Com a proximidade da morte e os efeitos daninhos da cirrose alcoólica, o quadro foi piorando para uma regressão sem volta. José era um homem devastado pela solidão, cabelos muito brancos, lábio inferior um tanto projetado para a frente e um olhar baço, sem vida, com parte da vista prejudicada pela catarata. Se penso nele hoje, a imagem que me vem é de um fantoche desengonçado, movido por espasmos de vida. Com sua expressão cada vez mais apática e anuviada, ele foi se tornando uma figura dramática, a sombra de alguém que já deixara de existir. Arrastava a vida como um fardo sem sentido. Nessa época, meu irmão caçula testemunhou um fato que dá a medida de como nosso pai se encontrava no fim da linha. Já muito debilitado, adentrando seus sessenta e dois anos, José manifestou desejo de conhecer a tradicional festa de Corpus Christi em Matão, no interior de São Paulo. Meu irmão aceitou levá-lo mediante a promessa de que não beberia nada alcoólico. Feito o acordo, saíram de viagem muito cedo, para voltar a São Paulo no mesmo dia. Suponho que José tenha se encantado com o espetáculo esfuziante. Naqueles tempos, enfeitava-se o chão das ruas com serragem tingida, folhas de mangueira e laranjeira, para reproduzir imagens sacras e desenhos estilizados. José, que adorava solenidades e já não fazia tantas ressalvas à religião, certamente se comoveu até as lágrimas durante a missa solene, seguida da procissão com a imagem do Santíssimo abrindo caminho sobre esse tapete multicolorido. Em meio a tanta emoção, ele cumpriu a promessa de abstenção. Na volta, o grupo parou num restaurante à beira da estrada. Nosso pai pediu um pastel, uma de suas iguarias prediletas. Tentou comer, sem sucesso. Suas mãos tremiam tanto que não conseguia levar o pastel à boca. Meu irmão pediu um conhaque e ajudou-o a beber. Finalmente, com as mãos livres da tremedeira, José pôde matar a fome por si mesmo. Voltou para casa. Como sempre, desamparado e trôpego, na sua involuntária imitação de Mazzaropi. Estava pronto para o adeus, meses depois.

Carregar o pai (Primeiro Perdão)

Um ano após meu regresso, vivi um episódio carmático que envolvia a longa agonia do meu pai. Quando José Trevisan adoeceu gravemente, meus irmãos já se encontravam engajados em profissões definidas. Eu, o primogênito que deveria dar o exemplo, honrava o meu posto de ovelha negra da família, ainda aspirante a escritor e eterno desempregado, perto dos trinta e três anos. Por isso, fui o escolhido natural para passar os dias ao lado do leito de José, no antigo Hospital Matarazzo, onde ele fora internado. Encontrava-se em avançado grau de demência alcoólica, dois terços do fígado comprometidos e reflexos neurológicos seriamente afetados, com poucos lapsos de consciência. Em constante agitação, ele fora amarrado à cama pelos enfermeiros e se debatia até machucar os pulsos. Era extenuante conter meu pai, que insistia em se levantar. De olhos estatelados, em seu delírio José queria voltar para Ribeirão Bonito. Eu não conseguia sequer ler um livro, plantado ao lado do seu leito. Por algum motivo inexplicado, passou a me chamar pelo nome do seu irmão mais velho. À noite, após um dia exaustivo em luta com meu pai, eu ficava aflito porque o irmão que vinha me render chegava atrasado — pretextando "coisas importantes a fazer na vida". Isso implicava, em contrapartida, que eu não tinha nada mais importante a fazer senão cuidar do pai moribundo. Nesse momento do desanimador regresso ao Brasil, o foco da minha vida se resumia, compulsoriamente, em acompanhar a incontrolável decadência física e psicológica do meu pai, assim como em criança eu acompanhara sua decadência profissional — pelo mesmo motivo alcoólico.

Já desenganado, José Trevisan foi transferido para uma clínica de desintoxicação que meus irmãos tinham contratado. Eu não dava palpite: era o filho fracassado, sem dinheiro sequer para ajudar nas despesas. De novo, foi esse o pretexto que me levou a compartilhar a *via crucis* de José até seu final. Poucas semanas depois, ele deixou a tal clínica, que não me pareceu outra coisa senão um jeito picareta de ganhar dinheiro. José não mais se levantava. Recomendou-se levá-lo para uma casa de repouso — entenda-se o que se quiser por esse "repouso", já que nada mais havia a fazer. Uma ambulância o apanhou na clínica, e eu embarquei ao seu lado, o filho de tão parca utilidade. Deitado na maca, José perdera a consciência quase de todo, não conseguia articular palavras e não expressava nenhuma compreensão do que acontecia. Ocorreu então o primeiro episódio marcante na tentativa de "encontrar" alguém em meu pai. Não sei se vivi uma iluminação descontrolada ou se foi simplesmente um encontro inevitável entre duas dores, colocadas em sincronia pela presença da morte. Na longa viagem até o outro lado de São Paulo, o que aconteceu dentro daquele veículo embutia também um gesto de vingança. Agora que meu pai agonizante não podia dizer nada, eu decidi me aproveitar. Foi assim que senti e assim agi. Enquanto a sirena da ambulância fazia seu espalhafato para o mundo abrir caminho à morte, eu peguei nas mãos desse homem destroçado e me vi declarando, num repente: "Pode parecer que não, mas eu sempre amei o senhor". Não conseguiria expressar de modo mais simples e direto. Sei que ele ouviu e entendeu, pois seus olhos se encheram de lágrimas que desceram pelo rosto vincado por rugas em todas as direções. Junto com as lágrimas, de sua boca e nariz saíram alguns grãos de arroz cozido, talvez porque o tivessem obrigado a comer. Um sentimento engasgado veio à tona. Meu pai compreendeu que eu o perdoava.

A tal casa de repouso, encontrada provavelmente por minha irmã, ficava pelos lados da Serra da Cantareira. Eu continuei sendo a ponte que ligava o tênue fio de vida de José Trevisan com o mundo. Precisava tomar vários ônibus para chegar até o local, onde deixava sua roupa limpa e apanhava a roupa suja, providências que não competiam à tal casa. Aconteceu assim durante semanas. Eu, resignado dentro daqueles ônibus lerdos e ferventes, tinha tempo suficiente para pensar e repensar sobre o que me restara de um pai tão imperfeito. Minha melancolia casava-se com sua derrocada, juntos eu e ele, num exílio sem cura. Certo dia, ao lá chegar, recebi a notícia de que José Trevisan morrera de pneumonia, na noite anterior. Tinha sessenta e três anos. Até onde me lembro, deixou de viver no dia de São José.

Sua morte implicou pelo menos uma ressonância sincrônica. Muitos anos depois, o mesmo Hospital Matarazzo, onde meu pai sofrera os últimos arroubos delirantes, encerrou suas atividades. O prédio abandonado serviu de cenário para uma peça de teatro de rara contundência: *O Livro de Jó* — que revelou o grande ator Matheus Nachtergaele. Fiquei tão eletrizado que a vi e revi quase em seguida. A peça dialogava com a história de Jó, escolhido por Javé para provar sua fé através de inúmeros sofrimentos a ele impingidos, num dos episódios mais enigmáticos da bíblia. Como a ação se desenrolava em vários andares, era preciso subir as escadas daquele prédio decadente, para assistir ao próximo capítulo do suplício desse personagem mítico, atualizado inclusive com referências à pandemia da aids, que recém eclodira. A experiência de mergulhar no drama de um Deus sádico estava longe de me ser estranha, potencializada agora por aquele cenário familiar. A cena final da morte e transfiguração de Jó (espantosamente interpretada por Matheus) me proporcionou um dos grandes momentos de epifania poética. Jó jazia numa espécie de cama de parturiente, pernas abertas, totalmente nu, e urrava a sua dor. De repente, em meio a uma explosão de luz que cegava, surge um anjo transfigurado. Jó é acolhido, ao morrer. A cena, inesquecível, remetia a alguma redenção possível.

Diálogos de uma
arqueologia familiar (2)

9 de agosto, 2014

Oi, Lurdinha: vc se lembra em q dia o papai faleceu? Seria mesmo no dia de São José, 19 de março? Ou minha memória me engana? O q estou fazendo não é mto fácil, viu? Beijo do irmão, João

16 de agosto, 2014

O papai morreu em 1977, se não me engano em março, mas não sei se era o dia de São José. Lembro que eu e Giba viajamos em janeiro preocupados com a saúde dele. Voltamos da viagem e eu estava grávida do Murilo. Ele foi enterrado no cemitério de Vila Cachoeirinha e só depois é que foi pra Ribeirão Bonito. Verifiquei se eu tinha a certidão de óbito dele e não achei. Bjs, Lurdinha

1º de julho, 2015

Oi, Lurdinha, estive na fazenda do Toninho, neste fim de semana. Saí de manhã para caminhar sozinho. Tive uma crise de choro, pensando no papai. Tive uma compreensão mto forte de como ele foi um homem desesperado, pois a vida dele não tinha saída. É mto sofrido alguém viver desesperado. Não comentei com mais ninguém sobre isso. Beijo, João

2 de julho, 2015

João, quando escrevi sobre papai foi a mesma reação: chorei muito. Papai não conseguiu viver em paz consigo próprio. Tinha consciência de que não era querido como queria. Tentou ser pai, marido, irmão, cunhado. Papai não era capaz de nada. Agora me faz lembrar "O ébrio", que Vicente Celestino cantava e ele gostava tanto. Foi uma pessoa que não teve apoio e se entregou à bebida. Não resistiu ao descaso dos outros. Abraços, Lurdinha

Um velho esdrúxulo

Enquanto escrevo este livro, tenho um sonho que anoto num caderno especial e lhe dou o título acima. Estou no seminário de São Carlos, com sua arquitetura e clima vividamente presentes, como poucas vezes ocorreu nos meus tantos sonhos nesse mesmo cenário. Eu e meus colegas estamos indo embora. Não apenas de férias, mas saindo de vez, pois encerrei meu período de estudos. Sinto alívio por estar enfim deixando o seminário. Mas a questão é que, no sonho, estou com setenta anos, e isso me deixa constrangido. Afinal, não se trata mais de um jovem tentando, por anos a fio, sair do seminário. Há uma espécie de comemoração de despedida, em que comparecem outros velhos, aparentemente meus colegas — ou talvez professores e superiores. Um deles é um amigo não identificado. Quando estou pronto para a partida, noto que esse amigo apanhou deliberadamente um par de chinelos meus — os mesmos chinelos de couro que uso em casa, na vida real. Entre furioso e frustrado, vou atrás dele para recuperar os chinelos, antes de ir embora. É como se a partida fosse subitamente interrompida pelo incidente. Saio pelas ruas de São Carlos à sua procura. Só então me dou conta de que não sei mais andar na cidade onde estudei, nem sequer chegar à estação de trem que me levará para casa. É uma situação aflitiva não saber onde estou, num lugar que pareceria tão familiar. No fundo, lamento que minha mãe não tenha vindo me buscar, mesmo porque não tenho dinheiro. No próprio sonho, sinto vergonha não apenas de precisar da mãe que me leve de volta para casa mas, pior ainda, de depender financeiramente dela, na minha idade. Sou um velho em tudo dependente da mãe. Quando acordo, chama atenção a ausência do meu pai no sonho. Mesmo supondo que competisse a um pai ensinar os caminhos e providenciar o sustento do filho, ali minha mãe parece exercer a função paterna — de modo esdrúxulo, em se tratando do velho que sou. Por que flagrei a ausência do pai? Talvez porque ainda sinto falta da sua proteção. Sei bem que o peso da imagem paterna me faz mal, por sua ausência. E, no entanto, continuo vergado sob ele.

A ferida do fantasma paterno

Às vezes, estou sozinho ouvindo música de beleza sutilíssima. Pode ser algum quarteto de cordas de Beethoven ou Cherubini. Ou o *Trio para trompa* de Brahms, que tanto amo. Ou o *Stabat Mater*, de Pergolesi, que me faz o coração estremecer. Ou o *Concerto para clarineta*, de Mozart, cuja beleza me estarrece. Ou *A Paixão segundo Mateus* e *A Paixão segundo João*, de J. S. Bach, que me deixam em suspenso entre o céu e a terra. Ou, mais ainda, quando me perco nos sons intrincados, de beleza agressiva e delirante como o *Pierrot lunaire*, de Arnold Schönberg. Nessas audições, de repente, como se sentisse uma ponta de culpa arcaica, já me flagrei perguntando, assim por nada: o que meu pai acharia disso? "Uma bela porcaria", diria ele, indignado, sem titubear. Nessas horas volto a pensar como foi possível eu ter nascido de um homem chamado José Trevisan — pai e filho em mundos diametralmente opostos.

A mesma circunstância encontra-se estampada à perfeição numa peça menos conhecida do dramaturgo paulista Jorge Andrade: *Rasto atrás* (1965). Eu a vi numa belíssima encenação do Grupo Tapa, por três vezes, uma delas com mais gente no palco do que na sala do teatro Aliança Francesa de São Paulo. Saí impactado com as coincidências em relação à minha própria experiência, às vezes como num efeito de espelhamento. No meu livro *Seis balas num buraco só*, um estudo sobre a crise do masculino, já abordei essa obra. Confessadamente autobiográfica, a peça narra o embate entre o filho Vicente, um dramaturgo em ascensão, e o pai fazendeiro, um caçador compulsivo que parou no tempo, caso típico de *puer aeternus*. A narrativa acontece em vários planos dramatúrgico-temporais, mesclando em cena diferentes períodos da história narrada, com extraordinário resultado dramático e poético. Encaramujado em si mesmo, na decadente fazenda da família, o pai não comparece sequer ao nascimento do filho único. Nos momentos de folga entre uma caçada e outra, ele só se encontra com o filho para tentar ensiná-lo como encurralar uma onça e matá-la, porque se trata, obviamente, de tarefa para macho. Rodeado pelas tias e pela matriarca, Vicente adquire paixão pelos livros. Para evitar as agressões paternas, chega a ler escondido debaixo da cama. Não lhe interessa o mundo do pai, que começa a suspeitar da sua virilidade e lhe faz acusações explícitas. Com o passar do tempo, ambos se confrontam até o embate físico. Numa das cenas mais contundentes que conheço do teatro brasileiro, os três Vicentes (com cinco, quinze e vinte e três anos de idade) misturam-se num mesmo plano cênico e enfrentam o pai. Vicente toma definitivamente o partido da onça e mata o cachorro caçador, enquanto o pai destrói seus livros. A discussão entre ambos centra-se em "o que é ser homem". A dubiedade explode quando o pai esbofeteia o filho e o agarra, gritando: "Defenda-se! Venha sentir o peso de um homem!". Nesse momento, pai e filho estão, pela primeira vez, próximos a um abraço. Vicente recusa o nome do pai e passa a usar um outro sobrenome. Até o final, quando o filho se tornou famoso, a reconciliação entre ambos mostra-se impossível. No reencontro, o filho maduro e o pai ancião tentam um movimento para se abraçar, mas recuam, constrangidos. De "pai caçador" o velho transformou-se em "pai ferido". Não se poderia abordar de maneira mais magnífica e com tanta grandeza de detalhes a problemática da errância do pai. Quanto mais tenta afirmar sua virilidade, mais frágil a revela.

A incidência da obsessão em "ser homem" impõe a pergunta: por que os pais se preocupam tanto com a virilidade dos filhos até o ponto de se tornarem obtusos e irracionais? Que espécie de doentia insegurança cerca os homens quanto à sua própria virilidade? Leio os jornais, olho ao redor e noto, por décadas seguidas, a reincidência dos mesmos problemas masculinos e a crueldade inesgotável dos seus efeitos. Daí por que me sinto um tanto frustrado com meu livro sobre a crise do masculino. Todo meu esforço de análise se mostra impotente para abarcar a dimensão assustadora de tal realidade.

Sombras, nada mais

Há casos famosos de pais com tendência homossexual reprimida que acabam jogando seus demônios sobre filhos homossexuais, e assim infernizam suas vidas. A propósito, é emblemática a relação do escritor Thomas Mann com seu filho Klaus. Conforme atesta sua esposa Katia, Thomas vivenciou em grande parte a paixão pelo adolescente de *Morte em Veneza*. Bem mais tarde, os diários de Thomas revelaram a atração que sentia ao ver o corpo nu do adolescente Klaus na banheira. Há sinais de que o próprio episódio de Veneza, tal como ficcionalizado, carregaria elementos dessa atração de Thomas pelo filho. Não é de estranhar que, ao descobrir a homossexualidade assumida de Klaus já adulto, Thomas renegou-a com irritação. Aí está o ponto: Klaus revelava ao mundo a sombra na qual seu pai Thomas se ocultava. Aliás, em seu diário, Klaus chegou a acusar o pai de "recalque da pederastia".

Eu próprio conheci mais de um homossexual que penou nas mãos do pai homossexualmente reprimido — às vezes afeminado, que odiava ter um filho como espelho. Lembro de um antigo amigo cujo pai idoso mal disfarçava trejeitos efeminados, do alto de seu um metro e oitenta. Não se continha e revirava os olhos ao comentar o trapezista a que assistira no circo: "Nooossa, como ele trabalhou bem!". Pensando nesses casos, cheguei a me perguntar sobre a possibilidade de ter tido um pai homossexual em conflito, que descarregou sobre o filho maricas o seu próprio estigma. Para o exercício dessa hipótese, juntei parcos sinais, mesmo porque os casos de enrustimento primam pela capacidade de se dissimular até a invisibilidade. Levo em conta, de saída, a sensibilidade reprimida do meu pai. Era o filho predileto da espanhola Maria Martin. Pela única foto que tenho, tratava-se de uma mulher roliça, de ar autoritário. Ao contrário da minha situação, penso que a bênção materna criou um estigma para José. A morte da

mãe e a perda do seu apoio selaram a desgraça de meu pai. Deixou-
-o sozinho e desprotegido entre os demais varões da família, o que o
tornou um homem inseguro pelo resto da vida. A insegurança poderia
estar relacionada a algum medo intenso, especialmente num homem
sensível, cheio de fragilidades.

Na juventude, José teve um grande amigo, cujo nome se tornou
inesquecível para nós, de tanto que ele o mencionava. De vez em
quando, falava com saudade (e acentuada tristeza) do tal amigo, que
tinha se mudado para uma cidade distante, sem nunca mais terem se
encontrado. O nome da cidade ficou marcado miticamente na minha
memória: Rancharia, no estado de São Paulo.

Teriam sido apenas amigos, meu pai e seu saudoso parceiro? Na
história reprimida de tantos machos, existem muitos "amigos" que
escondem, sob esse rótulo simplista, uma expressão emocional bem
mais complexa e profunda, que atinge a dimensão do afeto e erotismo.
A propósito, analisando a perda da ternura masculina nos tempos
modernos, o psicanalista Sándor Ferenczi considerava a embriaguez
um recurso para destruir, através do álcool, as sublimações que não
ajudaram a compensar "a perda do amor de amigo". Para tanto, chega
a mencionar a existência de muitos "heterossexuais compulsivos" —
em sua própria (e arguta) expressão. Ainda que não houvesse senão
amizade fraternal entre meu pai e seu amigo, mantém-se a perspectiva
de que José simplesmente temia a pecha desviante. Em qualquer das
hipóteses, seu temor teria se descarregado sobre mim.

Sonhos de gozo assustam

Em fevereiro de 1994, enquanto escrevia meu romance *Ana em Veneza*, anotei um sonho que tive, e chamei de "O Sacrifício do Amor". Nele, assisto a alguém (na verdade a mim mesmo, noutra figura) que masturba meu pai, velho e doente, até ejacular e assim se salvar de algo como um ataque cardíaco, prestes a ocorrer. Eu, que sou também o Outro, faço isso com certa má vontade, já que continuo ressentido com meu pai e não vejo motivo algum para lhe propiciar o gozo. Mas no meu gesto não há asco, ao ver seu pau duro, e nem mesmo quando seu esperma esguicha. Depois, lembro apenas que Eu Mesmo (ou esse meu Outro Eu) caminho perdido por estradinhas do interior. Anotei o sonho. Mas confesso que apenas intuo seu significado, sem nunca me deter por completo no seu contexto, que me parece demasiado esdrúxulo. Ou será que me assusta a ideia de ter servido ao gozo do meu pai?

Meu pai nunca me ensinou

A interlocução com a criação artística alheia tem sido fundamental na sustentação da minha vida interior e no meu diálogo com o mundo. Sua importância sempre se multiplica quando se trata de obras que abordam explicitamente a função paterna e seus descaminhos. Literatura, cinema e teatro são fartos em obras que tematizam a ausência, violência ou busca do pai. Eu as caço sempre, para buscar ajuda e compreender. Trata-se, geralmente, de obras dolorosas que expõem um trauma incurável na alma de crianças, mesmo depois de adultos, em contato com a ferida paterna. Os filhos homens são as vítimas mais turbulentas dessa falta — talvez porque a disputa se enraíza no contexto patriarcal. Em cinema, tive um choque com obras-primas mais conhecidas, como os filmes *Pai, patrão*, dos irmãos Taviani, e *Ran*, de Akira Kurosawa. *Pai, patrão* é irretocável, em todos os sentidos, ao expor o embate desigual entre um filho indefeso e o pai carrasco. A cada vez que o revejo, encontro intactas as suas qualidades e emoções. *Ran* é um monstro de tal beleza que o drama do pai autodestrutivo é sobrepujado pela força da tragédia no seu entorno. Mas há outros filmes menos conhecidos. Veja-se o caso de *Caçada sádica* (*The Hunting Party*, 1971), de Don Medford. Eu, que amo faroestes, considero esse dos mais perturbadores com que me deparei — próximo do nível superlativo de *O homem que matou o facínora* e *Rastros de ódio*, ambos de John Ford. Sua contundência consiste em nos levar até o cerne da crise do masculino. O bandido Calder sequestra uma mulher e é perseguido pelo justiceiro Ruger. O macho perseguido e o macho perseguidor são dois polos que se aproximam na violência, mas são opostos na capacidade de amar. O bandido Calder, que sequestrou uma fazendeira, resguardou uma pureza que o justiceiro Ruger nunca teve. No desenlace do drama, revela-se que o sequestro ocorreu para tentar cicatrizar uma ferida na alma do bandido. Pensando tratar-se de uma professora de escola, Calder leva a mulher consigo apenas para que o ensine a ler. A ferida é esta: seu pai alfabetizado nunca o deixara se alfabetizar. Em meio à tragédia, emergem a rejeição paterna e o amor que, sublimado em violência, revela-se intacto no coração das trevas, onde se esconde um menino desamparado, que busca desesperadamente sua cura. Oliver Reed cria um dos mais belos, ternos e intrigantes vilões do cinema. Impossível passar incólume por essa obra-prima, em que o fantasma do pai ronda como um destino, no mesmo diapasão das tragédias gregas.

Mas, de todas as obras a abordar a função paterna, para mim a mais impactante foi *Andrei Rublev*, filme de 1966, do genial Andrei Tarkóvski. Tudo começou num equívoco, que me levou a ver essa obra-prima só tardiamente. Entre 1969 e 1970, quando saí para o mundo pela primeira vez, mochileiro rodando pela Europa e norte da África, *Andrei Rublev* estava sendo exibido em Paris. Como era comum à geração de 1968, eu rejeitava o estalinismo e, em consequência, desprezava o socialismo soviético, por considerá-lo autocrático e imperialista — a partir do meu ponto de vista maoísta/anarquista, como se tal junção fosse possível. Na minha cabecinha ainda adolescente, decidi não ver o filme, que supus ser mais um produto do tão execrado realismo socialista. Só anos depois, no Brasil, eu soube que Tarkóvski era um dissidente, e que o próprio filme tinha sofrido pesada censura na União Soviética. Acabei por assistir a *Andrei Rublev* numa mostra da obra de Tarkóvski, em São Paulo, na década de 1980. Saí do cinema tropeçando, quase em estado de graça. Olhei para minha recusa, lá atrás em Paris, e poucas vezes me senti tão idiota, envergonhado pela atitude típica de um revolucionário de boteco — também comum naquele período. Em meio à beleza sagrada do filme, a sequência que mais me impressionou vinha quase no final. No período da Rússia medieval, o monge Andrei Rublev, famoso pintor de ícones, vaga sem rumo pelo país, depois de testemunhar o massacre da população inocente numa guerra entre clãs. Sua fé num Deus misericordioso fica trincada para sempre. Em protesto, daí em diante o monge se recusa a falar e a pintar. Desesperado, percorre o país arrastando consigo os farrapos do que lhe sobrara de humano. A jornada errática de Andrei leva-o até a capital, que se encontra às voltas com a construção de um sino para a catedral. O mestre sineiro tinha morrido inesperadamente. Seu filho pequeno garante ao príncipe ser capaz de substituir o sineiro na fabricação do sino, cujo segredo — jura ele — o pai lhe teria ensinado antes de morrer. Sem alternativa, o príncipe concorda, mesmo contra a incredulidade geral. Além do prazo estrito, impõe uma condição: em caso de fiasco, todos os envolvidos serão decapitados. Nesse clima de tensão, o garoto franzino assume o posto de sineiro e passa a comandar uma multidão de trabalhadores na tarefa de fabricar o gigantesco sino. Rublev acompanha de longe a energia do garoto magrelo, mas também seu medo. Passa-se muito tempo de trabalho duro. Até que o sino fica pronto. No dia da inauguração solene, permanece o clima de desconfiança, que gera escárnio até mesmo de delegações estrangeiras presentes. Através de uma armação complicada, o sino é levado até a igreja e alçado à torre, à base de roldanas. Ao contrário das previsões pessimistas e zombeteiras, suas primeiras badaladas revelam um som puríssimo, que abre caminho para todos os sinos da cidade badalarem, numa celebração polifônica. A população aplaude e festeja. Longe da multidão, Andrei depara-se com o pequeno sineiro soluçando convulsivamente, no fundo enlameado da cova onde o sino tinha sido fabricado. Andrei se aproxima e o menino lhe confessa, em meio ao pranto: "Meu pai nunca me ensinou a fazer um sino. Eu tive que descobrir". Como num espelho, o drama do garoto refletia, de algum modo, a minha experiência. Eu também tive que descobrir. A cena me marcou por indicar não apenas a ausência, mas a traição do pai contra o filho. Na Idade Média, era praxe o mestre artesão passar sua sabedoria para um aprendiz, pelo menos. Talvez por vaidade e cioso do poder que seu conhecimento lhe outorgava, o pai não revelou o segredo nem sequer para seu rebento e suposto continuador. A traição se configura em desdenhar o crescimento do filho e sua autonomia diante do mundo. O sino que o garoto fabrica contra toda expectativa carrega a superação dessa omissão paterna, mas também a redução dos danos resultantes da traição. Afinal, é assim que ele conquista seu lugar como sineiro: reinventando o pai. Estão em jogo a fé e, por extensão, a reconquista da esperança. Rublev, que decidira manter-se mudo em protesto contra a crueldade do Criador, volta a falar. E retoma sua pintura. A centelha de esperança do pequeno sineiro reacende a sua própria, num milagre interior que o atinge. A esperança não ocorre solitária: tende a iluminar seu entorno. *Andrei Rublev* é um filme que bordeja os abismos do desespero. Mas pressente o resgate da esperança, na contramão do desamparo e crueldade que assolam o ser humano — sentimentos que, mesmo antípodas, apresentam-se em igual medida em nossa alma. Talvez por essa quantificação similar, produzem o choque de perplexidade ao interagir com a esperança, o que permite recuperar a consciência do amor. A esperança conquistada é, assim, uma experiência de libertação pelo amor. Nós não somos escravos do destino de quem nos gerou.

A traição paterna

Lembro que, após o incidente da árvore de Natal queimada, meu pai não me pediu desculpas, nem me fez um carinho de consolo. Irritado, deu ralas explicações. Bêbados costumam ficar na defensiva. Esse não foi o único episódio da infância em que sobrou a sensação de meu pai sabotando, ainda que não deliberadamente, minhas tentativas de ser eu mesmo. A árvore destruída forjou-se como signo da traição do meu pai — alguém em quem não se podia confiar. Suspeito que alimentou minha falta de confiança na própria figura paterna. Por extensão, me ensinou a desconfiar das autoridades — dos mais diversos teores. No cômputo final, considero uma grande aquisição. Mas a vida não é tão simples assim, em seus meandros escabrosos. Nem sempre os limões são adequados para fazer limonadas, ao contrário do que diz aquele preceito otimista.

Anos atrás, para me ajudar a superar o dramático fim de uma história de amor, um amigo me indicou um ensaio do psicanalista junguiano James Hillman sobre a traição. Comecei a ler e me recusei a continuar, indignado: como se pode fazer o elogio da traição? Demorei para tomar coragem e terminar a leitura, que depois considerei instigante. Hillman pergunta-se qual a finalidade da traição na vida psíquica. Mais particularmente, a traição paterna. Menciona a "confiança primordial" — presente desde a bíblia — na existência de um Deus protetor que, por extensão, embasaria a imagem paterna, confiável como uma Rocha Eterna. Mas a própria mitologia bíblica desmonta essa imagem inabalável, com um encadeamento de relatos de traição dos mais diversos matizes — desde Caim, que mata o irmão Abel, ou José, vendido pelos irmãos, até chegar ao que Hillman chama de "mito central da nossa cultura": a traição sofrida por Jesus. Na contramão dessa evidência, psicologicamente somos preparados para conquistar o Éden das certezas e das seguranças: a palavra do pai nos garante proteção contra todas as ambivalências — aí incluindo as juras de amor que fazemos e recebemos, numa fantasia de eternidade. Para Hillman, esse é o sintoma típico do *puer aeternus*, a criança que não quer ser expulsa do paraíso. Mas — aí está o segredo — a vida real só começa com o fim do Éden, ou seja, com a presença do abalo, da traição às expectativas absolutas. A fé e a traição se contêm uma à outra. Ou seja, para existir a confiança é necessário haver a possibilidade da traição. A quebra de confiança do filho no pai implica uma iniciação na consciência da realidade e na tragédia de ser adulto. A partir daí, o amor conquistado é também um amor enraizado no real, ou seja, na possibilidade constante de perdê-lo. A traição torna-se essencial para que exista a confiança, assim como não pode haver fé se não houver dúvida. A expulsão do Éden das certezas abre a possibilidade de entrar na vida real, reino de todas as incertezas. Como diz Freud, ao abordar o assassinato do pai pelo clã primevo, nenhum filho consegue realizar o desejo de ocupar o lugar o pai. E conclui: "O fracasso é muito mais favorável à reação moral do que o sucesso".

Talvez meu grande medo de exercer a função paterna seja exatamente o medo de trair — resultado da experiência de ser traído, tantas vezes. Mas implica também o medo de fracassar. É uma extenuante jornada essa que começa na traição assumida, passa pelo perdão concedido e chega ao amor de reparação. De tão difícil, essa talvez seja tarefa a ser cumprida numa próxima vida, se isso pudesse existir.

A roda dos bêbados

Quase todas as manhãs, quando vou passear com minha cachorra Nina na praça Dom José Gaspar, ao lado de casa, encontro um grupo de moradores de rua alcoólatras. Alguns até me cumprimentam, em tom exageradamente eufórico. Têm idades variadas, mas raramente muito jovens, como é mais comum entre os drogados. Os alcoólatras se juntam numa roda, conversando com entusiasmo e alegria irresponsável ou cantando desafinado para matar o tempo da sua dor, enquanto passam a garrafa de pinga entre si, como um cachimbo da paz. O que mais me impressiona, no entanto, é um certo senso de solidariedade com que eles repartem algumas frutas semipodres, colocadas no centro da roda, sobre um jornal ao chão — talvez frutas ganhas de um distribuidor que todas as manhãs traz encomendas para os restaurantes do entorno. Mesmo a alegria exasperada não esconde o clima geral de melancolia, por sua resignação e falta de perspectiva, até quase o niilismo. Outro dia me peguei imaginando se meu pai não poderia acabar numa roda dessas. A lembrança talvez não seja casual. No meio do grupo, há um senhor de idade indefinida que teima em me cumprimentar me chamando de "pai". Às vezes, exagera e grita para mim, quando passo: "Papai, papai". Além de me desagradar, isso me intriga. Qual seria a imensa falta que ele sofre, até o ponto de ver um pai em alguém sem qualquer apelo paternal como eu — que desfilo com minha ferida quase impossível de esconder? Estranha sensação: de caçador de pai, tornar-se pai caçado.

A verdade é que sempre me recusei a ser pai. No decorrer da vida, fugi da paternidade de todas as maneiras que pude. Desde a paternidade explícita — não tendo filhos — até o rechaço à ideia de ocupar eu mesmo o papel de herói ou mito. Inclusive a ideia de ser professor me causa estranheza. Não me acho vocacionado nem preparado para transmitir saber. Como Sócrates, não acredito em saber legítimo fora da experiência pessoal. Acho que tal ceticismo resulta do meu espanto ante a fragilidade de uma criança — que experimentei na pele. Eu não saberia educar um filho, tal meu medo de errar, magoar, prejudicar. Às vezes, chega a me parecer insano que as pessoas coloquem filhos no mundo. É desumano o risco que se corre para educar uma criança até torná-la adulta, responsável e cidadã autônoma. O mais próximo que consegui chegar foi criar minha cachorra, uma airedale terrier malandra. Pratico com ela o que me é possível relativamente a ser pai. Mas me irrita ao extremo quando ouço alguém mencionando, mesmo com a melhor das intenções, que ela é minha filha. Não, não é. Nem por brincadeira. Se penso bem, insana será talvez minha atitude. De um modo ou de outro, com gosto ou desgosto, o ato mesmo de envelhecer implica assumir a função paterna. Nesses momentos, estremeço. E tenho pena do meu pai.

A imperfeição do Alaska

Ao compartilhar obras alheias que me inspiram, destaca-se um episódio ocorrido em plena idade adulta e que considero marcante, por conter um tanto de exorcismo, um tanto de epifania no processo de desvendar o mito destroçado do pai. Ocorreu em torno do filme *Um mundo perfeito*, de Clint Eastwood, que me comoveu imensamente pela maneira como articula o relacionamento entre um fugitivo da prisão e um garoto feito refém, ambos no quadro da paternidade ferida. Durante a fuga vai se desdobrando, pelo avesso, uma saga de descoberta (e construção) da função paterna — com seus dramas, incongruências e fecundidade quase tanática. Na fantasia do fugitivo abandonado pelo pai, o mundo perfeito seria o Alaska, território habitado por uma paternidade ideal, espaço onde o pai se refugiou e de onde lhe enviou o único gesto de afeto permitido: um postal guardado como relíquia, desde sua infância. Mas há ironia nesse mundo, cuja perfeição só existe no imaginário, pois o território do pai jamais será livre de conflitos e contradições. Não existe mundo perfeito no plano paterno real. Tudo o que se encontra é uma ferida mal cicatrizada, que pode reabrir sob qualquer pretexto. A narrativa percorre descaminhos e epifanias ao expor a ferida do filho que, de maltratado e abandonado, perfaz um caminho até o resgate da sua função paterna — não sem dor, não sem iluminações — na contramão do curso natural da vida. Durante a jornada heroica, ocorrem sutis trocas entre o fugitivo e o garoto, que se ativam e reativam no papel de pai e filho, enquanto se espelham e se adestram na cura de suas feridas peculiares mas intercambiáveis. A dor e a revelação interagem. No seu desenlace trágico, a jornada até a paternidade se concretiza como rito sacrifical.

Num fim de tarde qualquer de meados da década de 1990, fui a um cineminha decadente do centro de São Paulo assistir a esse filme de

Clint Eastwood, que retornava em cartaz. Eu lera tardiamente algo a respeito e me interessara. Sentado ao fundo do cinema lotado, ocorreu um contato físico com o desconhecido do meu lado, talvez pernas se roçando, sem que eu sequer tivesse prestado atenção ao seu rosto. Eram recursos usuais em paquera de cinema, tão comum na época pré-internet. À medida que o filme corria, minha emoção cresceu a um ponto de fervura tal que se juntou a uma necessidade incontida de contato masculino. Não sei como aconteceu, mas de repente eu tinha agarrado o pênis ereto do homem, exposto fora da calça, com sua absoluta anuência. Assisti a todo o filme como se carreasse para aquele contato íntimo, fora dos padrões em espaço público, as emoções que foram eclodindo dentro de mim. O sinal mais evidente de que alguma comporta se abrira foi o choro crescente, que me provocou soluços e deixou meu rosto coberto de lágrimas. Terminado o filme, eu não conseguia me levantar, bombardeado pela contundência da história que tinha acabado de ver. O homem me esperava no hall. Eu mal o reconheci. Ao sair do cinema, ele me alcançou e caminhou ao meu lado por várias quadras. Lembro vagamente que eu continuava chorando. Sem entender o que acontecia, o homem sugeriu que fôssemos transar na sua casa. Parecia-lhe o desenlace lógico de um contato tão comum entre homossexuais anônimos em grandes cidades. Foi muito difícil explicar a ele que o assunto terminava ali. Havia algo de ternura na sua maneira de insistir. Seu olhar quase suplicante demonstrava impaciência, mas nada de violência ou ameaça, até eu conseguir persuadi-lo a tomarmos cada qual o seu rumo.

Eu jamais conseguiria explicar àquele homem o que tinha acontecido, mesmo porque eu próprio apenas intuía os elementos que compunham minha inusitada transfiguração dentro de um cinema popular. O desconhecido tinha sido mero coadjuvante numa cerimônia em que eu descobria, de maneira enviesada por uma iluminação, o sentido da paternidade na minha própria carne. Ele não conseguiria entender que, naquele contexto, seu pênis ereto tinha funcionado como uma metáfora maior que remetia ao pai. Nalgum espaço oculto entre a minha mão e seu falo, desenrolava-se um drama iniciado décadas antes e que, de certo modo, tinha um sentido muito diverso do que fizemos, de modo tão íntimo, durante aquela sessão. Seu cetro pulsante e firme me permitira apalpar concretamente o significado profundo do pai, senhor do meu próprio falo. Ponto. Era um gesto que se aproximava do único quadro que pintei, em que o garoto loirinho abraçava o pescoço de um cavalo. Eu me agarrava àquele membro anônimo como me agarrava ao Parabelo que, apesar de rebelde, era o *meu* cavalo, metáfora do pai ao mesmo tempo aterrorizante e amado.

Das minhas leituras, lembro que Freud mencionava a relação entre a força do cavalo e a autoridade do pai, no caso do pequeno Hans — para o qual o animal exercia o papel arcaico do totem, ambivalente entre amor e ódio. Freud citava, ele próprio, um caso semelhante abordado por seu discípulo Sándor Ferenczi, em que o processo analítico de um menino revelava o medo à castração como "pressuposto narcísico" passível de reordenamento psíquico. É provável que durante aquela sessão de cinema eu tenha me aproximado da paz com o falo/cetro paterno e, consequentemente, com meu próprio medo à castração. O fato de ter encarado esse desafio totêmico, correndo risco numa conjunção íntima em local público, dá a dimensão do que entendo como apaziguamento entre o falo do filho e o falo do pai. Após inúmeras etapas de "devoração totêmica" em minha vida, essa cerimônia pública assinalava uma possível identificação com meu pai, meu totem.

Ausências poéticas

E, no entanto, o pai arde a cada instante, nesta longa cerimônia de adeus em que *un instante cualquiera es más profundo y diverso que el mar* — como profetizava o querido Borges argentino.

Foi assim numa manhã friorenta, às vésperas dos meus setenta e um anos. Não sei por que me ocorreu à memória, intensamente, um poema belíssimo de César Vallejo sobre seu pai, que costumo apresentar nas minhas oficinas literárias. Invoco alguns de seus versos de ternura, nesse "Janereida":

> *Meu pai, apenas*
> *na manhã passareira, põe*
> *seus setenta e oito anos, seus setenta e oito*
> *ramos de inverno a tomar sol.*
> Ou:
> *Pai, tudo continua despertando;*
> *é janeiro que canta, é teu amor*
> *que vai ressoando na Eternidade.*

Ah, quisera eu ter dito uma só vez algo como "o amor do meu pai continua ressoando na Eternidade". Sinto uma ponta de frustração por não poder me expressar assim, celebrando a doçura do meu pai e do nosso amor — menos por não alcançar o imenso talento de Vallejo, mais pela inexistência de motivos para tais versos brotarem do meu coração. Aliás, me dou conta de que, de fato, nunca escrevi um poema sobre meu pai. Eu deveria. Meu pai me fez um desbravador da minha alma.

Na contramão da função paterna

Assistindo a um documentário sobre Carl Gustav Jung, encontro reflexões que me perturbam. Em entrevista, Jung diz que não dá importância à transferência durante a análise, fato enfatizado por pessoas do seu entorno, também entrevistadas. Em relação a seus clientes, há histórias chocantes, tal como aceitar convite de casamento de uma paciente que chega a marcar a data, até descobrir por si mesma como era absurda a fantasia de desposar seu analista. De um ponto de vista freudiano, isso soa como um comportamento herético, equivalente ao de um impostor. O velho Jung ri com tranquilidade, enquanto conta essa história. De fato, ele chega a se envolver com mais de uma paciente que se torna sua amante. Toni Wolff é a principal delas, tendo chegado a conviver com Emma, a esposa de Jung. As pessoas entrevistadas são unânimes em afirmar que, sem a presença de Toni, Jung jamais teria conseguido fazer o necessário mergulho em seu inconsciente para elaboração de suas teorias — em especial o conceito de *anima*, que o salvou do mergulho na loucura. Eu me perguntei se, no desencadeamento desse processo, Jung não evitava basicamente encarnar a figura paterna — daí não querer praticar a contratransferência. Abandonou o papel da autoridade, capaz de garantir uma posição supostamente neutra. Essa atitude me pareceu não apenas arrojada, mas admirável. E me perguntei se, *mutatis mutandis*, esse não é o meu caso, ao recusar o exercício da função paterna, sempre que pessoas tentam me mitificar — em especial a idolatria que ocorre da parte de muitos homossexuais que leram alguma obra minha ou participaram seja de palestras ou oficinas minhas. A cada dia abomino mais e mais entrar nesse papel simbólico de "pai" — que é, inclusive, castrador. Muitas vezes me perguntei por quê. Depois de ver o documentário, caiu a ficha, de certo modo: arrisco dizer que eu prefiro ser o irmão — ou o amante, melhor ainda. Aí a situação se complica, pois crio uma expectativa na contramão daquilo que esperam de mim. Ou seja, trata-se de duas fantasias que não se encaixam. Penso que meu incômodo em assumir a função paterna — assim como praticar a suposta "neutralidade" desse papel — resulta da ojeriza em exercer uma autoridade inconteste, reminiscência do chefe do clã. Resulta daí não apenas minha solidão como também a frustração de muita gente que me conhece.

A duras penas, aprendi a não dar cantadas, mesmo quando me sinto atraído sexualmente. Aguardo um sinal, pelo menos. Mas nem sempre os sinais que me passam significam aquilo que parecem. Certa vez, um leitor me telefonou querendo me conhecer, para minha surpresa — eu era um escritor novato. Marcamos num boteco. O rapaz veio com uma rosa, que me ofereceu. Defensivo e até antipático, ele me pareceu francamente feio. Ainda assim, eu estava feliz em conhecer alguém que amava meu primeiro romance publicado, *Em nome do desejo* — segundo ele, seu livro de cabeceira. Ultrapassei a minha timidez inicial e procurei dar um caráter de familiaridade ao nosso encontro. Confesso que estava à vontade por me sentir, de algum modo, amado. Comentei sobre minha vida e, no entusiasmo do encontro, mencionei minhas dificuldades — especialmente as profissionais, considerando que naquele momento estava passando por grande crise financeira (recorrente, aliás). Qual não foi minha surpresa quando, após um tempo me ouvindo em silêncio, o rapaz me interrompeu bruscamente, com um murro na mesa. E disse a coisa mais imponderável a ser ouvida naquele momento: "Porra, eu venho aqui pra conversar com um gênio e encontro um fracassado, que só sabe reclamar da vida!". Isso dito, ele se levantou e foi embora. Passado o susto, ali sozinho, fiquei olhando para a rosa esquecida sobre a mesa do boteco. Sorri ao compreender o árduo aprendizado: rosas nem sempre são sinal de amor — esperado e, até mesmo, prometido. Rosas não falam, cantava Cartola. Digo que rosas também não gozam.

Anos depois, já um pouco mais conhecido, fui igualmente procurado por um leitor que tinha lido toda a minha obra publicada e — raridade absoluta — até assistira ao meu filme *Orgia*. Fiquei entusiasmado — e cuidadoso, para não reprisar o fiasco anterior. O encontro foi mais do que gentil: toda a atitude dele parecia voltada para a sedução, a começar pelas flores que me levou (ah, as tais flores...). Mas esse rapaz, ao contrário, era inteligente e gracioso. Convidei-o para jantar. Na deliciosa conversa que tivemos, parecíamos velhos conhecidos. Quando saímos do restaurante, perguntei-lhe se queria ir para minha casa. Subitamente, o rapaz mostrou-se entre surpreso e ofendido. Ali no meio da rua, ouvi uma inesperada lição de moral, pois segundo ele eu não tinha entendido nada e desvirtuara todo o sentido do nosso encontro. Meu constrangimento foi indescritível. Só anos depois confirmei, através de uma amiga comum, que o rapaz não fora inocente. Na verdade, debatia-se com sua homossexualidade conflitiva, especialmente depois de descobrir de modo abrupto que seu próprio pai era homossexual. Definitivamente, ao emitir sinais trocados no nosso encontro, ele buscou em mim a tal função paterna para descarregar os demônios que o fustigavam.

Culto ao cadáver

Devorar o pai é temerário mas necessário. Conheço pessoas que mantêm o cadáver do pai no meio da sala. Sobretudo homens. Aponto o masculino prioritariamente porque pais ausentes ou problemáticos geram na imagem masculina rachaduras marcantes que se desdobram de pai para filho. Pode ser por falta de coragem para a antropofagia paterna, mas também por desejo de manter o cadáver exposto como evidência da derrota do pai. Daí, tantos homens atravessam a vida girando como urubus em torno do pai putrefato, movidos pelo combustível tóxico da culpa que resultou do assassinato paterno. Muitas vezes se defendem sob uma máscara de contenção, mas sua vida interior é tormentosa, por acumular vários níveis de sombra. Flertam com a autodestruição. Porque mantêm a culpa acesa, sabotam a si mesmos incessantemente, rodam em falso e não conseguem fazer escolhas para elaborar um projeto de vida. Ou se tornam imprevisíveis, explosivos, destrutivos. Podem chegar a ser vencedores, de modo mais convencional e material. Mas o sentido lhes escapa, repetidamente. Não amadurecem nunca. No jargão junguiano, vivem aprisionados no padrão mental do *puer aeternus*. Mesmo quando exercem a paternidade, parecem competir com a imaturidade dos filhos, sem alcançar a real função paterna. Tal fenômeno se encontra arquetipicamente abordado na peça *Rei Lear*, de Shakespeare, depois adaptado por Akira Kurosawa no seu *Ran*. Em qualquer dos casos, o cadáver do pai é o motor, de modo que esses filhos raivosos e autossabotadores encontram na podridão culposa o seu combustível. Muitas vezes, julgam-se ilustrados e até rebeldes. Ah, como conheço rebeldes cuja causa é a podridão tóxica do pai morto e insepulto. São rebeldes de fachada, medíocres. Até mesmo suas vitórias são medíocres. Não conseguirão jamais chegar a si próprios, já que sua energia se concentra no cadáver do Outro. Sua capacidade de criar estará travada no instante mesmo em que buscam levar adiante a criação — impossível. Sua referência maior continuará sempre o pai apodrecido. Sem que se deem conta, toda sua vida estará sendo determinada por esse sentimento compulsivo de oposição ao pai. São infelizes. E tornam infelizes quem estiver no seu entorno. Nunca conseguirão, de fato, enterrar o pai morto e proceder ao (sempre difícil) luto — para elaborar a culpa. Serão, pela vida afora, filhos de um cadáver. Mais ainda: terão elevado o cadáver do pai à condição de um deus onipotente e onipresente. Sem se darem conta, cultuam a morte.

A graça extraviada

Manhã tenebrosa, sem nenhum motivo aparente. Acordo mal-humorado, ruminando uma bronca boba que levei no dia anterior, durante um curso de restauro de livros, da parte de um rapaz que me mandou calar a boca para deixar a professora falar — quando eu estava pedindo uma explicação que, a meu ver, interessaria a todo o grupo. Converso seriamente comigo para compreender melhor e relativizar: a admoestação de um rapaz que mal conheço não pode replicar em mim seu mau humor (ou mesmo grosseria), de modo a me invadir e me pautar emocionalmente. Pondero que ele até pode ter suas razões. E eu, da minha parte, talvez esteja transferindo para esse incidente motivos pessoais de outras situações que me afetaram. Penso nas minhas contradições: não gosto que me chamem de "senhor", como uma maneira de me delegar autoridade em função da idade, mas ao mesmo tempo fico aborrecido porque não sou respeitado como um senhor mereceria — no caso em questão. Claro que aí pesa o fato de o rapaz, um historiador, desconhecer por completo minha biografia, sem nenhuma consideração por minha obra, daí me tratar como se eu fosse um moleque. É esse o ponto onde o bicho pega: ele cutucou o vespeiro das minhas amarguras por ser considerado, aos setenta e um anos, um solene desconhecido, replicando o tratamento da crítica e da mídia, vezeiras em me excluir ou ignorar enquanto escritor e criador.

Ainda antes do café da manhã, saio para levar minha cachorra Nina a passear. Na rua, um vento sinistro. A praça da República, sujíssima, seca e abandonada. Michês e bandidinhos por todo canto, sem um único guarda à vista, tornando o clima macabro. Bêbados e drogados armaram barracas ou se deitam pelo chão, em grupos, e dão um ar de dolorosa decadência, como uma terra de ninguém. Uma travesti alcoólatra, que mora na praça há muito tempo e teima em me chamar de pai, repete de longe seu refrão cínico, sempre que me vê: "Oi, papai, está cada vez mais parecido com seu cachorro". Xingo baixinho, mas faço de conta que não a ouvi, como das outras vezes. O passeio é permeado por medo e precaução de evitar pontos cegos da praça — anteriormente, mais de um drogado fez referência, em alta voz, ao valor que a Nina teria, se vendida. De volta para casa, em plena avenida Ipiranga, uma mendiga joga para o alto, num gesto solene, uma garrafa de plástico vazia, que fica na calçada. É a gota d'água. Considero um acinte e, furioso, apanho a garrafa, enquanto a mendiga drogada se assusta e foge, sem que eu tenha dito uma só palavra. Caminho até a única lixeira à vista, a vinte metros de distância, onde despejo a garrafa.

Vou atravessar na faixa de pedestres até a porta dos fundos do meu prédio e quase sou atropelado por um carrão, que desobedece minha prioridade, já que ali não há semáforo. Em casa, eu me sinto claramente deprimido, exilado num mundo agressivo. Só então me dou conta do motivo não explícito: hoje é dia dos pais.

Exílio e enrustimento

Meu pai me proporcionou a primeira experiência de exílio. A de ser homossexual e, por isso, alijado no âmbito paterno. Uma criança não pode fazer promessas de fidelidade ao que se espera dela. Como não tem a compreensão do que se passa consigo nem do que isso significa para a cultura do entorno, a criança "diferente" não tem elementos mínimos para se defender, emocional e fisicamente, da desaprovação e desconforto que a bombardeiam. Em certo sentido, ela sofre o mesmo abandono das "crianças expostas", órfãos e filhos ilegítimos abandonados, em tempos não tão remotos. Desde a infância percebo que minha homossexualidade — minha diferença (para muitos, meu defeito de nascença) — me jogou numa roda dos enjeitados, não apenas graças à intolerância e preconceito mas também através de difamações. Ser maricas provoca desprezo e gera uma reputação maculada por risinhos debochados e comentários maldosos, às vezes pelas costas, às vezes cara a cara. É um processo de corrosão permanente e, como todo estigma, pelas bordas. A paranoia posta-se à espreita. A criança se esgueira pela vida adentro, quase se escondendo. No período da minha adolescência, aprendi a me policiar para evitar qualquer gesto que pudesse me revelar afeminado. Trocando os polos de Simone de Beauvoir, fui aprendendo a ser homem, a me comportar como homem — até onde me era possível.

Depois que cheguei à idade adulta e enfrentei essa falsa *questão* que criaram para mim, a de ser homossexual, descobri que existe a ameaça de algo ainda mais perverso: o enrustimento cultivado. Enrustido não é apenas quem esconde ou reprime algo que faz parte da sua natureza. Em muitos setores da sociedade brasileira, há uma crescente tendência de tornar o enrustimento uma qualidade e, portanto, digno de cultivo em nome da decência, da probidade e da discrição. Ou mesmo do conforto. Na minha longa experiência de vida, comprovei inúmeras vezes como o enrustimento corrói o caráter humano. Ressentimento, ódio e hipocrisia são alguns dos ingredientes perversos que tendem a povoar o universo psicológico de enrustidos renitentes, às vezes psicóticos. Claro que enrustidos sofrem, e eu próprio já fui um deles, por tempo demais. Mas atinge-se o grau de agravamento máximo quando o enrustido toma consciência da situação e, num estágio supostamente adulto, ampara-se no enrustimento para resistir a encarar às claras sua verdade mais íntima. Disfarçar-se sob a sombra da invisibilidade gera, quase sempre, sofrimento pessoal e alheio. Alega-se, não sem razão, que as pessoas têm direito de viver na sombra, por prudência e, no limite, por medo — num clima social nada favorável. Mas há muitos estados de enrustimento francamente doentios — quando, transformados em fobia, descarregam sua frustração sobre quem assumiu ser a si mesmo, em ambos os sexos e gêneros. Ataca-se o gozo do outro, em nome do meu gozo reprimido. Em resumo, o gozo alheio gera inveja e torna o outro culpado pelo meu não gozo. Encontra-se aí a raiz do enrustimento que, para se defender, ataca. Fisicamente, mas também moralmente, quando se utiliza da agressão difamatória. Quem se protege sob essa crosta de ressentimento não percebe o quanto vive tentado pelo exercício da difamação. Tudo é pretexto para conspurcar quem ousou assumir sua sexualidade fora das normas propostas pelo enrustimento. Pode ser no ambiente familiar, numa roda social, no trabalho, na escola, na igreja. Mas também no ambiente cultural. Talvez aí seja pior, pois se supõe que pessoas culturalmente bem informadas deveriam ser mais tolerantes. Mas não me parece assim.

Um dos motivos de me sentir exilado no Brasil é precisamente estar mergulhado numa verdadeira "cultura do enrustimento" em sentido lato — que produz mediocridade e, por extensão, ignorância ao se afastar deliberadamente da realidade. Considero o Brasil um país enrustido por natureza, a começar pelo campo da política nacional, em que as decisões só ocorrem diante de fatos consumados, raramente por se encarar os desafios da realidade. O "jeitinho" generalizado é a maior evidência desse enrustimento. O que não poupa sequer nossa *inteligentzia*. Não tenho receio em dizer: nos países onde morei ou que conheci, não encontrei intelectuais mais provincianos do que no Brasil. Exercem seu pequeno poder com convicção, até mesmo em nome de posições estéticas que mal disfarçam seu moralismo retrógrado, muitas vezes sem receio de exercer a injúria como instrumento crítico. Em última instância, chegam a brandir o silêncio como forma de poder — sufocando aquilo que incomoda, numa autêntica "conspiração do silêncio". Exercem a função paterna delegada através do seu saber, e em nome dela não temem punir e se vingar. Eu sei do que estou falando, tantas vezes excluído do cenário cultural, por motivos covardemente dissimulados — e, no mais das vezes, pífios, quando não por pura má vontade. A título de exemplo, nunca fui escolhido para representar o Brasil em feiras do livro no exterior, apesar de ter uma obra extensa, livros publicados em outros países e de falar vários idiomas.

Suspeito que este seja o cerne da questão, e afirmo: jamais me apresentei como homossexual para me exibir, e sim porque não gosto de viver em cavernas. Prezo, acima de tudo, minha liberdade de ser quem sou. E, como me mantenho avesso aos poderes, paguei o preço de transgredir. Tornar pública minha homossexualidade, algo impensável quando o fiz, gerou repúdio por ser considerada uma atitude, no mínimo, de "mau gosto" ou "constrangedora". Mas as acusações não se resumiram a termos genéricos. Vezes sem conta fui tratado com menosprezo e, pior ainda, como um leproso a ser evitado, de modo nem sempre explícito mas suficientemente claro para que eu captasse. Isso tem se repetido das mais diversas maneiras, em várias circunstâncias. Já não falo no passado da censura militar, que vetou várias obras minhas e me perseguiu por "atentar contra os bons costumes", nos tempos do jornal *Lampião da Esquina*. Dentre inúmeros outros, lembro de alguns incidentes em ambiente já "democrático". Num jornal paulista, o próprio dono vetou sumariamente a resenha de Leo Gilson Ribeiro à primeira edição do meu livro *Devassos no Paraíso* — fato que me foi narrado pelo próprio crítico. Dentro do âmbito universitário, interdição similar se repete, ainda hoje. Em pleno ano de 2015, um universitário estudioso da minha obra procurou um famoso doutor em literatura brasileira para ser seu orientador, e recebeu resposta negativa seguida da observação: "Não levanto bandeira do homossexualismo" (*sic*). Numa outra situação recente, um professor universitário consultado para orientar outra tese sobre mim pretextou que "João Silvério Trevisan só escreve pornografia", propondo que o estudante deixasse de lado a minha obra e migrasse para um autor homossexual mais palatável — e mais famoso. Não raro, fui recebido num tom francamente belicoso. No princípio dos anos 2000, quando publiquei a segunda edição de *Devassos no Paraíso*, fui entrevistado por um jornal carioca de grande tiragem, que requentou minhas opiniões e publicou uma página inteira no seu caderno de cultura me acusando de usar meu livro para fazer *outing* compulsório contra pessoas. A manchete enorme não deixava dúvidas: "Novos capítulos do dedo-duro cor-de-rosa". Esse era eu — não um pesquisador ou estudioso, mas um dedo-duro desprezível.

Com meu envolvimento explícito no movimento pelos direitos homossexuais, passei a ser vítima preferencial do estigma de "militante guei", que tem me perseguido nos mais diversos momentos da vida profissional. Como a implantação do politicamente correto, em muitas áreas, tornou reprovável apontar o dedo para homossexuais, passou-se a uma paráfrase um tanto cínica. Quando da publicação do meu primeiro romance, *Em nome do desejo*, o editor de cultura de um outro jornal paulista perguntou, com expressão irônica, ao receber um exemplar na redação: "É o novo livro de militância do Trevisan?". Semelhante cinismo ocorreu numa entrevista de um conhecido escritor nordestino que, ao ter sua opinião sobre *Grande Sertão: Veredas* confrontada com a minha, emitiu um *vade retro* (*sic*) contra mim, alegando não compartilhar minhas "atitudes proselitistas". Até mesmo uma tese universitária e críticas jornalísticas usaram a acusação de "fazer militância", com conotação pejorativa. Considero essa postura estúpida e incongruente. Eu não receberia tal pecha se militasse num grupo político progressista, ou em qualquer outra "luta nobre", seja feminista ou antirracista. Diante da minha obra, ao contrário, parte--se do princípio apriorístico de que, por abordar o tema sem panos quentes, estou automaticamente tomando a atitude "baixa" de fazer proselitismo homossexual. Em diferentes circunstâncias, tenho sido desautorizado como escritor de literatura brasileira e relegado a um nicho — o de "escritor de viados". Causa espanto que se dê à minha sexualidade tão extraordinária relevância até o ponto de suplantar o interesse por minha literatura. Em outras palavras, faça eu o que fizer, serei antes e acima de tudo "o viado". Essa acusação é de longe a mais injusta, pois basta um esforço mínimo para comprovar que meu compromisso criativo sempre foi antes de tudo com a Poesia. Suspeito que o estigma de militante e proselitista seja uma tentativa bastante sórdida de neutralizar o incômodo provocado por minha inteligência — da qual estou ciente e não a negarei para agradar a ninguém, pretextando uma falsa modéstia. O que esses moralismos doentios não levam em conta, por pura mediocridade, é que minha luta pelos direitos homossexuais no Brasil nunca foi um passatempo. Eu luto com a consciência de que está em jogo algo para mim sagrado: meu direito de amar. Faz parte do exercício da função paterna que conquistei, na contramão.

Aos sonhos, ainda

Em junho de 2015, acordei às cinco da manhã, bombardeado por medos, contradições, inseguranças, como se o apocalipse estivesse desabando sobre minha cama. São essas mesmas madrugadas terríveis de guerra interior que eu vivo em períodos de depressão. Tentei barrar a invasão com exercício de respiração e relaxamento ioga, que demanda tempo e concentração. Às vezes, é um exercício quase impossível de funcionar — já foi mais fácil nos tempos em que eu praticava meditação transcendental diária. Só consegui voltar a dormir perto das sete da manhã, suponho. Tive então um rápido sonho. Eu examinava o entorno do meu apartamento, preocupado com a escadaria em mau estado e com a sujeira. Quando entrei de volta em casa, lá estavam duas garotas e minha suposta mãe — uma mulher com ar vulgar, unhas pintadas e cabelo tingido. Não era minha mãe nem se parecia em nada com sua figura real. Na verdade, eu estava diante de uma falsificação. Ouvi vagamente que ela me acusava de algo como "tentar ensinar as meninas a serem homossexuais". Pedi que repetisse, para ter certeza de que ela estava repisando uma usual agressão a mim — ou seja, quando me acusam de fazer proselitismo homossexual, em diferentes circunstâncias e vinda até de gente da minha família, na vida real. Logo que ela confirmou sua afirmação, tive a sensação de não aguentar mais tal balela e, sem me controlar, parti para cima dessa minha "mãe". Com gosto e consciência do que fazia, dei-lhe murros e tapas, enquanto ela se abaixava na tentativa de se defender. Acordei e, mesmo sem entender por que, fiquei chorando como uma criança. Só quando consegui parar eu me dei conta de que estava com ereção implacável, dessas que me ocorrem à noite quando preciso urinar. Tive vontade, igualmente incontida, de me masturbar. Lembro que eu dizia para mim mesmo, de início sem falar, depois em alta voz, repetidamente, em emoção atropelada, que eu era dono do meu corpo. Baixei a calça do pijama e recolhi o edredom. Foi assim, com ira e determinação, que passei a me masturbar até jorrar meu prazer na barriga, abundantemente. Fiquei ali ofegante, inerte, melado, em paz. Eu parecia um surrado herói que repousava após vencer mais uma pequena etapa da sua jornada sem fim. Mas sobrou a pergunta: que tipo de batalha ainda é preciso para que eu seja herói?

Multidão de amores

Após conquistar minha liberdade e relativo amadurecimento, tive muitos amores intensos, e agradeço a fartura. Mas não fui abençoado com um grande amor para a vida toda, e isso me é difícil entender — tanto quanto aceitar. Na verdade, os desfechos foram quase sempre traumáticos. Começou pelos três primeiros, que sofreram interferência direta ou indireta da ditadura militar. Enquanto eu viajava pela Europa e norte da África, o rapaz com quem assumi a minha homossexualidade e se tornou meu namorado foi preso em São Paulo, sob pretexto de envolvimento com drogas. Os policiais leram em voz alta, escarnecendo dele, as cartas de amor que lhe enviei durante a viagem, com relato de minhas aventuras sexuais. Apanhou tanto que saiu da prisão com tuberculose. No meu regresso, quando acedeu me encontrar, a contragosto, ele me olhava com ódio. Propôs devolver minhas cartas caso eu lhe devolvesse uma blusa de frio emprestada. Fiquei furioso com a chantagem. Entreguei-lhe a blusa e, com um palavrão, recusei receber as cartas. (Hoje me arrependo, pois gostaria de relê-las.) Ele nunca mais quis falar comigo.

O segundo namorado sumiu inesperadamente depois de um tórrido (e fugaz) caso amoroso. Só um ano depois me reencontrou para contar que tinha entrado em parafuso, com medo de que a polícia batesse à porta e nos prendesse, por nosso relacionamento que lhe parecia "proibido". Nós nos tornamos amigos. O terceiro namorado, por sua vez, era um líder estudantil do Rio de Janeiro, que conheci quando estava fugido da polícia, em São Paulo. Desnorteado e amedrontado, depois de meses sem conseguir dar andamento a uma nova vida, decidiu voltar para sua cidade, onde foi preso e torturado. Nas várias vezes em que nos reencontramos, tempos depois, ele já estava engajado em novo relacionamento.

Após minha volta do exílio e um interregno de mais de três anos sem ninguém, eu me deparei com aquele que parecia ser o grande amor da minha vida. Tornou-se meu namorado e parceiro na fundação do primeiro grupo de ativismo pelos direitos homossexuais no Brasil. Apesar de todas as promessas de envelhecermos juntos, após cinco anos de intenso relacionamento ele foi embora do país, apaixonado por um estrangeiro — e não me deixou uma palavra de explicação nem de adeus. Eu estava fora de São Paulo, escrevendo um novo romance, e quase não consegui me recuperar do abandono.

Passaram-se duas décadas de trauma, até eu construir uma nova relação amorosa que durou sete anos e se esvaiu, em circunstâncias próximas de um beco sem saída. No intervalo entre essas histórias, perdi a conta de todas as tentativas e paixões que não resultaram em nada, especialmente por ocorrerem em mão única, com repetidas rejeições ao meu declarado interesse amoroso.

Ainda assim, nunca perdi a fé nem encantamento pelo amor. Apostei muita coisa por ele e em nome dele. Neste país que não temo chamar de provinciano e hipócrita, ganhei em dobro tudo o que perdi. Meus amores têm sido minha dor e minha cura. Eu os abençoo de maneira reiterada. Hoje o amor pelo qual lutei tomou as ruas. Não tenho receio da felicidade imensurável que me toma frente à disseminação das Paradas LGBTs em todo o país. Vi e participei dessas crescentes multidões que, a céu aberto, celebram o amor, cantando, dançando, festejando nas avenidas. De certo modo, sinto uma ponta de legítima vingança ao constatar como a comunidade LGBT, apesar de tantas agruras, está dando de presente ao Brasil uma lição de amor, na vanguarda dos movimentos sociais. Nunca antes este país tinha se proposto a lutar pelo direito de amar — acima de classes, partidos, grupos, gêneros, crenças religiosas. Tudo isso, obviamente, como parte de um legítimo processo de vivência democrática no país. Diante de fanáticos religiosos fundamentalistas que têm como passatempo predileto maldizer o amor entre iguais, sou levado a parafrasear Lupicínio Rodrigues: esses velhos, pobres velhos, ah! se soubessem o que eu sei. E quando gentes de todas as cores políticas lançarem mais uma vez contra mim, como "terrível acusação", a pecha de militante homossexual, não temo apontar o dedo aos acusadores para lembrar que eu faço a minha parte. Luto para me defender da verdadeira militância arraigada na sociedade heteronormativa, que impõe leis e verdades, vinte e quatro horas por dia, sete dias por semana, quando está apenas vendendo um blefe chamado normalidade.

Invejas, vampirizações

Tenho um histórico de ser assediado por invejosos, em diferentes etapas da vida. A primeira de que me lembro, ainda criança, foi o apedrejamento que sofri da minha classe, no grupo escolar. A professora, que me adorava, tinha espasmos anticlericais — coisa até saudável numa cidadezinha interiorana, não fosse o seu descontrole histérico. Durante uma (para ela indesejada) visita do bispo diocesano ao grupo escolar da cidade, manifestei publicamente a intenção de ser padre. Após a partida do prelado, a professora me humilhou em alto e bom som (quase aos gritos), na frente de todos, indignada (e enciumada) porque minha intenção pela carreira religiosa se opunha às suas expectativas. Ora, se a mesma professora que lia em voz alta e elogiava a qualidade dos meus textos acabou me esculhambando com palavras duras, a oportunidade de vingança para meus colegas estava dada. Na saída da escola, fui recebido com uma saraivada de pedras, assim sem mais. Cheguei em casa chorando e, até onde me lembro, machucado por uma pedrada na testa. Ninguém disse nada, nem protestou. O.k., minha mãe vivia atarefadíssima. E meu pai era um omisso — pelo menos em relação a mim. Se, emudecido por impotência, engasguei com a mágoa por não terem me defendido, mais grave foi uma espécie de estigma que carreguei ali onde a pedra me atingiu. Suspeito que se abriu o atalho para a marca de bode expiatório que carreguei vida afora, como um carma.

O desamparo sistemático da minha infância parece ter se materializado numa contorcida tendência para atrair gente que confundia minha generosidade com vocação para otário. Os vampiros sempre sentiram gosto pelo meu sangue. Demorei muito para me dar conta dessa equação perversa — ajudado por anos de análise (junguiana; os freudianos nunca estiveram ao alcance do meu bolso). As rachaduras de personalidade, a partir da infância infeliz, incorporaram extratos cristãos na minha trajetória. Posso dizer, sem receio, que o evangelho cristão foi meu *Manifesto Comunista* — este, só vim a conhecer após abandonar o seminário. Ambos deixaram efeitos colaterais em minha estrutura psicológica, para além da área política. O sonho socialista tornou-se quase extensão do idealismo cristão. Foi, mais particularmente, no Sermão da Montanha evangélico que eu bebi muito do que fortaleceu meu coração e fragilizou — sim, pela culpa — minha relação com o mundo. É bem verdade que, logo após deixar o seminário, aos dezenove anos, reneguei minha crença cristã e bombardeei com críticas a estrutura eclesiástica católica. Mas aí, a semente já estava plantada, para o bem e para o mal. São eivados de sabedoria encantatória versículos como: "Bem-aventurados os que têm fome e sede de justiça, porque serão fartos". Ou: "Bem-aventurados os misericordiosos, porque alcançarão misericórdia". E ainda: "Bem-aventurados os que sofrem perseguição em nome da justiça, porque deles é o reino dos céus". A sede de justiça e o anseio por misericórdia formaram uma argamassa cimentada pela culpa, que me levou a assumir, mesmo inadvertidamente, o papel de "bonzinho" e sua longa lista de poréns — na contramão do meu esforço de reação defensiva, aprendida no passado.

A síndrome do "bom-moço" incidia quando, por exemplo, eu comprava livros do meu gosto e me recusava a colocar o *meu* nome. Ou ao cometer a excentricidade de dar presente aos amigos no dia do *meu* aniversário. Ou de ceder títulos de roteiros cinematográficos *meus* a amigos que os pediam "emprestado". Ou quando peças de teatro usavam trechos de livros meus sem pedir licença, e não reclamei. Ou até mesmo quando, num caso extremo, uma autora surripiou para sua nova telenovela o protagonista de um romance meu ainda inédito, que eu lhe deixara ler, para candidamente ouvir sua opinião. No limite, meu livro correu o risco de parecer plágio, ao ser lançado. Ocorreram incidentes também da parte de organizações conhecidas. Foi o caso do projeto de uma Escola de Criação Literária que apresentei a uma entidade pública — no qual constava um concurso para escritores estreantes — e que foi recusado. Poucos anos depois li nos jornais a criação do mesmo concurso, pelo mesmo órgão, em parceria com a mesma editora que eu tinha lhes indicado, com os devidos contatos — sem sequer me consultarem. Fatos assim evidenciam como fui me tornando um chamariz para invejosos e espertalhões. Quando envolvia questões de dinheiro, ficava ainda pior. A culpa cristã tornou péssima minha relação com o dinheiro. Lembro quando, após voltar do exílio no México e Estados Unidos, aceitei ser ghost-writer de uma amiga, por absoluta necessidade de dinheiro e pelo montante irrecusável que ela me propunha. Passei o Natal e Ano-Novo trancado em casa, escrevendo seus dois trabalhos de conclusão do curso de cinema, na USP. Ela acabou sendo aprovada com nota máxima. O tempo passou e, apesar da minha insistência, essa moça desapareceu, sem me pagar. Passados seis meses, decidi fazer a cobrança no endereço burguês de seus pais. Recebi o dinheiro como se fosse um vilão assediando uma jovem indefesa. Ou então eu servia de boi de piranha, como ocorreu no período em que fui obrigado a permanecer no Marrocos, por motivação política, enquanto aguardava autorização para voltar ao Brasil. Anos depois, eu soube casualmente que um amigo, estudante de teologia em Roma, tinha feito uma coleta de dinheiro entre os colegas para me enviar na aflitiva situação marroquina. O dinheiro, que nunca recebi, fora gasto com michês romanos que o teólogo levava para o seminário. Esse, aliás, mais tarde se tornou um prestigiado professor universitário. Há situações ainda mais constrangedoras, como o brasilianista que utilizou parte das pesquisas de um livro meu, então fora de catálogo, ao escrever seu livro sobre tema semelhante. Assim, *Devassos no Paraíso*, que tivera a primeira edição quase quinze anos antes, foi ignorada como obra pioneira, pela própria mídia brasileira que, no melhor estilo colonialista, não hesitou em reproduzir o *press release* da tradução do livro estrangeiro, proclamado como obra que "dava o primeiro passo" para o estudo da homossexualidade na história do Brasil. De quebra, mencionava-se que o trabalho era "academicamente irretocável e não mais uma obra sensacionalista sobre um tema picante". O recado vinha direto para mim — avesso que sou ao formalismo e secura do estilo acadêmico.

Hoje compreendo que, em boa parte das ocasiões, era eu quem oferecia motivos para me colocarem no papel de bode expiatório. Concordo com o que certa vez ouvi de uma psicanalista: o problema com o vampiro é da ordem da sedução. Drácula não sai à procura das vítimas, ele as seduz para que as vítimas saiam atrás dele. Num movimento inconsciente, a partir da culpabilidade, eu muitas vezes me oferecia à sedução de vampiros e, sem perceber, abria espaço para sua voracidade, de um modo ou de outro. Quando a ficha caía, eu precisava correr atrás do estrago. Os anos de análise e os tropeços da vida foram me ensinando a ficar mais atento.

Também não posso esquecer que, nestes anos da minha vida, fui agraciado com a proximidade de inúmeras pessoas generosas. Materialmente e afetivamente, elas me ajudaram em momentos difíceis e por pura solidariedade, sem nada pedir em troca. Com certeza, devo a elas a minha crença na grandeza das amizades reais.

Sonhos de ressurreição doem

Na madrugada do Sábado de Aleluia para o Domingo de Páscoa de 2016, tenho um sonho estranho, no qual me vejo definitivamente como um velho. É um sonho longo, esgarçado e muito triste. Nele está presente um vizinho de apartamento, também meu conhecido de infância, que me fala insistentemente da sua família. Não sou levado em consideração para nada, como se só servisse para ouvi-lo. Ele se preocupa sobretudo com seu pai que veio visitá-lo — e que aparentemente não é mais novo que eu. Mesmo que nada me tenha sido perguntado, percebo que ele faz uma ilação sutil. Como moro em seu apartamento, quase num esquema de favor, devo ir embora para alojar seu pai, que tem óbvia prioridade sobre mim. Fico muito perdido, sem saber o que dizer, nem para onde ir. Acabo colocando minha cama na própria rua em frente. Na continuação, estou dentro de um ônibus urbano abarrotado, talvez mais um vagão de trem de subúrbio, pelas suas dimensões, mas poderia ser também um ônibus em viagem mais longa. Não há ali ninguém que eu conheça ou possa prestar atenção em mim. Sou um velho em nada diferente de outros velhos. Uso um paletó escuro puído. Estranhamente, eu me pareço com meu pai quando jovem, de uma foto em que ele tem cabelos pretos e também usa um paletó escuro. É como se meu pai jovem já fosse um velho, e assim sou eu, mais alto do que na realidade sou, e um pouco encurvado. Estou consciente de viver no abandono e, apesar de não achar agradável, me resigno a isso. O vagão é agitado, as pessoas passam querendo abrir caminho, sobretudo mulheres dando cotoveladas, preocupadas exclusivamente com seus filhos, de um modo que me parece egoísta. Eu torço para que chegue logo a parada, preciso urinar. Finalmente o veículo para. Do lado de fora, há fila para o mictório, que é uma espécie de vala comprida, cavada no chão lamacento, ao ar livre, onde a água pinga de todo lado. Lembro que eu tento encontrar um lugar mais próximo para urinar, mas uma mulher me empurra porque o filho dela precisa ir a uma privada em frente. Então, sem dizer uma palavra nem protestar, procuro um espaço mais adiante na mesma vala. Ao acordar, vejo que existem no sonho dois pais jovens e eu sou o filho que é velho: alto, curvado, com cabelos pretos, mas sou um velho que pareço com meu pai jovem. Caio em lágrimas, ao me dar conta de que esse sonho triste não é um sonho meu, é do meu pai. Eu sonhei exatamente o que meu pai sofria como um homem inútil, fracassado e, sobretudo, abandonado pelo mundo. Mas há um outro sentido: o sonho chama minha atenção para o fato de que eu tenho vivido, incessantemente, a tentação de repetir o script do meu pai, ao me sentir desamado e profissionalmente fracassado. A ironia de sonhar na madrugada da Páscoa, em que se celebra a ressurreição, é apenas aparente. Não seria este um sonho de ressurreição, apesar de parecer o oposto? Se inconscientemente interpreto um papel que era do meu pai, o sonho me alerta para a superação daquilo tudo que ele viveu e sofreu. Por extensão, fica claro que este não é um livro sobre meu pai, mas sobre mim. Através dele, estou tentando me decifrar.

Eu e a dor dos poetas

À medida que vou revolvendo a lixeira do passado, percebo como tudo o que me rodeia significa. Simplesmente porque tudo está sempre para ser decifrado. Descubro que se trata de uma tarefa ao mesmo tempo insana e grandiosa, essa de encontrar sentidos. Quanto mais me aproximo, mais eles se ampliam para além da minha esfera de compreensão. Aqui, agora, não busco apenas o significado do que meu pai foi para mim. Percebo que estou buscando aquilo que meu próprio pai não pôde compreender. Vou me dando conta do tamanho imensurável do desespero de José Trevisan. Quantas teriam sido as perguntas que ele se fazia? Seus receios? Suas inseguranças? Intuo que José nunca conseguiu dar respostas às dúvidas que o bombardeavam e cujo sentido estava muito acima da sua compreensão. Buscou o significado na dependência alcoólica, para desmontar seu desespero. Em vão.

Descubro que o desespero passa de pai para filho. No meu caso, sou obrigado a admitir que fiquei trincado para sempre. Com o passar dos anos, minha crescente consciência da dor tem me levado a fazer perguntas cabíveis, ainda que incômodas. Coisas como: João, você julga que o único recurso é mesmo abrir mão e mergulhar na dor? Ou: Você acha mesmo que não há nenhuma esperança? Tomo consciência da dor como se ela fosse cada vez mais minha irmã e eu pudesse olhar para ela como uma interlocutora que me aproxima, de certo modo, da minha verdade — e, quem sabe, da verdade do mundo, em que o sofrimento pervade a História. Então sei que é preciso respeitar e abraçar a dor, tão pisoteada na experiência humana. Levado por essa disposição, posso perceber mais facilmente quando meus dias vão se enchendo de sombras, à medida que as horas caminham. Treinei meu olhar para perceber as manchas na alma. Pequenas e grandes sombras resultantes de medos e inseguranças vão se amontoando, quase preparando uma avalanche sobre mim. Na hora de dormir, melhor me precaver tomando um calmante e evitar as noites que terminam em insônia às quatro da madrugada. Muitas vezes já logo de manhã, mesmo antes de abrir o jornal, pressinto no meu céu interior nuvens carregadas de tempestade. A consciência me dá a medida exata da importância de meter o dedo na ferida e encarar a dor. Vale até mesmo a simples pergunta: Por que hoje acordei sofrendo? Tantas vezes, mais do que eu suportaria, é preciso ter coragem de perguntar pelos motivos: Por que você está querendo morrer depois de receber esta pequena notícia de infortúnio? As perguntas, que pareceriam cruéis, são a maneira mais adequada de dar espaço à minha dor.

Às vezes, essa busca de transparência interior encontra inesperados consolos, tão adequados que conseguem atingir a raiz daquilo que dói. Outro dia ouvi uma belíssima canção composta pela americana Maria Schneider sobre um poema de Carlos Drummond de Andrade (traduzido ao inglês) que eu não conhecia. O poeta, ainda muito jovem, quer se matar, rejeitado no amor. É comovente, por sua candura, a maneira como ele menciona essa dor e grita uma súplica a si mesmo: *Não se mate, Carlos, oh, não se mate.* E tenta algum acalanto: *Você é a palmeira, você é o grito/ que ninguém ouviu no teatro/ e as luzes todas se apagam.* Em momentos assim, levanto as mãos para o meu céu interior e agradeço. Um grande poeta certa vez quis se matar. E se expressou de modo tão justo, até o ponto de me encantar com seu medo. Me vejo pensando: "Não se mate, João, o Drummond também pôde viver. Espere mais um pouco". Essa premência me levou a fazer vários poemas sobre a esperança, na tentativa de dialogar com minha dor. Neles menciono a esperança como algo existente já na própria necessidade dela. A gente espera sempre no presente, para abençoar o amanhã.

Mesmo poemas radiantes não significam que eu tenha encontrado um antídoto universal. Há sempre o risco de fazer essa aposta e a dor vencer, redobradamente, me deixando soterrado. Aí todo cuidado é pouco. Basta uma velha canção ouvida de relance para reabrir a ferida, como uma flor do mal. Então duvido da minha capacidade de respirar debaixo da terra. Mas os poetas, nossos profetas maiores, trazem esperança até mesmo quando escancaram o mais profundo desespero. Eu me comovo quase incontidamente — por seu teor de cruel revelação — ante a proposta de que não existem anjos a nos proteger, tal como Rainer Maria Rilke expressa na "Primeira Elegia": *Quem me ouviria, entre as legiões dos Anjos, se eu gritasse?(...) Todo Anjo é terrível. (...) Ai, a quem se pode recorrer? Nem aos Anjos, nem aos homens. (...) E os sagazes animais logo descobrem que para nós não há amparo neste mundo determinado.*

O desamparo moderno talvez tenha começado com a morte de Deus anunciada por Nietzsche, que mais tarde se desdobraria na morte do pai proposta por Freud — em clara continuidade, a partir de um mesmo evento totêmico. Atormentado por essa trágica Ausência que nunca ninguém nem nada me autoriza a negar (nenhuma suposta fé religiosa ou política), peço socorro ao mesmo Rilke, que responde, em outro poema visionário:

> *O que farás, ó Deus, quando eu morrer?*
> *Sou tua vasilha (e se me quebrar?)*
> *Sou tua bebida (e se me estragar?)*
> *Teu manto, eu sou, e acalanto.*
> *Perdes teu sentido, sem mim.*

Em resposta, faço minha leitura particular de Rilke: *sem mim — que sou tua vasilha quebrada, teu manto estropiado — perde-se teu sentido, ó meu pai.*

Saudade, dejeto da vida

Aos setenta anos, vou me tornando um ser da saudade. Não só saudade de coisas do meu passado. É como se o passado gozasse de uma amplidão irrestrita. Tenho saudade, por exemplo, de risos no começo do século xx, ou de roupas dos anos 1930, ou desejo de voltar a sentir cheiros anteriores à minha vida. É como se eu intuísse alguma forma de onipresença, na qual não existem mais fronteiras de tempo e espaço. Minha experiência é a lembrança da experiência de outros, tal como eu os imagino. Pode ser que sejam meras fantasias a partir de imagens de filmes. Mas quando minha nostalgia se prende a um tempo vago, ainda que anterior ao meu passado, não há ocorrência de um filme específico abordando o período. Trata-se de uma saudade muito mais intensa. Até o ponto de me comover quando penso nas lindas roupas das mulheres da década de 1940 — mas aí tenho a foto da minha mãe muito jovem, com seu vestido mais chique de mocinha do interior vinda da roça, posando com o diploma de corte e costura. Pergunto se não é possível que tudo isso me ocorra como um exercício de totalidade.

Há dias de lembranças tão vivas que me levam a atravessar inesperados redutos de saudade cujo impacto quase me tira o fôlego. Um cheiro, uma música, uma notícia no jornal. Mas pode ser até mesmo um olhar, uma roupa, uma cor. E lá vou eu me atropelando, como se minha jornada heroica exigisse encarar vários saltos sobre obstáculos que a memória traz de volta. Escapo de um e lá vem outro, em fila cerrada, como numa cobrança. Até o ponto de me sentir um animal da saudade — tal como meu personagem Alberto Nepomuceno se definia no romance *Ana em Veneza*. Então a gente se vê prisioneiro de sentimentos, pouco palpáveis materialmente, que a saudade revolve, talvez porque ela seja um ato de afirmação. A saudade remete àquelas lembranças que nos constituem hoje porque nos constituíram ontem. Sedimenta passado e presente. O poeta francês Antonin Artaud dizia que onde tem merda tem vida. De certo modo, também com a saudade: como dejeto da memória, a saudade é sinal reiterado de que há vida pulsando. Convém manter a saudade viva. Ela é sinal concreto de nossas esperanças e amores. Talvez até mesmo da fé. A saudade junta a esperança, o amor e a fé numa argamassa para afirmação da vida. O que pode significar também que essas três forças interiores habitam a nossa merda. Não se deve subestimar a força da saudade, tanto quanto a importância da merda.

Numa velha anotação a propósito de *Totem e tabu*, de Freud, eu fazia um comentário sobre a "saudade do pai" e seu efeito indelével na história da espécie humana. Se essa "saudade" cria subterfúgios como a religião, forma de continuar o despotismo paterno, dentro da horda fraterna surgem soluções de insubmissão radical através do delírio, e não são as doenças psíquicas. O filho rebelado contra a ordem paterna pode mergulhar no delírio da arte e da poesia, como forma de encontrar um outro mundo para além do despotismo ritualizado. Teríamos assim uma "saudade de cura" ou uma cura pela "saudade poética" do pai. Penso que essa circunstância me levou algumas vezes a sentir saudade da mítica Rancharia, tão mencionada por José Trevisan, para onde se mudara seu grande amigo de juventude, que ele nunca mais viu — mesmo quando eu ainda desconhecia a cidade. Não são lembranças reais, mas reminiscências possíveis que atualizam a saudade de um passado alheio, neste tempo propício a lembranças que é a velhice.

Em sentido talvez sincrônico, poucos anos atrás fui escalado, casualmente, para coordenar uma oficina literária em Rancharia, dentro do projeto Viagem Literária, da Secretaria de Cultura do Estado de São Paulo. Fiquei encantado com a cidade. Especialmente por sua bela represa cercada de mangueiras carregadas, que me proporcionaram uma nesga de sonho paradisíaco — a mim que adoro mangas. Ao apanhar com sofreguidão tantas frutas quantas podia, eu me vi moleque. Aí eu talvez tenha me encantado com a lembrança antecipada que meu pai me deixara do seu grande amigo perdido. Mais ainda: na visita à cidade, atualizei poeticamente a saudade que meu pai sentia dela. O acaso continuou sua intervenção tão precisa — e tão poética — ao colocar em cena uma ceia especial. Numa pizzaria comum de Rancharia comi uma das mais deliciosas pizzas de massa fina, que antes só provara em Roma. Pedi para o garçom chamar o *pizzaiolo*, que acorreu meio encabulado, talvez temendo alguma reprimenda. Dei-lhe os parabéns pelas obras-primas que fabricava, ilhado ali no interior. Mas meu reconhecimento envolvia muito mais. A pizza que comi talvez formalizasse a comunhão entre o passado do meu pai e aquele meu presente que se tornou parte do nosso passado comum. Freudianos poderiam se divertir com essa ideia, em vários sentidos da "saudade do pai". Ali ocorria uma réplica da cerimônia cristã da comunhão divina. Portanto, uma atualização do rito arcaico da devoração totêmica do pai — maneira de se identificar com ele. Em qualquer dos casos, o banquete com aquela maravilhosa pizza estava selando metaforicamente um encontro sensorial e antropofágico com um grande desconhecido: José Trevisan, que o acaso tornou meu pai.

Céus em epifania

Este é, com certeza, um livro de perdões. E perdões são inesgotáveis. Em minha velhice, compreendi a urgência de perdoar incessantemente, repetidamente. Perdoar setenta vezes sete — para relembrar a expressão evangélica. Perdoei meu pai em muitas ocasiões, de modo explícito ou implícito, nos períodos de análise/terapia. Um dos episódios recentes, que se destaca por sua contundência, aconteceu dentro de um avião, como se eu precisasse alçar voo para ter a revelação — minha maneira de subir à montanha sagrada para ouvir bater o coração do mistério.

De antemão, sei que jamais conseguirei descrever com a precisão necessária os detalhes do que vivi. (Se já contei essa história antes, ouça de novo, João.) Em outubro de 1997, passei dez dias em turnê pela Alemanha, fazendo leituras públicas para o lançamento da tradução alemã do meu romance *Ana em Veneza*, na companhia da tradutora, a querida Karen von Schweder-Schreiner. *Ana in Venedig* era o carro-chefe dos lançamentos da Editora Eichborn, naquele outono. Ouvi, assustado, a gerente da área de literatura me dizer que se tratava de um livro de risco comercial, mas valia a pena. Talvez eu não soubesse, continuou ela em perfeito inglês, que tinha escrito um romance digno do prêmio Nobel. "Pena que você ainda não tem oitenta anos", ela arrematou, com ironia. Nosso périplo de lançamento começou em Berlim. Passamos por Lübeck (com o evento na Buddenbrookhaus), percorremos a Baviera e terminamos em Frankfurt, durante a Feira Internacional do Livro, de grande prestígio internacional. Vivi um dos momentos mais empolgantes da minha vida. Um daqueles tantos em que pensei: agora vou conseguir — mesmo que acabasse, quase sempre, por morrer na praia. Eu observava tudo com olhos quase incrédulos, pelas incongruências que me cercavam. Apesar das enormes fotos minhas no estande da editora, ao lado da bela capa alemã do livro, eu não tinha dinheiro para me vestir decentemente. Estava elegante, mas trajava roupas de segunda mão, que uma amiga me doara do guarda-roupa não mais utilizado do seu marido. O lançamento terminou com um concerto num salão antigo de Frankfurt, em que se apresentaram peças pianísticas de Alberto Nepomuceno, um dos protagonistas do meu romance. Um jovem pianista austríaco tocou com acurada sensibilidade, imprimindo um tom schumaniano que casava surpreendentemente com as obras de Nepomuceno. No final, ao me cumprimentar, o pobrezinho tremia como vara verde, mas entre os dois era difícil saber quem tremia mais.

A ZDF, rede televisiva de grande audiência, veiculou durante o período do lançamento uma entrevista que eu tinha gravado ainda no Brasil. No aeroporto, de volta para São Paulo, a funcionária no *check-in* da empresa aérea me reconheceu e demonstrou genuíno encantamento por me ter no voo. Mandou que me levassem à sala de espera VIP e prometeu tentar me transferir para a classe executiva. Ainda aturdido pelos acontecimentos, colhi de coração aberto esse momento de consagração, mesmo temeroso de que alguém notasse o remendo disfarçado, na minha calça de lã. Conforme a funcionária me informou, antes do embarque, o avião estava lotado, graças ao encerramento da feira, de modo que tomei meu assento na classe econômica — que era onde eu pertencia. Quando o avião deixava a Alemanha em direção a São Paulo (sempre sinto a decolagem como um momento de encantamento), iniciei uma inesperada viagem interior e, assim, experimentei uma das vivências mais iluminadas da minha vida. Exausto como estava, coloquei uma máscara para dormir. Nesse voo "cego", tomando de assalto os céus, passei por uma revisão de todas as dores sofridas na minha trajetória até ali. Nunca consegui saber se tive uma visão, um sonho ou um transe. Com certeza, vivi uma epifania quando, de repente, meu pai alcoólatra estava deitado no meu colo, nu e esquelético. Chorava e me balbuciava pedidos de perdão. Naquele exato momento, compreendi que quem sofrera não fora eu, mas o pai dentro de mim. Percebi que eu precisava cuidar desse velho senhor, tão esquálido que parecia egresso de um campo de concentração. Seu pouco peso evidenciava a dimensão do desamparo nele encarnado. Acolhi meu pai nu e o abracei sem medo, com a convicção de que ele sempre precisou de mim, e eu nunca tinha me dado conta. Para que me acreditasse, afirmei repetidamente que o perdoava pelas dores do passado. Mas dessa vez tive a certeza (daí a epifania) de algo que eu apenas supusera antes: meu pai tinha passado a vida mergulhado numa infelicidade descomunal. Fizera outros sofrerem porque sofria muito, isso é tudo. Contemplei sua extraordinária solidão, sua dor de moleque grande, despreparado e assustado com a responsabilidade de sustentar os quatro filhos que tinha gerado sem saber por quê. Vislumbrei os atalhos que tomou até se tornar um alcoólatra, fracassado como padeiro no interior e depois amargurado ao trabalhar como peão de obra, já velho, em São Paulo. Um homem ferido, meu pai, e eu nunca saberia a história dessa ferida. "Como demorei para entender, pai", eu lhe disse. A compreensão que tive deu-se num plano iluminado, como se eu sentisse a partir da própria alma de José Trevisan.

Aquele êxtase fazia absoluto sentido ali, no momento em que eu saboreava meu sucesso na Alemanha, como nunca vivenciara no Brasil — um país onde me sentia abandonado. Mas qual a importância desse descaso se eu, bem ou mal, tinha uma obra para mostrar? Depauperado de toda esperança, ao contrário, meu pai tivera mais motivos para reclamar do que eu. Minhas lágrimas empaparam a máscara no rosto. Eu não conseguia refrear meus soluços, que se misturavam ao ronco dos motores. Voando acima do mundo, meu abraço se prolongou enquanto eu compreendia, de fato, que meu pai precisava de proteção. Foi a promessa que lhe fiz. Talvez a cumpra agora, neste livro.

* * *

Meu pai passou quase trinta anos tentando se matar. Meu pai passou quase trinta anos tentando se matar. Meu pai passou quase trinta anos tentando se matar. Meu pai passou quase trinta anos. Tentando se matar. Meu pai passou quase trinta anos tentando. Se matar. Meu pai passou quase trinta anos. Tentando se matar. Meu pai passou. Quase trinta anos tentando se matar. Meu pai. Passou quase trinta anos. Tentando se matar, meu pai. Passou-trinta-anos-tentando-se-

-matar. Passaram-se quase trinta anos. Meu pai. Tentando. Se matar. Meu pai tentando se matar. Quase trinta anos. Meu pai passou quase trinta anos tentando se matar. E eu nunca me dei conta disso.

Invocação ao perdão

Pai:
Que sempre esteve no meu horizonte como um lixo a ser varrido.
Que minha soberba mascarada em dor considerava um ignorante.
A quem desprezei como figura menor no meu percurso.
A quem tratei com soberba, como um ser indigno de mim.
Cuja ausência utilizei para ignorar minhas responsabilidades.
Cuja fragilidade serviu de pretexto para minha recusa em crescer.
A quem usei para dissimular os meus defeitos morais.
A quem odiei como forma de alimentar meu ressentimento, tantas
vezes confortável.
A quem tratei como bode expiatório das minhas desgraças.
Cujo cadáver cultivei convenientemente.
Cuja dor sempre foi por mim ignorada.
Pai, que me ensinou tantas coisas em sua suposta ignorância.
Pai, que me compeliu a procurar na misericórdia a artéria central do
coração humano.
Pai, que me fez buscar o amor como um desgraçado em busca da
salvação.
Pai, a quem prometo perseguir o perdão como fio condutor da minha
redenção.
Pai, não há perdão que não seja mútuo.
Peço teu perdão, meu pai.

Tsunami da alma

Perdoar não resulta de uma decisão da vontade. Se dependesse apenas disso, seria fácil. Perdoar envolve mecanismos psíquicos complexos. Por trás de tudo está a memória — talvez fosse mais adequado dizer: a memória emocional, que deixa pegadas para não se esquecer. As lembranças mandam na gente. Suspeito que o motivo esteja numa recusa da memória, que não apenas ficou marcada, mas precisa da lembrança para preservar sua parcela na significação do Eu. Lembranças boas impressionam e marcam, mas as ruins deixam uma espécie de cicatriz. Que frequentemente teima em não secar. As más lembranças articulam-se como uma coleção de feridas mal curadas. Não há remédio para elas, as lembranças ruins e suas feridas. Tem quem consiga botar uma pedra em cima e esquecer, simplesmente. Eu desconheço os mecanismos que permitem esse gesto, para mim quase absurdo e pouco crível. Não consigo atinar com as razões que movem em direção ao esquecimento premeditado. Os exemplos que tenho ao meu redor desmentem, de um modo ou de outro, mais cedo ou mais tarde, essa "decisão" de esquecer. Ninguém seleciona aquilo que vai ou não esquecer. Ainda não somos robotizados a tal ponto. Significa, simplesmente, que não existe anistia disponível às lembranças escolhidas para serem esquecidas. Mesmo porque o efeito sombra entra em cena com resultados desastrosos e incontroláveis, ao se pretender sequestrar lembranças más. Pode ocorrer um movimento que, no limite, provoca o retorno do reprimido, quando menos se espera. De qualquer modo, supondo que para muitas pessoas seja possível passar por cima e esquecer, tal gesto não significa perdoar. O esquecimento é cômodo demais para peitar as necessidades da lembrança marcada e reiterada, tantas vezes, pela dor. Talvez o segredo estivesse aí: perdoar como possibilidade de não mais lembrar, ou seja, desmontar a bomba instalada pela memória. Assim, alguns privilegiados, que esquecem com facilidade aquilo que selecionam para tanto, seriam os mesmos que conseguem "perdoar". Seriam, mas não são. Insisto para mim mesmo: não há perdão grátis. Um imenso, quase desumano movimento de toda a alma precisa entrar em cena quando se perdoa. O perdão opera um verdadeiro tsunami capaz de realocar a lembrança. E tsunamis não se podem decretar ou dirigir: acontecem segundo suas próprias regras. Seria assim: o perdão articula, promove, impõe uma perfeita revolução no interior da alma. Ah, mas então perdoar é um ato revolucionário? Pode ser. Ainda assim, revoluções não acontecem sem derramamento de sangue.

Entende o que quero dizer, João?

A semente negada

A falta da bênção não significa necessariamente a maldição. Mas sua ausência certamente permite uma propensão para se identificar com o maldito. E maldito eu fui, em várias instâncias e momentos-chave da minha vida. Hoje descubro que ser maldito, ou seja, aquele a quem a bênção paterna foi negada, pode ser em si mesmo uma bênção. A ferida deixada pela maldição me tornou um homem obcecado pela busca da bênção. Quanto mais compreendo a necessidade da bênção, mais compelido sou a buscá-la. Então, eis o milagre dessa bênção que me falta: no processo de persegui-la, descubro que a bênção está ao meu redor como uma floresta desconhecida, cujas veredas labirínticas se descortinam carregadas de frutos. Basta estender a mão para apanhá-los. Descubro a Graça, que vem a mim de graça. Talvez esteja aí um dos sentidos concretos da Graça, que já apontei no romance *Ana em Veneza*, como sendo universal e generalizada, ainda que tão especial. Basta que eu me disponha a encontrar no caos a bênção, e lá estará ela à minha espera, vertida em infinitas formas e versões da Graça de viver. Na rádio ligada, ouço de passagem um coral, ah, é Brahms, que maravilha. Releio um conto instigante de Jorge Luis Borges, como se voltasse aos tempos do México. Deparo-me com um poema de Fernando Pessoa que me deixa estatelado. Uma amiga do passado reaparece como se nunca tivesse sumido, e me enche de alegria. Na rua, a esmo, cruzo com um olhar iluminado. É tudo bênção, à minha disposição, de graça.

Penso que meu pai esteve no princípio do meu mundo como um Shiva criador. No mito, o deus dos shivaístas sai a se masturbar sem rumo e, ao espargir sua semente sobre o caos, faz brotar indistintamente todo o universo. Um gozo generoso, do qual o tudo nasce em meio ao nada. Em certa madrugada insone, pergunto se meu pai ausente foi meu Shiva pelo avesso. Ao contrário da profusão do deus hindu, meu pai me deu uma única das suas sementes — parcimoniosamente, aquele espermatozoide que abriu caminho para minha vida. Recusando-me sua bênção, o que ele plantou foram sementes de ausência. Se das sementes só se vislumbravam possibilidades, coube a mim potencializá-las. E eis o milagre de transubstanciação: as sementes que me foram negadas encontram-se florescendo por toda parte. É minha própria capacidade de ir ao seu encalço que as cria. Se meu pai reteve e me recusou sementes pela vida afora, esse gesto de recusa é o mesmo que deflagra dentro de mim as sementes da criação. Aí encontro um vislumbre de salvação. Meu pai me abençoou com a recusa, a falta, a negação. A ausência das suas sementes me permitiu ser um Criador. E, assim, tudo virou Bênção. Tudo é Graça — do princípio ao fim. Talvez eu tenha me tornado um Shiva de mim mesmo.

Ainda Jung e suas provocações

Numa série televisa sobre Jung e seu legado de reflexões para o mundo moderno, uma questão me chamou a atenção: nós estamos o tempo todo buscando o *arquétipo*, ou seja, alguma coisa que nos represente *de maneira superior*, a partir das vivências do inconsciente pessoal e coletivo. Isso significa que almejamos algo *além de* — alguma superação. Em outras palavras, segundo Jung nós estamos o tempo todo perseguindo o *êxtase*. Para ilustrar, ele oferece o paradoxal exemplo dos alcoólatras. A partir da experiência com um paciente, Jung conta que só conseguiu compreender o alcoolismo e contextualizar sua vida psíquica a partir do momento em que ambos aceitaram que um alcoólatra está em busca da experiência do êxtase. É amplamente disseminada a ideia de que a droga leva a um estado alterado de consciência. Mas é extraordinária a percepção junguiana de que a maneira do alcoólatra buscar o êxtase é através da compulsão pela bebida. Ele tenta alguma forma de superação na bebida. O mesmo se pode dizer sobre adictos de drogas em geral: a consciência agudizada visa o êxtase como superação do mísero estado físico. Um psicanalista junguiano arremata com outro exemplo, a meu ver ainda mais surpreendente: um funcionário do mercado financeiro mantém-se com a ideia fixa no dinheiro. Por qual razão ele precisa tanto do dinheiro, se já tem uma boa vida? Por paradoxal que pareça, o dinheiro (o ouro) é a sua forma de encontrar o êxtase, de descobrir um sentido na superação *através do ouro*. Ainda que se trate de uma compulsão ilusória, o objetivo psicológico é superar-se, extasiar-se.

Fiquei particularmente fascinado com essa associação entre alcoolismo e busca do êxtase. Ao pensar em meu pai, eu me coloquei a pergunta: então ele era alcoólatra por estar desesperadamente buscando superar-se através do êxtase? Trocando em miúdos, José Trevisan fazia perguntas que não conseguia responder. Percebia, até o desespero, a falta de um sentido, e sofria por isso. Então, bebia não apenas para anestesiar o desespero — lugar-comum sobre alcoolismo. Para além de superar seu desespero, o álcool funcionava como tentativa de colocá-lo num estado que permitisse entrever o sentido. Sei que existe a outra face da moeda: o lado trágico da compulsão alcoólica é que ela constitui um desvio fatal na busca do êxtase, e se lança ao abismo. Em outras palavras, há um grave mal-entendido da psique: sua tentativa de salvação pelo êxtase implica sua condenação. Meu pai almejava o êxtase e mergulhou na tragédia.

Encarar a missão

Numa noite de fevereiro de 2016, tenho um sonho estranho. Estou envolto em roupas brancas, lembrando uma vestimenta árabe informal. São tão leves quanto gaze curativo, o que reforça a sensação de que me encontro num ambiente hospitalar, de onde estou prestes a sair após um problema de saúde indeterminado. Meu pai e seus irmãos estão presentes. São os únicos que vieram me buscar. Fico sabendo por eles que meu cachorro latiu durante duas horas, então "deram bola" para ele — em outras palavras, o mataram com veneno. Meu pai não revela o responsável, mas logo em seguida me mostra vários vidros cheios de bolinhas que parecem de ferro, como se fossem o veneno assassino. Tenho vontade, mas não força interior, para protestar contra tal brutalidade praticada enquanto eu estava ausente. Meu pai me entrega um dos vidros com bolinhas. Percebo que ele as está chupando. Faço o mesmo. Para minha surpresa, as bolinhas vão se dissolvendo em minha boca, parecem simplesmente balas de chupar, como aquelas da infância. Não acho agradáveis esses homens que vieram me receber à saída do hospital. Mas não me resta alternativa senão assumir que vieram me ajudar. Ao intuir que são meus únicos interlocutores, digo-lhes assertivamente, ainda que forçado: "Descobri que preciso cumprir minha missão". Acordo atordoado pelas situações angustiantes do sonho. Penso em não registrá-lo no meu livro de sonhos, porque o sinto como revoltante. Mas suspeito que haja um sentido subjacente. A contragosto, reconheço que meu pai tinha razão: o veneno era mesmo bala de chupar. Então, a tal "missão" a ser cumprida talvez remeta ao ato de devoração: engolir meu pai e tudo o que ele representa, assim como engolir a morte, metaforizada no cachorro morto. Não seria essa uma forma de cura?

A graça irrefreável

Minha viagem de visita a amigos no Canadá, em julho de 2015, foi abençoada pela revelação de mais uma etapa do perdão. Era inevitável me referenciar a fatos que ficaram latejando no passado, ainda que longínquo. Para lá se mudara o homem com quem criei a expectativa do Grande Amor, e um dia me abandonou, como se nunca tivéssemos nos conhecido. O mergulho foi tão profundo que aconteceu, profeticamente, nos subterrâneos de Toronto. Andando pela primeira vez sozinho no *subway*, cercado de gente desconhecida, sofro uma revelação. Fecho os olhos e sou inexplicavelmente invadido por uma propensão irrefreável de perdoar. Por quê? A quem? Como? Quando? Não há especificação nem quantificação nem mesmo motivos. Fico comovido até as lágrimas ao compreender, pela alma e não pelo intelecto, a necessidade do perdão. Não menos do que geral, indistinto, ilimitado. E como parte do amor universal. Essa irrefreabilidade surge com a força de uma bênção, ali nos intestinos do Canadá. De repente, bênçãos chegam de toda parte.

Remates de um diário

São Paulo, 22 maio de 2016. Hoje antes do almoço, em pleno domingo da Virada Cultural, terminei meu novo romance, *A Idade de Ouro do Brasil*, enquanto um show ao vivo repercutia em toda a casa, a partir da praça da República. O último capítulo me demandou três dias de trabalho e três versões, até configurar-se na forma definitiva. Eu estava ansioso para chegar ao fim, mesmo porque tenho apenas uma semana para fazer a revisão geral e mandar os originais para um concurso. Fui à cozinha preparar o almoço e comecei a lavar a louça suja na pia. Estranhei: não sentia nada, sequer uma manifestação clara de alegria. Ao contrário, eu apalpava apenas uma massa indefinida de emoções, em que se destacava explicitamente o medo — daqui por diante, quando publicado o livro, eu estaria na cova dos leões. Tudo o que eu devia fazer, enquanto lavava a louça, fiz: agradeci a mim mesmo, do fundo do coração, por ter cumprido em tempo recorde o desafio proposto, quando iniciei a escritura quase quatro meses atrás. Mas esse gesto não pareceu bastar. De repente, senti um arroubo interior. Um fantasma me subia velozmente pelo peito até eu identificar um garoto. Antes mesmo que compreendesse, irrompi num choro incontrolável. Percebi que se tratava do menino de Ribeirão Bonito, aquele mesmo que apanhava do pai alcoólatra com tapaços na cabeça e pontapés no traseiro. Como se me reportasse fisicamente aos chutes de seis décadas atrás, hoje amanheci com um herpes nas nádegas, temeroso de que pudesse ser um zóster, pelas fisgadas na perna — o que considero viável, em meio a tanta pressão. No choro, eu me dei conta de que aquele garoto tinha crescido, aprendera a arte de contar histórias, fazer perguntas ao mundo e se aproximar dos mistérios da alma humana. Em resumo, tinha se tornado um escritor e acabara de escrever um novo livro, talvez o seu mais emocionante romance, sinal de que superara a depressão. Ali, inesperadamente, eu testemunhava meu próprio milagre de sobrevivência — ou ressurreição. E tudo o que podia fazer era agradecer a esse menino que resistiu bravamente. Resolvi celebrar. Apanhei um cálice e escolhi um licor. Amarula, o mais óbvio. À guisa de brinde, fiz uma declaração de amor que há muito eu devia a mim mesmo.

A graça surpreendente

Apesar de marcado por minha formação católica, depois de adulto eu nunca me submeti às facilidades de uma fé religiosa, menos ainda a uma instituição doutrinária. Eu me movia decididamente em direção à revolta, à transgressão, ao antidogmatismo, como forma de viver, e à anarquia libertária no campo político. Desde a saída do seminário, colocara Deus entre parêntesis, o que poderia me aproximar do ceticismo. Pai devorado, função paterna realocada. Para onde? Hoje não sei se sou sequer um agnóstico. Em linhas gerais, eu me julgo um ateu... talvez graças a Deus — pois não abro mão do sagrado. O que significaria tal paradoxo? Certamente, a confirmação da minha liberdade para divagar em busca da iluminação — bem longe das instituições religiosas. A parte mais difícil do enquadramento religioso eu substituo pela compreensão poética da mistura — de tudo: teologias, artes, amores, sem esquecer do sexo, cuja sacralidade defendo e busco.

A essa linhagem do sagrado se integrou, num momento já tardio da minha vida, o tradicional hino protestante *Amazing Grace*, adaptado para o repertório *spiritual* dos negros americanos. Ele apareceu conectado, indiretamente, às minhas histórias do seminário. Talvez tenha sido um dos sinais mais inequívocos das bênçãos que a vida despejou sobre mim, de modo inesperado. Tudo aconteceu quando meu amigo Antonio Cadengue encenou a peça que adaptamos juntos do romance *Em nome do desejo*, cuja matéria-prima são os meus primeiros contatos, e até mesmo embates, com o amor cristão, nos tempos do seminário menor. Numa versão inicial, Antonio criou uma estrutura muito instigante. Teve a rara percepção de tornar Santa Tereza d'Ávila uma personagem que costura a peça com comentários a partir de seus poemas místicos. No final, como desenlace ao drama amoroso do protagonista Tiquinho, ela adentra o palco vestida de noiva, precedida por uma procissão de seminaristas com velas e turíbulo fumegante. Santa Tereza almejava copular com Deus por toda a eternidade — e tal era sua compreensão da mística cristã: a carne e o espírito eternamente unidos, como esposa e esposo. (Seu gozo sagrado fica evidente na escultura de Bernini, "Êxtase de Santa Tereza", que vi na igreja Santa Maria della Vitoria, em Roma.) Na peça, tratava-se de um momento de grave sacralidade que propunha a sobrevivência eterna do amor, contra toda esperança. Ivo Storniolo, meu mais antigo amigo dos tempos do seminário, teve a intuição premonitória de sugerir *Amazing Grace* para o comentário sonoro dessa cena. Ivo era um sobrevivente: padre de esquerda sem paróquia, especialista bíblico e intelectual junguiano, andava na contramão da hierarquia católica — chegou a ser admoestado por João Paulo II pelos comentários na sua tradução da bíblia. Ivo acreditava, quase como fé, na sincronicidade e outros conceitos junguianos que bordejavam o abismo do sagrado. Foi assim que me apresentou a interpretação de Nana Mouskouri para *Amazing Grace*. Nada poderia ser mais adequado: a voz cristalina da Mouskouri somava-se à beleza da melodia e à contundência da letra, que escancarava o desamparo humano: "Eu estava perdido, mas fui encontrado, estava cego mas agora vejo". Sem pestanejar, Antonio inseriu esse hino de fé profunda na procissão final, que enfatizou o sentido do sagrado, para mim e muita gente, na peça *Em nome do desejo*. Havia o enigma do mistério, o milagre e a revelação. Assim, *Amazing Grace* apareceu para me impor perguntas. O que é a Graça? Por que é surpreendente? Não seria eu um produto da Graça? Em outras palavras, não seria também um milagre de sobrevivência, um sinal inequívoco do mistério?

Amazing Grace me parece um cântico de libertação. Entendo por que integrou o cancioneiro da comunidade cristã afro-americana. Remete à minha experiência de ter perdido a fé e, tantas vezes, a esperança. Essa obsessão em buscar a ambas eu devo a quem? Suspeito que ao meu pai. Assim como minou meus Natais, meu pai minou minha esperança — ou seria fé? Mas também me jogou no mundo em busca daquilo que tinha me tirado. Ao minar minha fé e minha esperança, ele me empurrou para saídas inacessíveis no seu mundo.

A arte, por exemplo. Grande parte dessa luz sobreviveu em mim graças à arte.

Meu pai me deixou o veneno e o antídoto. Juntos, na mochila da minha jornada vida afora.

Prédica para alguma manhã

Existem manhãs de raro brilho, mesmo quando nubladas, nas quais, sem explicação nem motivo, tudo parece perfeito. Não porque a perfeição, tal como entendida no senso comum, tenha ocorrido. Mas é quando as imperfeições se entretecem de tal modo que tudo pode ser imperfeito e, ainda assim, não se impedirá a perfeição. Aliás, é justamente porque tudo é tão imperfeito que a perfeição eclode. As imperfeições se encaixam como num jogo de quebra-cabeça e passam a fazer sentido. Então você pode ter medo, sofrer insegurança, desconfiar do travesseiro, lamentar a fragilidade da vida, suspeitar que um câncer estará te esperando adiante, sentir que o amor se ausentou por tempo demais, reclamar da dor nas pernas, temer a falta de dinheiro. Qualquer que seja a imperfeição — haverá lugar para ela, que será acolhida como parte lógica da vida. E a vida mesma poderá expor sem susto sua falta de lógica. Nada disso lhe será estranho ou ilógico. Você acorda, depois de dormir mal, e lá fora supõe um céu cinza. Ainda na cama, liga o rádio. Você ouve uma música (um piano, uma flauta ou um violino) que parece a trilha sonora apropriada para tudo o que está sentindo tão ilogicamente claro. Aí você imagina que assim poderia ser a felicidade. Mas não, tudo o que não cabe aqui é a felicidade medíocre a girar em torno de si mesma. Ao contrário, falo de uma felicidade que encontra um novo nicho no território daquilo que jamais se ousaria definir como felicidade. Assim é, nesta manhã em que todas as imperfeições parecem se encaixar de modo tão surpreendente que os raios de luz brotam como se a paz, a fé, a esperança, o amor coabitassem e se equivalessem, em estado de iluminação. Aí sim se poderia dizer que existe a felicidade. Porque, tanto quanto a perfeição, a felicidade só está presente onde ela não parece possível. Então, no próprio coração do absurdo eclode o sentido. Não porque o mistério se tornou finalmente transparente e permitiu compreender tudo. Não, isso seria a falsificação do absurdo. O Sentido verdadeiro ocorre quando o absurdo faz sentido contra todas as previsões, como nesta manhã tão cinza, tão luminosa.

Amar as cicatrizes

De tantos que são, os percalços do Amor vão tatuando cicatrizes na alma. Ao contrário do Portal do Paraíso que o amor romântico nos promete, a porta que se abre ao Grande Amor é a porta de trás do Paraíso, a entrada de serviço, nada imponente. Perdeu-se a inocência amorosa. Mas a perda é condição mesma para comer outra vez do fruto do Amor e saborear seu gosto legítimo, entre dores e delícias. Por insuportáveis que possam ser, as dores nos conduzem ao parto de um novo Amor, através de uma reiterada entrega, até nos tornarmos marionetes do Amor — como diria Heinrich von Kleist. Abre-se então a porta de trás do Paraíso. Contemplamos o espelho da alma e apalpamos cicatrizes sem conta, que nos desfiguraram pela vida afora. Ame-as, João. Elas evidenciam que o ápice da experiência humana encontra-se no Amor.

Por que tanta luz

Na fazenda Santa Cruz, em 6 de janeiro de 2017, acordo antes das cinco da manhã. Madrugada silenciosa. Pássaros e bichos ainda dormem. Eu me sinto como um viajante numa cápsula do tempo. Não consigo deixar de recolher os fatos que aconteceram nos últimos meses e vieram desaguar aqui em Ribeirão Bonito, lugar onde nasci. Ontem fui apresentar a cidade para o Luiz, meu amor, como retribuição à apresentação que ele me fez da sua cidade, em Santa Catarina. Eu estava acompanhado do meu irmão Toninho. Foi através dele, um Virgílio ocasional, que fiz um mergulho no passado, nosso passado. Fomos resgatar locais da infância agora desaparecidos, mas sepultados em nossa memória comum. Desfigurada pela passagem do tempo, a pequena cidade tornou-se algo quase sacrílego para nossas lembranças. A cadeia pública tinha sido derrubada e substituída por um prédio sem fachada, que beirava a monstruosidade. Mas também surgiam sinais vibrantes na contramão do tempo. Apesar de abandonado, o antigo matadouro mantinha seu tom amarelo e as linhas inconfundíveis da arquitetura do começo do século xx. Na praça central, a velha matriz destacava-se imponente, ainda que desfigurada por adereços modernosos, na sua arquitetura eclética mas absolutamente sincera. A estrada do cemitério tornou-se uma rua. Árvores tinham crescido em lugares antes desertos. Antigas chácaras dos arredores encolheram em meio ao casario urbano. Viajando pela cidade, viajei pelas ruínas da memória, onde a história me atravessava. Eu me senti centenário. Na antiga casa da nossa família, meu irmão tinha pendurado velhas fotos para mim inéditas, ou que há muito não via. Tios sorridentes ao lado de enormes pães da padaria, tias de rosto ancestral, especialmente a belíssima tia Helena, a que passou trinta anos num manicômio, meu avô materno Silvério, mais baixo do que eu imaginava, no dia do casamento com a avó Afonsina, e João, meu avô paterno, de rosto estranhamente iluminado entre os filhos, ostentando um desconhecido ar de sátiro. Acordo de madrugada e me sinto mais vivo do que nunca. Na cápsula espacial que é o quarto da fazenda, ao meu lado acaricio Luiz, e a aura de um amor imenso preenche todo o local. Por acaso, acabo lembrando que na liturgia cristã estamos, coincidentemente, no dia da Epifania, a revelação do Senhor aos Reis Magos. Nesta magnífica madrugada, minha consciência da vida é a consciência de um milagre. Recuo para setenta e dois anos atrás. E o que encontro é um espermatozoide. A partir dele, tudo faz sentido, inclusive este amor de velhice que comecei a viver e me abençoou, e que eu abençoo na figura do Luiz. Sinto uma infinita gratidão à vida, algo que beira a imensidade do enigma. Nesta madrugada, eu pareço tocar o mistério, não como uma coisa estranha, mas como se acariciando algo terrivelmente familiar. Como se passasse meus dedos por algo que até ali não fazia sentido. E agora tudo significa, por ser tão grandiosamente mistério. E tudo que eu sinto é uma incontornável necessidade de agradecer, não uma necessidade compulsória, mas aquela nascida da generosidade da própria vida que me percorre e no amor que dá sentido a tudo. Eu agradeço. Agradeço. Agradeço.

Vou ao banheiro no escuro. Imantado por um senso de profecia, ali encontro um pai. Eu, que sempre recusei a paternidade como um fardo, vejo-me confrontado com a possibilidade concreta de usar todas as minhas doenças para curar as feridas do homem a quem amo, e que poderia ser meu filho. Pai, Pai, este velho surrado que sou, com prazo de validade quase vencido, continua o aprendizado de amar. O amor é um pássaro de asas quebradas, pai. E eu preciso cuidar dele.

Ao voltar para a cama, visto a camisa usada de Luiz, pensando me revestir dele. O gesto ultrapassa o fetiche simplório. É como se me paramentasse para os ritos finais da Revelação. Esta cápsula viaja pelo tempo, meu próprio tempo interior. Sinto profundamente a minha história, com seu sentido envolto em mistério, mas seguro de que há um sentido. No escuro, eu me percebo parte da minha mitologia. Sou simultaneamente mítico e íntimo. Sou simplesmente quem sou. E, se há mistério nesse ser que sou, trata-se de um mistério familiar. Um mistério tanto mais mistério por ter sido desvendado, e nessa condição segue adentrando sua natureza de mistério. Eu me sinto todo mistério. E totalmente transparente.

Amanhece, agora. Na fazenda, pássaros e bichos começam a despertar. Um galo canta por perto. Acaricio o torso nu de Luiz, que se assusta e pergunta se é hora de acordar. Digo que não, estou apenas com saudade. Eu o abraço e ele se aquieta. Tudo é Encanto. Pleno Amor. Inesgotável Epifania.

A quem interessar possa

Meu pai existiu. Me deu um espermatozoide. Meu pai me deu esse começo. Digamos que me deixou marcas para não esquecer. Meu pai não gostava de passarinhos presos em gaiola. Soltava todos que podia, e mesmo quando não podia. Não peço que compreendam. Eu próprio nunca compreendi. Meu pai existiu. Meu pai me deu um espermatozoide, e assim eu gerei um pai.

1ª EDIÇÃO [2017] 1 reimpressão

ESTA OBRA FOI COMPOSTA PELA ABREU'S SYSTEM EM ADOBE GARAMOND
E IMPRESSA EM OFSETE PELA GRÁFICA SANTA MARTA SOBRE PAPEL PÓLEN SOFT
DA SUZANO S.A. PARA A EDITORA SCHWARCZ EM ABRIL DE 2021

A marca FSC® é a garantia de que a madeira utilizada na fabricação do papel deste livro provém de florestas que foram gerenciadas de maneira ambientalmente correta, socialmente justa e economicamente viável, além de outras fontes de origem controlada.